달달 읽고 곰곰 생각하는

달콤한 문해력

초등 독해

달곰한 문해력 초등 독해
교과 연계 필독 도서를 수록했어요

📖 1단계

도서	출판사	교과 연계
안데르센 동화집 2	시공주니어	과학 3-1 동물의 한살이
책이 사라진 날	한솔수북	국어 1-2 소중한 책을 소개해요
또박또박 반갑게 인사해요	상상스쿨	국어 1-1 다정하게 인사해요
내가 하는 말이 왜 나빠?	리틀씨앤톡	국어 1-1 고운 말을 해요
말놀이 동시집	비룡소	국어 1-2 재미있게 ㄱㄴㄷ
광개토 대왕	비룡소	국어 2-2 인물의 마음을 짐작해요
허난설헌	비룡소	사회 3-2 시대마다 다른 삶의 모습

📖 2단계

도서	출판사	교과 연계
춘향전	보리	국어 3-1 내 마음을 편지에 담아
멋지다! 얄별 가족	노루궁뎅이	사회 3-2 가족의 구성과 역할 변화
빨간 머리 앤	시공주니어	도덕 3 친구는 왜 소중할까요
아홉 살 마음 사전	창비	국어 2-1 마음을 나타내는 말
큰 기와집의 오래된 소원	키위북스	사회 3-2 시대마다 다른 삶의 모습
선덕 여왕	비룡소	국어 2-2 인물의 마음을 짐작해요
이순신	비룡소	국어 2-2 인물의 마음을 짐작해요
내일도 발레	별숲	체육 3 건강 활동

📖 3단계 Ⓐ, Ⓑ

도서	출판사	교과 연계
간서치 형제의 책 읽는 집	개암나무	국어 4-2 독서 감상문을 써요
엉뚱이 소피의 못 말리는 패션	비룡소	도덕 4 아름다운 사람이 되는 길
어린이를 위한 슬기로운 미디어 생활	우리학교	국어 5-2 여러 가지 매체
꼴찌 없는 운동회	내인생의책	도덕 4-2 힘과 마음을 모아서
우리 동네 별별 가족	아르볼	사회 4-2 사회 변화와 문화의 다양성
날씬해지고 말 거야!	팜파스	도덕 4-1 아름다운 사람이 되는 길
세상을 바꾼 착한 부자들	상상의집	국어 2-2 자세하게 소개해요
옛날 관청과 공공시설	주니어중앙	사회 5-2 옛사람들의 삶과 문화
단추 마녀의 수상한 식당	키다리	체육 4 건강 활동
생각하는 올림픽 교과서	천개의바람	체육 4 경쟁
내 용돈, 다 어디 갔어?	팜파스	사회 4-2 필요한 것의 생산과 교환
거인 부벨라와 지렁이 친구	주니어RHK	도덕 3 나와 너, 우리 함께
이중섭	시공주니어	미술 3 미술가와 작품 이야기
행복한 왕자	비룡소	국어 3-1 문학의 향기
모차르트	비룡소	음악 5 음악으로 만드는 어울림
따끔따끔 우리가 전기에 중독되었다고?	영수책방	과학 3-1 물질의 성질
김홍도	주니어RHK	미술 4 다양한 미술과의 만남
존댓말을 잡아라	파란정원	국어 3-1 알맞은 높임 표현
퓰리처 선생님네 방송반	주니어김영사	국어 3-1 어떤 내용일까
알면 보물 모르면 고물, 지도	아르볼	사회 4-1 지역의 위치와 특성
지역 이기주의 님비 현상	뭉치	사회 4-1 지역의 공공기관과 주민 참여
다른 게 틀린 건 아니잖아?	양철북	사회 4-2 사회 변화와 문화의 다양성
조선 선비 유길준의 세계 여행	비룡소	사회 4-2 사회 변화와 문화의 다양성
자석 총각, 끌리스	해와나무	과학 3-1 자석의 이용
그해 유월은	스푼북	사회 5-2 사회의 새로운 변화와 오늘날의 우리
경국대전을 펼쳐라	책과함께어린이	사회 5-2 옛사람들의 삶과 문화

📖 4단계 Ⓐ, Ⓑ

도서	출판사	교과 연계
애덤 스미스 아저씨네 경제 문구점	주니어김영사	사회 4-2 필요한 것의 생산과 교환
코피 아난 아저씨네 푸드 트럭	주니어김영사	사회 5-2 사회의 새로운 변화와 오늘날의 우리
과학관으로 온 엉뚱한 질문들	정은문고	과학 5-2 생물과 환경
어린이를 위한 슬기로운 미디어 생활	우리학교	도덕 5 밝고 건전한 사이버 생활
은하마을 수비대의 꿈꾸는 도시 연구소	주니어김영사	사회 4-2 촌락과 도시의 생활 모습
똥 묻은 세계사	다림	사회 5-2 함께 살아가는 지구촌
조선의 여걸 박씨부인	한겨레아이들	사회 5-2 옛사람들의 삶과 문화
뺑이요, 뺑	문학동네	도덕 5 갈등을 해결하는 지혜
사자와 마녀와 옷장	시공주니어	국어 4-2 이야기 속 세상
모모	비룡소	도덕 3 아껴 쓰는 우리
악플 바이러스	좋은꿈	도덕 5 밝고 건전한 사이버 생활
후설	한국고전번역원 승정원일기번역팀	사회 5-2 옛사람들의 삶과 문화

📖 4단계 Ⓐ, Ⓑ

도서	출판사	교과 연계
칠 대 독자 동넷개	창비	국어 5-2 함께 연극을 즐겨요
오즈의 마법사	비룡소	과학 6-2 우리 몸의 구조와 기능
이모와 함께 도란도란 음악 여행	토토북	음악 4 음악, 모락모락 사랑
로봇 박사 데니스 홍의 꿈 설계도	샘터	과학 5-2 생물과 환경
좋은 돈, 나쁜 돈, 이상한 돈	창비	사회 4-2 필요한 것의 생산과 교환
팔만대장경과 불타는 사자	리틀씨앤톡	사회 5-2 옛사람들의 삶과 문화
프린들 주세요	사계절	국어 4-1 사전은 내 친구
한국사편지 1	책과함께어린이	사회 5-2 옛사람들의 삶과 문화
안네의 일기	효리원	도덕 5 갈등을 해결하는 지혜

📖 5단계 Ⓐ, Ⓑ

도서	출판사	교과 연계
모로 박사의 섬	–	도덕 3 생명을 존중하는 우리
몬스터 차일드	사계절	도덕 5 인권을 존중하며 함께 사는 우리
담배 피우는 엄마	시공주니어	국어활동 4 수록 도서
맛의 과학	처음북스	과학 6-2 연소와 소화
우리 문화 박물지	디자인하우스	미술 5 아름다운 전통 미술
잘못 뽑은 반장	주니어김영사	사회 6-1 우리나라의 정치 발전
내가 사랑한 서양 고전	연암서가	국어 5-1 작품을 감상해요
허생전		사회 6-1 우리나라의 경제 발전
레 미제라블	비룡소	국어 5-1 작품을 감상해요
너의 운명은	푸른숲주니어	사회 5-2 사회의 새로운 변화와 오늘날의 우리
청소년을 위한 삼국유사	서해문집	사회 5-2 옛사람들의 삶과 문화
내가 사랑한 동양 고전	연암서가	국어 5-1 작품을 감상해요
내 이름을 들려줄게	단비어린이	사회 5-1 인권 존중과 정의로운 사회
과학관으로 온 엉뚱한 질문들	정은문고	도덕 5 긍정적인 생활
인형의 집	비룡소	국어 5-1 작품을 감상해요
우리 학교가 사라진대요!	마음이음	사회 5-2 사회의 새로운 변화와 오늘날의 우리
외로우니까 사람이다	창비	국어 5-1 작품을 감상해요
파브르 곤충기	현암사	과학 5-1 다양한 생물과 우리 생활
우리말 모으기 대작전 말모이	푸른숲주니어	국어 5-2 우리말 지킴이
왕자와 거지	시공주니어	국어 5-1 작품을 감상해요
톰 아저씨의 오두막집	효리원	도덕 5 인권을 존중하며 함께 사는 우리
101가지 세계사 질문사전 2	북멘토	사회 5-1 인권 존중과 정의로운 사회
사피엔스	김영사	과학 5-2 생물과 환경
변신	푸른숲주니어	국어 5-1 주인공이 되어
유토피아	–	사회 6-2 세계 여러 나라의 자연과 문화
베니스의 상인	–	도덕 5 갈등을 해결하는 지혜
그리스 로마 신화	–	국어 5-1 작품을 감상해요

📖 6단계 Ⓐ, Ⓑ

도서	출판사	교과 연계
돈키호테	비룡소	사회 5-2 옛사람들의 삶과 문화
사피엔스	김영사	도덕 5 내 안의 소중한 친구
아이, 로봇	우리교육	실과 6 발명과 로봇
가자에 띄운 편지	바람의아이들	사회 6-2 통일 한국의 미래와 지구촌의 평화
동물 농장	비룡소	사회 6-1 우리나라의 정치 발전
위대한 철학 고전 30권을 1권으로 읽는 책	빅피시	사회 6-1 우리나라의 정치 발전
101가지 세계사 질문사전 2	북멘토	사회 6-2 통일 한국의 미래와 지구촌의 평화
이기적 유전자	을유문화사	과학 5-1 다양한 생물과 우리 생활
내가 사랑한 동양 고전	연암서가	국어 6-1 비유하는 표현
5번 레인	문학동네	도덕 5 갈등을 해결하는 지혜
모럴 컴뱃	스타비즈	도덕 5 밝고 건전한 사이버 생활
너의 운명은	푸른숲주니어	사회 5-2 사회의 새로운 변화와 오늘날의 우리
담을 넘은 아이	비룡소	사회 5-2 옛사람들의 삶과 문화
셰익스피어 이야기	비룡소	국어 6-2 함께 연극을 즐겨요
왕자와 거지	시공주니어	사회 5-1 인권 존중과 정의로운 사회
참을 수 없는 존재의 MBTI	디페랑스	도덕 4 함께 꿈꾸는 무지개 세상
체르노빌의 아이들	프로메테우스	사회 6-2 통일 한국의 미래와 지구촌의 평화
체리새우: 비밀글입니다	문학동네	도덕 5 내 안의 소중한 친구
우리 문화 박물지	디자인하우스	사회 5-2 옛사람들의 삶과 문화
프랑켄슈타인	–	도덕 5-1 인권 존중과 정의로운 사회
진달래꽃	–	국어 6-1 비유하는 표현
내가 사랑한 서양 고전	연암서가	국어 6-1 인물의 삶을 찾아서

책을 많이 읽으면 문해력이 저절로 높아질까요?

독해 교재를 여러 권 풀어 보면 해결될까요?

'달곰한 문해력'이 방법을 알려 줄게요.

흥미로운 생각주제로 연결된 두 개의 글을 읽어 보세요.

재미난 문학 글을 먼저 읽고~ 비문학 글을 읽으며 정리해 보세요.

우리에게 필요한 생각과 지식이 차곡차곡 쌓입니다.

달달 읽고 곰곰 생각하는 힘!

이제 '달곰한 문해력'으로 길러 볼까요?

이 책의 구성과 특장

① 생각주제

질문형으로 주제를 제시하여 읽을 글에 대한 호기심을 가질 수 있어요.

② 주제 연결 독해

하나의 주제로 연결된 2개의 글 읽기로 생각하는 힘이 자라요.

③ 생각글 1

생각주제에 관한 문학, 고전, 사회 현상 등의 다양한 글을 읽어요.

④ 생각글 2

생각주제와 관련된 꼭 알아야 할 개념을 읽고 생각을 넓혀요.

⑤ 내용 요약

생각글의 중심 내용을 정리하고 핵심 어휘를 익혀요.

⑥ 독해 문제 학습

내용 이해, 글의 구조 파악, 적용, 추론 등 독해 활동 문제를 풀어요.

⑦ 주제 문해력 학습

2개의 생각글을 바탕으로 생각주제를 정리하고, 문제를 풀며 문해력을 키워요.

⑧ 주제 어휘 학습

생각글에 나온 주제 어휘만 모아서 뜻을 익히고 활용해 보아요.

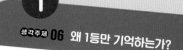

① 생각주제 06 왜 1등만 기억하는가?

5번 레인

5번 레인
글 문소율
문학동네

긴 휘슬이 울린다. 나루는 5번 스타트대에 올라섰다. 스 지, 이미 셀 수 없이 머릿속으로 그려 본 장면이다. 딱 하나 속에서 나루의 레인이 5번이 아니었다는 것뿐이다.

'집중해, 강

㉠신경 쓰 했지만 자꾸 옆 레인에 눈길이 갔다 1위를 기록한 김초희가 차지했다.

"테이크 유어 마크."

준비 구령 소리에 나루는 자세를 바로잡고 깊은 숨을 들이마 "강나루, 파이팅!"

수영부 아이들은 한데 철∙∙

생각주제 06 왜 1등만 기억하는가?

승자 독식주의

1970년대에 활동한 한 스웨덴 팝 그룹은 'The winner takes it all'이라는 불렀다. 세계적으로 유행한 이 노래 제목을 번역하면 '승자가 모든 것을 가지 는 뜻이다. 이것을 표현하는 용어가 바로 **승자 독식주의**˚이다. 사회에서 돈 력, 자원이나 기회 등을 나누어 가질 때 승자에게만 유리하게 되어 있는 경향 명한 용어이다. 실제 사례를 통해 승자 독식주의를 살펴보자.

미국 대통령 선거 제도는 일반인이 뽑은 선거인단이 대통령을 뽑는 투표를 만약 어느 지역 선거인단이 10명인데 A후보에게 6표, B후보에게 4표를 줬다 자. 그러면 이 지역 B후보 간 2표 차가 아니라 A후보 10표, B후보 가 된다. 이것이 승

승자 독식주의 선거를 교실에 적용하면 어떻게 될까? 회장 선거에서 이겼다 각한 학생은 모든 권력을 차지하는 것이 당연하다고 생각할 것이다. 다른 사람 지나 공평함은 고려하지 않고 자기에게만 유리하게 교실 규칙을 정할 것이다.

스포츠에도 승자 독식주의는 존재한다. 올림픽이라는 큰 축제를 그동안 오로지 금메달 수로만 평가했다. ㉠전체 메달 수가 많더라도 금메달 수가 종합 순위에서 밀리기 때문이다. 그래서 금메달이 많으면 성공한 올림픽이고 달을 따지 못한 선수는 고개를 숙여야 했다. 그리고 금메달을 딴 선수가 받는 과 사회적 관심은 은메달에 비해 **과도**˚하게 컸다.

승자가 된다면 사회적, 경제적으로 많은 이점을 누릴 수 있다. 그렇기에 2등이 아닌 1등이 되고 싶어 한다. 하지만 오늘날 사람들의 인식이 점점 바뀌 다. 특히 스포츠 분야에서 금메달 획득 여부가 아니라 선수들의 **활약**˚에 집중 있다. 1등이 아니더라도 **열정적**˚으로 시합에 임하는 선수에게 진심 어린 박수를 다. 이제는 '1등만' 기억하는 것이 아닌 '1등도' 기억하는 시대로 변해 가고 있다

어휘사전

˚ **승자 독식주의** 싸움이나 경기에서 이긴 사람이나 단체가 이익을 모두 차지해야 한다고 여기는 태도.

˚ **과도**(過 지날 과, 度 법도 도) 정도에 지나침.

˚ **활약**(活 살 활, 躍 뛸 약) 기운차고 두드러진 활동.

˚ **열정적**(熱 더울 열, 情 뜻 정, 的 과 녁 적) 어떤 일에 애정을 가지고 힘과 정성을 쏟는 것

내용요약

글의 중심 내용을 생각하며 빈칸의 낱말을 써 보세요.

승자 ㄷ ㅅ ㅈ ㅇ 는 사회에서 돈과 권력, 자원이나 기회 등을 나누어 승자에게만 유리하게 나누어 주는 경향을 설명한 용어이다. 하지만 이제는 바뀌어 '1등만' 기억하는 것이

자란디

생각주제 06

주제정리 1 생각주제와 관련된 앞의 두 글을 읽고 내용을 정리해 보세요.

| 승자 독식주의 | 사회에서 돈과 권력, 자원이나 기회 등을 나누어 가질 때 유리하게 나누어 주는 경향 |

⑩ 미국 대통령 선거	⑩ 학교 교실	
어느 지역 선거인단 10명이 A후보에게 6표, B후보에게 4표를 줬다면 A후보와 B후보 간 2표 차가 아니라 A후보 10표, B후보는 0표가 된다.	회장 선거에서 이겼다고 생각한 을 차 연하다 기에게 다고 생 만 유리하게 교실 규칙을 정할 것이다.	올림픽의 ㄱ ㅁ 가하고, 만 과도하 관심을 받

| 스포츠에서 사람들 인식의 변화 | 금메달 획득 여부가 아니라 선수들의 활약에 는 '1등만' 기억하는 것이 아닌 '1등도' 기억하는 |

2 다음 글을 읽고, 빈칸에 알맞은 말을 쓰세요.

)의 대표적

미국의 대통령 선거는 (50개의 주로 이루어져 있고, 주별로 살고 있는 인구수에 따라 선 인구가 많은 주는 주는 선거인단 수가 많고, 인구가 적은 주는 선거인 이구가 많은 주는 한 표를 행사할 수 있고, 그 주

2

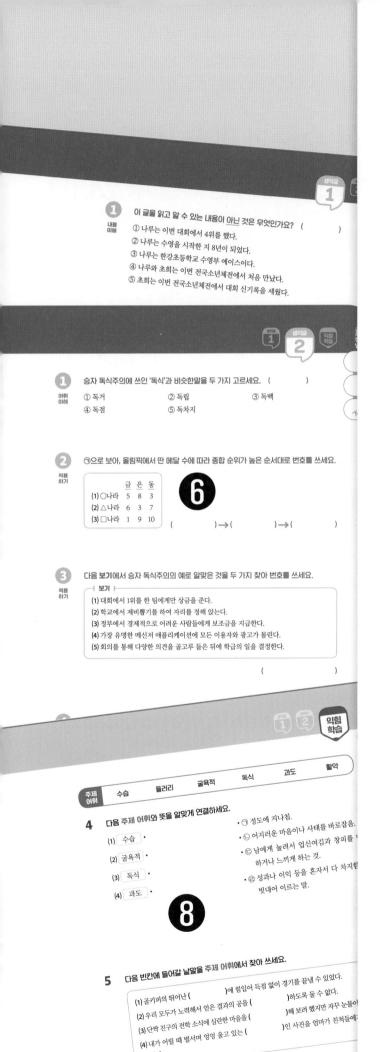

하나의 주제로 연결된 2개의 글 읽기로 진짜 문해력을 키워 보세요~!

Q '주제 연결 독해'란 무엇인가요?

초등학교 교과 과정의 주요 주제를 바탕으로 연결된 2개의 글을 읽고 문제를 푸는 독해 학습 방법이에요.

Q '주제 연결 독해'의 학습 효과는 무엇인가요?

주제 연결 독해를 반복하면 생각하는 힘이 길러지고, 이를 통해 진정한 문해력을 키울 수 있답니다.

Q 왜 문학과 비문학을 함께 수록했나요?

초등 과정에서는 문학, 현상, 개념 등의 다양한 글을 읽음으로써 지식을 쌓는 연습이 필요해요.

Q '생각주제'가 질문형인 이유는 무엇인가요?

질문형 주제를 보면 주제에 대한 흥미가 생기고, 주제에 대한 답을 찾는다는 목적을 가지고 글을 읽으면 집중도가 높아집니다.

Q 짧은 글 읽기로도 문해력이 길러지나요?

주제별 2개의 글을 읽고 익힘 학습으로 두 글을 정리하면 생각하고 표현하는 힘, 즉 '문해력'이 길러집니다.

이 책의 **활용법**

독해 **성취 수준**과 **학습 방법**에 따라 자신만의 **학습 계획**을 세워 공부할 수 있어요.

생각주제 **6**쪽

생각글 **1**

생각글 **2**

익힘학습

차근차근 **60**일 완성

하루 2쪽	하루 2쪽	하루 2쪽
생각글 1을 꼼꼼히 읽고 문제를 풀어요.	**생각글 2**를 읽고 생각주제의 개념지식을 쌓아요.	앞의 두 생각글을 다시 읽고 문해력, 어휘력을 키워요.

탄탄하게 **40**일 완성

하루 4쪽	하루 2쪽
생각글 1과 **생각글 2**를 읽고 생각주제에 대한 내 생각을 정리해 봐요.	앞의 두 생각글을 다시 읽고 문해력, 어휘력을 키워요.

빠르게 **20**일 완성

하루 6쪽

생각글 1과 **생각글 2**를 읽고 생각주제에 대한 내 생각을 정리해 봐요. 익힘학습을 할 때는 생각글의 내용을 떠올리며 문제를 풀어 보아요.

이 책을 만든 **사람들**

초등 국어 **교과서 기획위원**과
현직 초등교사가 만들었어요.

기획진

- **방은수 교수님** 서울교육대학교 국어교육과 교수 | 초등 국어 교과서 기획위원
- **김차명 선생님** 광명서초등학교 교사 | 참쌤스쿨 대표 | 경기실천교육교사모임 회장 | (전) 경기도교육청 장학사
- **김택수 교수님** 경희사이버대학교 한국어문화학부 교수 | 경인교육대학교 유아교육과 강사 | 전국교사교육마술연구회 스텝매직 대표
  | (전) 초등학교 교사
- **정미선 선생님** 서울시교육청 자문관 (독서토론 분야) | (전) 중학교 국어 교사
- **최고봉 선생님** 인제남초등학교 교사 | 독서교육 전문가 | Yes24 한 학기 한 권 읽기 선정위원

집필진

- **강서희 선생님** 서울신흥초등학교 교사 | 한국교원대학교 국어교육 학사, 석사, 박사 | 2015, 2022 개정교육과정 국어 교과서 집필
- **공은혜 선생님** 서울보라매초등학교 교사 | 서울교육대학교 국어교육 학사, 서울교육대학교 초등국어교육 석사 | 2009 개정교육과정 국어 교과서 집필
- **김경애 선생님** 서울목동초등학교 교사 | 서울교육대학교 국어교육 학사, 서울교육대학교 초등국어교육 석사 | 2015 개정교육과정 국어 교과서 집필
- **김나영 선생님** 대전반석초등학교 교사 | 목원대학교 음악교육 학사, 한국교원대학교 음악교육 석사, 서울교육대학교 초등음악교육 박사 과정
- **김성은 선생님** 서울역촌초등학교 교사 | 서울교육대학교 국어교육 학사, 서울교육대학교 초등국어교육 석사
- **김일두 선생님** 용인백암초수정분교장 교사 | 한국교원대학교 초등교육 학사, 한국교원대학교 초등사회과교육 석사
- **박다빈 선생님** 서울연은초등학교 교사 | 서울교육대학교 초등교육 학사, 서울교육대학교 인공지능교육 석사
- **신다솔 선생님** 숙명여자대학교 국어국문학 학사, 서울대학교 국어교육 석사, 박사 과정
- **양수영 선생님** 서울계남초등학교 교사 | 서울교육대학교 국어교육 학사, 서울교육대학교 초등국어교육 석사 | KERIS 초등국어교육 영상콘텐츠 제작
- **윤주경 선생님** 서울역촌초등학교 교사 | 경인교육대학교 영어교육 학사, 서울교육대학교 초등사회과교육 석사
- **윤혜원 선생님** 서울대명초등학교 교사 | 서울교육대학교 초등교육 학사 | 2019~2022년 전국 기초학력평가 국어과 문항 검토위원 팀장
- **이지윤 선생님** 대구새론초등학교 교사 | 한국교원대학교 초등교육 학사, 한국교원대학교 문학교육 석사 | 2022 개정교육과정 국어 교과서 집필
- **이지현 선생님** 서울석관초등학교 교사 | 서울교육대학교 초등교육 학사, 서울교육대학교 초등국어교육 석사
  | 2015, 2022 개정교육과정 국어 교과서 집필
- **이혜경 선생님** 군산초등학교 교사 | 서울교육대학교 과학교육 학사
- **이희송 선생님** 서울명원초등학교 교사 | 서울교육대학교 초등교육 학사, 서울교육대학교 초등교육행정 석사
- **정혜린 선생님** 서울구룡초등학교 교사 | 서울교육대학교 국어교육 학사, 서울교육대학교 초등국어교육 석사
  | 2015 개정교육과정 부록 '순화어 지도 자료' 집필, 2022 개정교육과정 국어 교과서 집필
- **진　솔 선생님** 청주금천초등학교 교사 | 한국교원대학교 국어교육 학사, 한국교원대학교 초등국어교육 석사, 박사
  | 2022 개정교육과정 국어 교과서 집필

이 책의 차례

1장

2개의 글을 연결해 재미있게 읽어요~

달콤한 공부계획

공부한 날

체리새우: 비밀글입니다

체리새우: 비밀글입니다
글 황영미
문학동네

셋이 돌아가며 한 번씩 앉아야 해. 나는 **일말**[*]의 기대를 품고 담임을 쳐다보았다.

"안 돼!" / 담임의 표정은 단호했다. 어쩔까나! 앞으로 한 달, 재수 없으면 한 학기 동안 나는 죽었다!

생각해 보면 죽을 정도의 일은 아니다. 싫은 아이가 짝이 되었다고 죽는다면 세상에 살아 있을 중학생이 몇이나 될까?

나에게는 친구가 정말 중요하다. 엄마만큼 중요하다. 아람이, 병희, 미소, 설아 그리고 나, 우리는 친구다. '다섯 손가락' 단톡방도 있다.

그런데 우리 다섯 손가락이 선정한 '시민중 **밉상**[*]' 명단이 있다. 그 1위는 황효정이고, 2위가 바로 노은유다. 3위부터는 그때그때 자주 바뀐다.

효정이를 싫어하는 아이들은 엄청 많다. 왜냐? 선생님들한테 눈웃음친다, 남자애들한테만 친한 척한다, 모범생도 아니면서 치마를 길게 입는다, 존재감 **과시**[*]하려고 큰 목소리로 말한다, 종종 귀여운 척도 한다, 한마디로 재수 없다! 진짜 이유는 따로 있다. 그것은 효정이가 **출중하게**[*] 예뻐서다.

그런데 별로 예쁘지도 않은 노은유는 왜 밉상 2위에 랭크되었을까? 영어 발음이 좋아서? 영어 말하기 대회에 나온 은유를 보고 '와! 노은유, 혀 굴리는 거 장난 아니다!' 하고 감탄하는 아이들이 많았지만 우리 학교에는 은유만큼 영어 잘하는 아이가 여러 명이다. 그 애들은 밉상 명단에 없다. 게다가 은유는 나대는 성격도 아니다.

내 친구들은 말한다.

'뭘 물으면 금방 대답하는 법이 없어. 내 질문이 우스운가?'

'체육복에서 세제 냄새 나는 거 알아? 섬유 린스도 안 쓰고 빨래하나 봐.'

하여간 내 친구들이 은유를 싫어하는 이유는 백만 가지도 넘는데, 진짜 이유는 잘 모르겠다.

노은유는 왜 ㉠미운털이 박혔을까? 하긴 그게 뭐 중요한가. 그냥 싫은 사람도 있는 거지. 어쨌든 내 친구들이 너무너무 싫어하는 아이랑 내가 짝이 되었다. **환장**[*]하시겠다.

사실 제일 먼저 은유를 미워한 건 아람이였다. 원래 그렇다. ㉡누구 한 명이 '그 애 좀 이상하지 않아?' 이렇게 씨앗을 뿌리면, 다른 친구들은 '이상하지, 완전 이상해.'라며 싹을 틔운다. 그다음부터 나무는 알아서 자란다. '좀 이상한 그 애'로 찍혔던 아이는 나중에 어마어마한 이미지의 괴물이 되어 있는 것이다.

어휘사전

＊**일말**(一 한 일, 抹 바를 말) '약간', '조금'을 이르는 말.

＊**밉상** 미운 행동. 또는 미운 짓을 하는 사람.

＊**과시**(誇 자랑할 과, 示 보일 시) 일부러 자랑하여 보임.

＊**출중**(出 날 출, 衆 무리 중)**하다** 여럿 가운데 눈에 띄게 뛰어나다.

＊**환장**(換 바꿀 환, 腸 창자 장) 몹시 괴롭거나 놀라서 제정신이 아닌 듯한 상태가 됨.

1

내용
이해

이 글의 내용과 일치하지 <u>않는</u> 것은 무엇인가요? (   )

① '시민중 밉상' 명단은 바뀌지 않고 늘 같다.

② '나'는 싫은 아이와 짝이 된 것이 정말 싫었다.

③ '내' 친구들이 노은유를 싫어하는 진짜 이유는 잘 모르겠다.

④ '나'와 친구들이 황효정을 싫어하는 진짜 이유는 효정이가 예뻐서다.

⑤ 아람이가 제일 먼저 은유를 미워하였고, 결국 다 같이 노은유를 싫어하게 되었다.

2

어휘
이해

㉠과 비슷한 뜻으로 사용되는 표현은 무엇인가요? (   )

① 새침데기: 쌀쌀맞은 성격을 지닌 사람.

② 대인군자: 말과 행동이 바르고 점잖은 사람.

③ 새가슴: 겁이 많거나 좁은 마음을 가진 사람.

④ 일당백: 매우 용감하거나 능력이 뛰어난 사람.

⑤ 눈엣가시: 몹시 밉거나 싫어 늘 눈에 거슬리는 사람.

3

추론
하기

㉡ 문장에 쓰인 다음 표현들이 각각 빗대어 나타낸 것을 알맞게 연결하세요.

(1) 씨앗을 뿌리면   •

(2) 싹을 틔운다   •

(3) 나무는 알아서 자란다 •

• ① 소문과 편견이 시작됨.

• ② '그 애'에 대해 한마디를 던짐.

• ③ 소문과 편견이 입에서 입으로 점점 번져 나감.

4

추론
하기

이 글을 읽고 짐작한 내용으로 알맞지 <u>않은</u> 것은 무엇인가요? (   )

① '나'와 친구들은 황효정이 예쁜 것을 질투하고 있다.

② '나'와 친구들은 노은유에게 미안한 마음을 가지고 있다.

③ '나'와 친구들은 황효정과 노은유에게 쌀쌀맞게 대하고 있다.

④ '나'와 친구들은 황효정과 노은유에 대한 뒷담화를 하며 똘똘 뭉친다.

⑤ '나'는 담임 선생님께 노은유와 짝이 되지 않게 해 달라고 부탁하였다.

뒷담화의
순기능

사피엔스
글 유발 하라리
김영사

새로운 **사피엔스***의 언어에 어떤 특별한 점이 있었기에 사피엔스는 세계를 정복할 수 있었을까?

가장 보편적인 대답은 우리의 언어가 놀라울 정도로 유연하다는 것이다. 우리는 제한된 개수의 소리와 기호를 연결해 각기 다른 의미를 지닌 무한한 개수의 문장을 만들 수 있다. 이를 통해 우리 주위 세계에 대한 막대한 양의 정보를 받아들이고 저장하며 소통할 수 있다. 녹색원숭이도 동료들에게 "조심해! 사자야!"라고 외칠 수 있지만, 현대 여성은 친구에게 이렇게 말할 수 있다. "오늘 아침 강이 굽어지는 곳 부근에서 한 무리의 들소를 쫓는 사자 한 마리를 보았어." 이어서 그녀는 정확한 위치와 그곳까지 가는 여러 길들까지 **묘사***할 수 있다.

두 번째 이론 또한 우리의 언어가 진화한 것은 세상에 대한 정보를 공유하는 수단으로서였다는 데 동의한다. 인간의 언어가 진화한 것은 소문을 이야기하고 수다를 떨기 위해서라는 것이다. 이 이론에 따르면, 호모 사피엔스는 무엇보다 사회적 동물이다. 사회적 **협력***은 우리의 생존에 핵심적 역할을 한다. 개별 남성이나 여성이 사자와 들소의 위치를 아는 것만으로는 충분치 않다. 그보다는 무리 내의 누가 누구를 미워하는지, 누가 정직하고 누가 속이는지를 아는 것이 훨씬 더 중요하다.

뒷담화*는 **악의적***인 능력이지만, 많은 숫자가 모여 협동을 하려면 사실상 반드시 필요하다. 현대 사피엔스가 약 7만 년 전 획득한 능력은 이들로 하여금 몇 시간이고 계속해서 수다를 떨 수 있게 해 주었다. 누가 신뢰할 만한 사람인지에 대한 믿을 만한 정보가 있으면 작은 무리는 더 큰 무리로 확대될 수 있다. 이는 사피엔스가 더욱 긴밀하고 복잡한 협력 관계를 발달시킬 수 있다는 뜻이기도 하다. 뒷담화이론은 농담처럼 들릴지 모르지만, 이를 뒷받침하는 연구 결과가 무수히 많다. 심지어 오늘날에도 의사소통의 대다수가 남 얘기다. 이메일이든 전화든 신문 칼럼이든 마찬가지다. 이것은 매우 자연스러운 현상이라, 우리의 언어가 바로 이런 목적으로 진화한 것처럼 보일 지경이다.

어휘사전
* **사피엔스** 생각할 줄 아는 현 인류를 뜻하는 말. 호모 사피엔스에서 유래함.
* **묘사**(描 그릴 묘, 寫 베낄 사) 어떤 대상이나 현상을 보이는 대로 말하거나 그리는 일.
* **협력**(協 도울 협, 力 힘 력) 힘을 합하여 서로 도움.
* **뒷담화**(談 말씀 담, 話 말할 화) 당사자가 없는 자리에서 그 사람을 헐뜯음.
* **악의적**(惡 악할 악, 意 뜻 의, 的 과녁 적) 남을 해롭게 하려는 마음을 가진 것.

1

내용 이해

이 글을 통해 알 수 있는 내용이 <u>아닌</u> 것은 무엇인가요? (   )

① 뒷담화의 필요성

② 인간의 언어가 특별한 이유

③ 인간의 언어가 진화한 까닭

④ 인간의 언어와 동물 언어의 차이점

⑤ 인간이 녹색원숭이와 대화하는 방법

2

내용 이해

인간의 언어에만 나타나는 특징으로 알맞은 것 두 가지에 ○표 하세요.

(1) 막대한 양의 정보를 소통할 수 있다. (   )

(2) 눈에 보이는 것에 대해서만 설명할 수 있다. (   )

(3) 위험 상황을 동료들에게 알려 서로를 보호할 수 있다. (   )

(4) 제한된 개수의 소리와 기호를 연결해 수많은 문장을 만들 수 있다. (   )

3

추론 하기

다음 **보기**에 나타난 '이것'이 공통으로 가리키는 것은 무엇인지 이 글에서 찾아 세 글자로 쓰세요.

┤ **보기** ├

　이것은 당사자가 없는 자리에서 그 사람의 험담을 하는 것을 말한다. 먼 옛날 호모 사피엔스가 협동을 하려면 이것이 반드시 필요했다. 내가 믿을 수 있는 사람은 누구인지, 누가 누구를 미워하는지, 누가 정직하고 누가 거짓말을 하는지 등에 대한 정보의 공유는 사회적 동물인 인류에게 매우 중요했기 때문이다. 하지만 현대 사회에서는 이것 때문에 힘들어하는 청소년이 종종 발생하고 사회 문제가 되기도 한다.

(   )

주제 정리 1 생각주제와 관련된 앞의 두 글을 읽고 내용을 정리해 보세요.

뒷담화란

당사자가 없는 자리에서 그 사람의 ㅎㄷ 을 하는 것을 말한다.

체리새우: 비밀글입니다

'나'와 친구들에게는 '시민중 밉상' 명단이 있어 그 1, 2위에 대한 뒷담화를 한다. 황효정은 예뻐서 싫어하는데, 노은유를 싫어하는 진짜 이유는 잘 모르겠다. 그냥 친구 중 누군가가 싫어하면 이상한 애로 소문이 나고, 소문은 알아서 자란다. 결국 '나'는 진짜 이유도 모르고 친구들이 싫어하기 때문에 따라서 노은유를 싫어하는 것이다.

뒷담화의 순기능

인류는 ㅇㅇ 를 통해 막대한 양의 정보를 이해하고 묘사할 수 있으며, 사람에 대한 정보를 서로 공유할 수 있다. 누가 누구를 미워하는지, 누가 정직하고 누가 속이는지 등의 정보를 공유하는 것은 인류 생존에 중요한 문제였다. 따라서 ㄷㄷㅎ 는 악의적인 능력이지만, 사람들이 모여 협동하는 데에 긍정적인 영향을 주었다.

2 이번 생각주제를 바탕으로 다음 현상에 담긴 의미를 바르게 파악하여 말한 친구의 이름에 ○표 하세요.

최근 방송에서 재미를 위한 뒷담화가 문제가 되고 있다. 단순히 웃음을 유발하기 위한 뒷담화라고 하지만, 많은 시청자들이 불편함을 느끼는 것도 사실이다.

뒷담화가 시청자들에게 불편함을 느끼게 한다는 점에서 뒷담화의 문제점을 알 수 있어.
민기

뒷담화는 사람들의 웃음을 유발하는 순기능만을 가지고 있어.
유라

3 사람들이 뒷담화를 하는 것에 대해 자신의 생각을 써 보세요.

주제 어휘	일말	과시	수다	협력	뒷담화	악의적

4 다음 뜻에 알맞은 주제 어휘에 ○표 하세요.

(1) 일부러 자랑하여 보임. 　　　　　　　　　　과실 ／ 과시

(2) 서로 힘을 합쳐 돕는 것. 　　　　　　　　　협력 ／ 실력

(3) '약간', '조금'을 이르는 말. 　　　　　　　일말 ／ 결말

(4) 쓸데없이 말을 많이 하는 것. 　　　　　　험담 ／ 수다

5 다음 빈칸에 공통으로 들어갈 낱말을 주제 어휘에서 찾아 쓰세요.

(1)
- 이런 상황에서도 거짓말을 하다니, □□□□의 양심도 없구나!
- 동생이 내 몫을 남겨 놓았을 것이라는 □□□□의 기대도 없었다.

→ □ □

(2)
- 시기와 질투로 인해 다른 사람의 □□□□를 하는 경우가 많다.
- 친구의 □□□□를 하는 것은 결국 나의 마음도 다치게 하는 일이다.

→ □ □ □

6 다음 밑줄 친 부분과 바꿔 쓸 수 있는 낱말을 주제 어휘에서 찾아 쓰세요.

　　최근 '블랙 컨슈머(black consumer)'가 증가하며 사회적 문제가 되고 있다. 블랙 컨슈머란 악성이라는 뜻의 'black'과 소비자 'consumer'를 합친 말이다. 구매한 상품을 문제 삼아 <u>나쁜 마음이나 좋지 않은 뜻을 가지고</u> 피해를 본 것처럼 이야기하거나 터무니없는 보상을 요구하는 소비자를 뜻한다. 물건을 오랜 기간 사용하고 나서 물건에 하자가 있다고 환불을 요구하거나, 음식을 다 먹은 뒤에 일부러 이물질을 넣어 보상금을 요구하는 등의 행동이 이에 해당한다.

(　　　　　　)

가짜 뉴스
의 전파

고사성어에 '**삼인성호***(三人成虎)'라는 말이 있다. '세 명이 우기면 없던 호랑이도 생긴다.'라는 뜻이다. 그런데 요즈음에는 '없던 호랑이를 생기게' 하는 데 세 명이 아니라 한 명이면 충분하다. 인터넷의 발달로 누구나 쉽게 정보를 생산하고 전달할 수 있게 되었기 때문이다. 이런 현실에서 '없는' 호랑이를 '있다'고 전하는 것처럼 사실에 기반하지 않은 가짜 뉴스는 점점 더 늘어나고 있다.

㉠누군가 최초로 가짜 뉴스를 생산하면 SNS 등을 통해 수많은 사람들에게 빠르게 전달된다. 코로나19가 유행일 때 '감염자를 쳐다만 봐도 옮는다'거나 '소독제를 먹으면 코로나를 치료할 수 있다'는 등의 가짜 뉴스가 **만연했다.*** 그뿐만 아니라 사회적으로 이슈가 터지거나 사고가 발생하면, 그와 관련된 가짜 뉴스도 쉽게 전파된다. 강원도 고성에 큰 산불이 났을 때 **이재민***들을 위한 헌 옷이 필요하다는 가짜 뉴스가 퍼져, 전국에서 보낸 헌 옷으로 곤란했던 사례도 있다.

가짜 뉴스는 특히 당사자에게 실제로 피해를 준다는 문제점도 있다. 런던의 한 인도 식당이 '사람 고기를 이용해 음식을 만든다'는 가짜 뉴스 탓에 문을 닫게 된 황당한 일도 있었다. 그리고 미국 국방부 근처에서 폭발하는 장면이 찍힌 사진이 공개된 적이 있는데, 알고 보니 이는 인공 지능이 만든 가짜 사진이었다. 이러한 가짜 뉴스는 진실과 구별하기 어렵고, 또 자극적인 경우가 많아서 진실보다 빠르게 확산된다.

더욱이 가짜 뉴스는 그 자체로 큰 피해를 주기도 하지만, 진실마저 의심하게 만들기도 한다. 마치 양치기 소년의 거짓말처럼, 거짓말이 계속되면 진실마저 거짓으로 생각하게 되는 것이다. 그러면 어떤 뉴스를 믿어야 할지 **불신***과 불안감이 커질 수 있다. 이처럼 인터넷을 타고 퍼지는 무분별한 가짜 뉴스는 사회적 혼란까지 **야기***할 수 있다.

최근 한국언론진흥재단이 실시한 조사 결과에 따르면 조사 대상자들 중에서 가짜 뉴스를 구별할 수 있는 사람은 2퍼센트도 안 되었다고 한다. 이러한 조사 결과를 통해 문제의 심각성을 인식한 정부는 가짜 뉴스를 '악성 정보 전염병'으로 규정하고 이를 퇴치하기 위해 노력하고 있다.

어휘사전

* **삼인성호**(三 석 삼, 人 사람 인, 成 이룰 성, 虎 범 호) 근거 없는 말이라도 여러 사람이 말하면 그대로 믿게 됨을 이르는 말.

* **만연**(蔓 덩굴 만, 延 끌 연)**하다** 식물의 줄기가 널리 뻗는다는 뜻으로, 나쁜 현상이 널리 퍼짐을 빗대어 이르는 말.

* **이재민**(罹 근심 이, 災 재앙 재, 民 백성 민) 지진, 태풍, 홍수, 화재 등에 의해 피해를 입은 사람.

* **불신**(不 아닐 불, 信 믿을 신) 믿지 않음.

* **야기**(惹 이끌 야, 起 일어날 기) 일이나 사건을 끌어 일으킴.

내용요약

글의 중심 내용을 생각하며 빈칸의 낱말을 써 보세요.

인터넷이 발달함에 따라 누구나 정보를 생산하고 전달할 수 있게 되면서 사실에 기반하지 않은 ㄱㅉ ㄴㅅ 가 많아졌다. 가짜 뉴스는 당사자에게 실제로 피해를 주기도 하고, 진실마저 의심하게 만들어 사회적 혼란까지 야기할 수 있다.

1

내용
이해

이 글을 읽고 알 수 있는 내용이 <u>아닌</u> 것은 무엇인가요? ( )

① 가짜 뉴스는 실제 피해로 이어지고 있다.

② 가짜 뉴스로 인해 사람들은 진실마저 의심하게 된다.

③ 가짜 뉴스를 전달받은 사람들은 대부분 가짜 뉴스를 구별할 수 있다.

④ 인터넷의 발달로 정보의 생산과 전달이 쉬워지면서 가짜 뉴스가 많아졌다.

⑤ 코로나19 감염자를 쳐다만 봐도 바이러스가 옮는다는 것은 가짜 뉴스였다.

2

내용
이해

정부는 가짜 뉴스를 무엇으로 규정하였는지 이 글에서 찾아 쓰세요.

( )

3

어휘
이해

밑줄 친 ㉠의 상황을 나타낼 수 있는 속담으로 알맞은 것은 무엇인가요? ( )

① 발 없는 말이 천 리 간다   ② 아니 땐 굴뚝에 연기 날까

③ 아 해 다르고 어 해 다르다   ④ 말 한마디에 천 냥 빚도 갚는다

⑤ 낮말은 새가 듣고 밤말은 쥐가 듣는다

4

적용
하기

다음 보기에서 가짜 뉴스로 인한 피해 사례가 <u>아닌</u> 것을 찾아 번호를 쓰세요.

┤ 보기 ├

(1) 초등학생: 오늘 뉴스에서 제주도에 비가 많이 내려서 홍수가 났다는 소식을 듣고, 제주도에 사시는 할머니와 할아버지가 걱정되었어요.

(2) 연예인: 아침에 뉴스를 보니 제가 음주 운전을 했다는 보도가 크게 나서 깜짝 놀랐어요. 사실이 아니라고 해명을 했지만 이미 소문이 나 버린 상황이라 걱정이에요.

(3) 식당 주인: 우리 식당에서 반찬을 재사용한다는, 사실 확인도 되지 않은 기사가 사실인 것처럼 인터넷에 떠돌아다니는 바람에 손님이 확 줄어서 피해가 이만저만이 아니에요.

(4) 중학생: 캔 뚜껑을 모아서 가져오면 휠체어로 바꿔 준다는 뉴스를 믿고 시간이 날 때마다 돌아다니며 열심히 모았는데, 사실이 아니라는 것을 알고 충격받았던 경험이 있어요.

( )

미디어 문해력

디지털 **미디어***의 발달로 수많은 뉴스와 정보가 전달되면서, 그 옳고 그름을 구별하기가 쉽지 않다. 이 같은 디지털 시대를 살아가기 위해서는 미디어 **문해력***을 기를 필요가 있다. '미디어 문해력'은 신문, 방송, 인터넷, SNS 등의 미디어를 이해하고 해석하고 비판할 수 있는 능력을 뜻한다. 우리가 자주 보는 미디어가 잘못된 정보나 거짓을 전달하고 있다면, 우리는 어떻게 해야 할까?

첫 번째는 **출처***와 근거를 확인하는 것이다. 출처가 없거나 신뢰할 수 없는 데에서 나온 것이라면 가짜 뉴스가 아닌지 의심해 보아야 한다. 누가 그 정보를 작성했거나 전달했는지, 신뢰할 만한 전문가의 의견이 담겨 있는지 살펴보아야 한다. 또 기사에 나온 통계 자료 등의 근거를 꼼꼼히 확인해야 한다. 아무런 설명이나 근거 없이 주장만 있다면 의심해야 한다.

두 번째는 제목과 함께 본문 내용을 끝까지 읽어 보고 판단하는 것이다. 가짜 뉴스는 자극적인 제목으로 사람들의 관심을 끈다. 본문을 끝까지 읽어 보면 제목과는 다른 경우가 많다. 예를 들어 건강에 좋은 음식을 소개하면서 '이것 먹으면 ○○병 무조건 낫는다'라는 식의 과장된 제목을 다는 것이다. 이를 '낚시성 기사'라고 일컫는다. 또 내용 중에 '경악', '충격' 같은 자극적인 표현이 많이 쓰였다면 비판적으로 생각해 보아야 한다. 가짜 뉴스는 감정에 호소하는 경우가 많기 때문이다.

세 번째는 시각 정보를 분석하는 힘을 기르는 것이다. 대부분 정보나 기사들은 그림 자료나 사진, 그래프, **인포그래픽*** 등을 포함하는 경우가 많다. 예를 들어, 인구 감소 문제가 심각하다는 기사에 '연도별 신생아 수' 그래프를 사용하여 객관적인 신뢰성을 높이는 식이다. 이러한 시각 자료들만 제대로 해석할 줄 알아도 미디어 문해력을 더욱 높일 수 있다.

어휘사전
* **미디어**(media) 신문, 방송, 인터넷 등 정보를 전달하는 역할을 하는 것.
* **문해력**(文 글월 문, 解 풀 해, 力 힘 력) 글을 읽고 이해하는 능력.
* **출처**(出 날 출, 處 곳 처) 말이나 물건 같은 것이 처음 생겨난 곳.
* **인포그래픽**(infographic) 디자인 요소를 활용하여 정보를 시각적인 이미지로 전달하는 그림이나 사진 등의 작품.

내용요약
글의 중심 내용을 생각하며 빈칸의 낱말을 써 보세요.

디지털 시대를 살아가기 위해서는 미디어를 이해하고 해석하고 비판할 수 있는 능력인 '미디어 ㅁㅎㄹ'이 중요하다. 이를 위해 출처와 근거를 확인하고, 제목뿐 아니라 본문 내용을 끝까지 읽어 보고 판단해야 하며, 시각 정보를 분석하는 힘을 길러야 한다.

1 이 글에서 설명한 내용과 일치하는 것은 무엇인가요? (   )

내용이해

① 디지털 미디어를 통해 전달되는 정보는 그대로 믿어야 한다.

② 유명한 언론사의 기자가 쓰지 않은 것은 모두 가짜 뉴스이다.

③ 제목만 보고 가짜 뉴스인지 아닌지 판단하는 능력을 키워야 한다.

④ 출처가 없거나 신뢰할 수 없는 데에서 나온 뉴스는 그 주장만 받아들인다.

⑤ 잘못된 정보를 전달하는 가짜 뉴스가 많아지면서 미디어 문해력이 요구된다.

2 다음 중 가짜 뉴스 구별법이 <u>아닌</u> 것은 무엇인가요? (   )

내용이해

① 시각 자료를 분석하며 읽는다.

② 정보의 출처와 근거를 확인한다.

③ 본문 내용을 비판적으로 생각하며 끝까지 읽는다.

④ 사람들에게 긍정적인 힘을 주는 제목인지 확인한다.

⑤ 신뢰할 만한 전문가의 의견이 담겨 있는지 확인한다.

3 다음 기사의 내용을 알맞게 비판하여 말한 친구의 이름에 ○표 하세요.

비판하기

> ### 연예인의 거짓말, 팬들 경악!
>
> 연예인 A씨가 거짓말을 한 것이 들통나 팬들에게 충격을 주고 있다. 드라마 주인공인 A씨는 드라마 속에서 자신의 부모를 속이기 위해 엄청난 거짓말을 했다. 평소에도 A씨는 자신의 지인들에게 농담 같은 거짓말을 자주 하는 것으로 알려져 있다.

나도 A씨의 팬인데 정말 실망이야. A씨가 어떤 거짓말을 한 것인지 구체적인 내용까지 밝혀내야 해.

윤하

A씨의 거짓말을 통해 드라마가 재미있어졌어. 앞으로 어떻게 전개될지 다음 회가 너무 기다려져.

지우

드라마 속에서 연기한 내용을 A씨가 실제로 거짓말을 한 것처럼 착각하게 제목을 과장하여 붙인 것이 문제야.

민솔

 1 생각주제와 관련된 앞의 두 글을 읽고 내용을 정리해 보세요.

가짜 뉴스의 전파

- 인터넷이 발달함에 따라 누구나 ㅈ ㅂ 를 생산하고 전달할 수 있게 되면서, 사실에 기반하지 않은 가짜 뉴스가 많아졌다.
- 가짜 뉴스는 당사자에게 실제로 피해를 준다.
- 가짜 뉴스는 진실마저 의심하게 만들고, 사회적 혼란까지 야기할 수 있다.

↓

미디어 문해력

- 디지털 시대를 살아가기 위해서는 미디어를 이해하고 해석하고 비판할 수 있는 능력인 '미디어 문해력'을 길러야 한다.
- 미디어에 흘러넘치는 정보의 옳고 그름을 구별하기 위한 방법은 다음과 같다.
  - ㅊ ㅈ 와 근거를 확인한다.
  - 제목뿐 아니라 본문 내용을 끝까지 읽어 보고 판단한다.
  - 시각 정보를 분석하는 힘을 기른다.

2 미디어 문해력에 대한 설명으로 알맞은 것을 두 가지 찾아 ○표 하세요.

(1) 가짜 뉴스로 인한 피해를 줄이기 위해서는 미디어 문해력이 필요하다.

(2) 미디어 문해력으로 인해 개인 간 소통의 자유가 사라지고 있다.

(3) 미디어가 제공하는 정보를 비판적으로 이해하고 해석하는 능력을 미디어 문해력이라고 한다.

(4) 미디어 문해력이 높은 사람은 기사 제목만 보고도 가짜 뉴스를 구별할 수 있다.

3 인터넷을 타고 퍼지는 무분별한 가짜 뉴스에 대해 자신의 생각을 써 보세요.

20

주제 어휘	불신	야기	미디어	문해력	출처

4 다음 주제 어휘와 뜻을 알맞게 연결하세요.

(1) 불신 •

(2) 야기 •

(3) 미디어 •

(4) 문해력 •

• ㉠ 믿지 않음.

• ㉡ 글을 읽고 이해하는 능력.

• ㉢ 일이나 사건을 끌어 일으킴.

• ㉣ 신문, 방송, 인터넷 등 정보를 전달하는 역할을 하는 것.

5 다음 빈칸에 들어갈 낱말을 주제 어휘에서 찾아 쓰세요.

> (1) 거짓말이 한 번 두 번 쌓이면 서로를 (   )하게 된다.
>
> (2) 마을 사람들은 전쟁이 날 것이라는 소문의 (   )를 찾으려고 애썼다.
>
> (3) 일회용품을 많이 쓰고 쉽게 버리는 행동은 환경 오염 문제를 (   )했다.
>
> (4) 한글을 읽고 쓰는 것을 넘어 글을 정확하게 이해하는 (   )을 키워야 한다.

6 다음에서 설명하는 낱말을 주제 어휘에서 찾아 쓰세요.

> 이 낱말은 '말이나 물건 같은 것이 처음 생겨난 곳.'을 뜻한다. 이 낱말은 '그 소문은 나온 데를 모르기 때문에 함부로 옮기면 안 돼.'라는 문장에서 '나온 데'와 바꾸어 쓸 수 있는 낱말이다.

(   )

교통 정체와 나비 효과

▲ 교통 정체

명절 연휴에는 고속 도로가 **정체**⃰되어 평소 3시간 걸리던 곳이 6시간 걸리는 현상이 일어난다. 이러한 교통 정체는 도시를 이동하는 차량이 한꺼번에 몰리면서 나타난다. 그런데 고속 도로를 달리다 보면 재미있는 현상을 발견하게 된다. 달리는 차의 숫자는 비슷한데, 어떤 구간에서는 차가 거의 움직이지 못하고, 어떤 구간에서는 느리더라도 일정한 속도로 움직인다. 왜 특정한 구간에서만 유독 정체가 일어나는 것일까?

교통 정체를 설명하는 이론 중 '나비 효과'가 있다. ㉠'나비 효과'는 나비의 날갯짓과 같은 아주 작은 변화, 차이, 사소한 사건이 나중에 예상치도 못한 큰 변화와 사건으로 이어지게 되는 현상을 말한다. '나비 효과'라는 표현은 1952년 레이 브래드버리의 소설 「천둥소리」에 처음 나왔다. 1961년에는 미국의 한 기상학자가 컴퓨터로 기상 변화를 예측하면서 초기값 0.506127 대신 일부를 생략한 0.506을 입력했더니 기후 패턴이 달라진다는 것을 발견했다. 미세한 차이가 아주 다른 결과를 만든 것이다. 그 후 '나비 효과'라는 표현은 1970년대에 과학 용어로 등장하며 기상학자들에 의해 널리 사용되기 시작했다.

'나비 효과'는 "한국에서 일어난 나비의 작은 날갯짓이 미국 뉴욕에 태풍을 일으킬 수도 있다."라는 이론이다. 최초의 날갯짓이 공기에 변화를 미치는 영향은 매우 **미미하다.**⃰ 하지만 이 변화가 **연쇄적**⃰으로 점점 커져서, 한참 시간이 지난 뒤 먼 곳에서 태풍과 같은 큰 사건을 일으키는 것이다.

'나비 효과' 이론에서 보면 교통 정체의 시작은 자동차 한 대의 작은 움직임 때문이다. 어떤 차가 갑자기 **급정거**⃰를 한다고 하자. 그러면 바로 뒤따르던 차도 함께 급정거를 하며 속도를 줄이게 된다. 이어서 그 뒤의 차들이 줄줄이 속도를 급격히 줄여야 한다. 이렇게 연쇄적으로 많은 차들이 속도를 줄이기 시작하면 교통 정체가 발생하게 된다. 이처럼 '나비 효과' 이론은 우리 생활 속 여러 현상의 원인을 찾는 데 도움이 된다.

어휘사전

⃰ **정체**(停 머무를 정, 滯 막힐 체) 앞으로 나아가지 못하고 그 자리에 미물러 막히는 것.

⃰ **미미**(微 작을 미, 微 작을 미)**하다** 보잘것없이 아주 작다.

⃰ **연쇄적**(連 잇닿을 연, 鎖 쇠사슬 쇄, 的 과녁 적) 어떤 일이 사슬처럼 계속 이어지는. 또는 그런 것.

⃰ **급정거**(急 급할 급, 停 머무를 정, 車 수레 거) 차 등이 급히 멈추어 서는 것.

내용요약

글의 중심 내용을 생각하며 빈칸의 낱말을 써 보세요.

'ㄴ ㅂ ㅎ ㄱ'는 나비의 날갯짓과 같은 아주 사소한 사건이 나중에 큰 변화와 사건으로 이어지게 되는 현상을 말한다. 나비 효과 이론에서 보면 교통 정체의 시작은 자동차 한 대의 작은 움직임 때문이다.

1 이 글의 내용과 일치하는 것을 두 가지 찾아 ○표 하세요.

내용
이해

(1) '나비 효과'는 이론일 뿐 우리 생활과 전혀 관계가 없다. (   )

(2) 고속 도로 교통 정체가 발생하는 원인을 아직까지 찾아내지 못했다. (   )

(3) '나비 효과'라는 용어는 기상학자들에 의해 널리 사용되기 시작했다. (   )

(4) 교통 정체는 교통 흐름을 거스르는 차 한 대의 작은 움직임에서 시작된다.

(   )

(5) 특정한 구간에서만 정체가 일어나는 것은 그 구간에 사람이 많이 살기 때문이다.

(   )

2 이 글을 읽고 교통 정체를 줄이는 방법을 알맞게 짐작한 것은 무엇인가요?

추론
하기

(   )

① 고속 도로의 차선 수를 줄인다.

② 고속 도로에도 신호등을 설치한다.

③ 모든 차량이 전속력으로 달리게 한다.

④ 운전할 때 굳이 차선을 바꾸거나 급정거를 하지 않는다.

⑤ 교통경찰관을 곳곳에 배치하여 차량이 속도를 내지 못하게 한다.

3 ㉠의 사례를 알맞게 소개한 친구 두 명을 찾아 이름에 ○표 하세요.

적용
하기

2011년 미국의 신용 등급이 떨어졌는데, 여러 나라의 경제가 흔들리고 이 사태가 더 커지면서 그리스는 국가 부도가 났대.

자동차가 빗길을 지날 때는 더욱 조심해야 해. 물이 고여 있는 곳은 미끄러지기 쉬워서 사고 위험이 높기 때문이야.

어느 작은 도시에서 발견된 코로나19 바이러스로 인해 전 세계가 봉쇄되고 경제적으로도 큰 타격을 입었어.

우리나라에 전에 없었던 폭염과 가뭄이 동시에 찾아와 날씨가 건조해지자 크고 작은 산불이 곳곳에서 일어났어.

소민

해솔

지우

도현

미래를 예측하는 카오스 이론

일상생활 속에서 불규칙적으로 무질서하게 변하는 것처럼 보여 미래를 예상하기 힘든 현상을 '카오스(chaos)'라고 한다. '카오스'는 고대 그리스어로 '혼돈*'을 의미하며, 이러한 혼돈 현상을 밝히고자 하는 것이 카오스 이론이다. '혼돈 이론'이라고 부르기도 한다. 앞에서 살펴본 '나비 효과'도 카오스 이론의 한 종류이다.

카오스 이론이 주목받은 것은 20세기에 들어서였다. 그 이전에는 세상의 많은 현상을 설명하고 미래를 예측하는 데 ㉠뉴턴의 법칙같이 원인과 결과가 정해진 것을 주로 사용하였다. 뉴턴은 사과가 땅으로 떨어지는 것이 지구가 물건을 당기는 힘 때문이라고 생각했다. 우리는 정지된 공을 차면 앞으로 날아간다고 예상할 수 있다. 그러나 20세기 들어서 과학적 법칙으로 설명하고 예측할 수 없는 일들이 많다는 사실을 알게 되었다. 날씨, 기후, 주가, 교통 체증같이 불규칙한 현상을 설명하고자 노력하는 것이 ㉡카오스 이론이다.

카오스 이론에서 중요하게 여기는 것은 '초기 조건'이다. 전문가들은 자연 현상이 무질서하게 일어나는 것이 아니라, 단지 예측하기 어려운 것이라고 말한다. 그래서 초기에 어떤 변수*와 사건이 있는지 파악하면 예측도 가능하다는 것이다. 그러나 초기 조건을 완벽히 파악하는 것은 쉽지 않다. 작은 현상이 불러온 차이를 그 순간에는 확인하기 어렵다. 그러나 이 차이가 시간이 지나면서 점점 커지게 된다.

우리나라 생태계에 나타난 황소개구리를 떠올려 보자. 우리나라 토착종*보다 훨씬 큰 황소개구리가 처음 들어왔을 땐 그 수가 매우 적었다. 아마 많은 사람들이 그 존재를 인식하지도 못했을 것이다. 하지만 황소개구리는 빠르게 개체* 수가 증가하면서 생태계를 혼란하게 했다. 이처럼 초기 조건의 차이는 카오스 현상을 유발하는 중요한 요소가 된다. 카오스 이론을 연구하는 사람들은 이처럼 초기 조건의 미세한 차이와 이어지는 현상을 주의 깊게 관찰하며 우리 앞날에 대한 불확실성을 극복하고자 한다.

어휘사전

* **혼돈**(混 섞을 혼, 沌 어두울 돈) 마구 뒤섞여 어지럽고 갈피를 잡을 수 없는 상태.
* **변수**(變 변할 변, 數 셀 수) 어떤 일의 변화를 일으킬 수 있는 요인.
* **토착종**(土 흙 토, 着 붙을 착, 種 씨 종) 아주 옛날부터 그 땅에서 살거나 오랫동안 그 지방에서 생겨서 내려오는 식물이나 동물의 종류.
* **개체**(個 낱 개, 體 몸 체) 살아갈 수 있는 독립된 기능을 갖춘 하나의 생명체.

내용요약

글의 중심 내용을 생각하며 빈칸의 낱말을 써 보세요.

카오스 이론은 불규칙한 현상을 설명하는 데 도움이 된다. 카오스 이론을 연구하는 사람들은 초기 조건의 미세한 차이와 이어지는 현상을 주의 깊게 관찰하여 우리 앞날에 대한 불확실성을 극복하고자 한다.

1 이 글을 읽고 알 수 있는 내용은 무엇인가요?   (   )

내용
이해

① 카오스 이론은 절대 예측할 수 없는 현상을 연구한다.

② 전문가들은 자연 현상이 무질서하게 일어난다고 보았다.

③ 뉴턴의 법칙을 활용해서 세상의 모든 현상을 설명할 수 있다.

④ 카오스 이론을 통해 우리 앞날에 대한 불확실성을 극복하고자 한다.

⑤ 복잡하지만 규칙적이어서 예측할 수 있는 현상을 '카오스'라고 한다.

2 ⊙, ⓒ에 해당하는 사례를 **보기**에서 찾아 각각 번호를 쓰세요.

적용
하기

┤ **보기** ├

① 멈춰 있는 축구공을 세게 차면 힘이 가해지는 방향으로 빠르게 날아간다.

② 어떤 변수로 인하여 2020년 2월 우리나라 코로나19 확진자가 폭발적으로 늘어났다.

③ 비행기는 거대한 엔진으로 연료를 연소시킨 뒤에 나아가려는 방향과 반대로 뿜어내면서 전진한다.

④ 여러 원인으로 해수면 온도가 0.5도만 올라도 엘니뇨 현상이 발생하고, 이 때문에 이상 기후가 발생하거나 전 세계적인 기상 이변이 일어나기도 한다.

(1) ⊙에 해당하는 사례	(2) ⓒ에 해당하는 사례

3 주식 가격에 대해 설명한 다음 글을 읽고, 빈칸에 알맞은 말을 이 글에서 찾아 쓰세요.

적용
하기

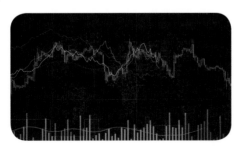

주식 가격은 주변의 수많은 요인이 작용하여 왼쪽 그래프와 같이 빠르게 오르고 내린다. 때로는 주식과 전혀 무관해 보이는 뉴스 때문에도 오르거나 내린다. 언제 어디에서 어떤 뉴스가 터질지 예측할 수 없고, 주식을 사고파는 사람들의 생각에 따라서도 주식 가격은 요동친다. 그러나 장기간의 데이터를 수집하여 분석해 보면, 주식 가격의 오르내림에도 어떤 규칙성이 나타나고 그것을 바탕으로 앞으로의 변화를 예측할 수 있다.

이처럼 예측 불가능한 주식 가격의 변화 속에 숨어 있는 규칙을 찾아내는 것도 (   )에 근거한 것이다.

 1 생각주제와 관련된 앞의 두 글을 읽고 내용을 정리해 보세요.

카오스 이론

- 20세기 들어서 과학적 법칙으로 설명하고 예측할 수 없는 일들이 많다는 사실을 알게 되면서 카오스 이론이 주목받기 시작했다. 날씨, 기후, 주가, 교통 체증같이 불규칙한 현상을 설명하고자 하는 것이며, 'ㅎㄷ 이론'이라고 부르기도 한다.
- 카오스 이론에서 중요하게 여기는 것은 '초기 조건'이다. 초기 조건의 미세한 차이와 이어지는 현상을 주의 깊게 관찰하면 불확실성을 극복할 수 있다.

나비 효과

- 카오스 이론의 한 종류로, 나비의 ㄴㄱㅈ 과 같은 아주 작은 변화, 차이, 사소한 사건이 나중에 예상치도 못한 큰 변화와 사건으로 이어지게 되는 현상을 말한다.
- 나비 효과 이론에서 보면 교통 정체의 시작은 교통 흐름을 거스르는 자동차 한 대의 작은 움직임 때문이다.

2 다음은 「천둥소리」를 읽고 쓴 독서 감상문입니다. 이 소설에 담겨 있는 생각으로 알맞은 것에 ○표 하세요.

레이 브래드버리의 「천둥소리」는 시간 여행을 다룬 소설이나. 미래 시대 관광객이 타임머신을 타고 가서 공룡 사냥을 할 수 있는 여행 프로그램에 참여한다. 이 사냥에는 중요한 규칙이 있다. 원래 죽을 운명인 동물을 제외하면 다른 어떤 것도, 심지어 식물도 함부로 죽일 수 없다. 그 까닭은 사소한 실수로 미래를 바꿀 수 있기 때문이다.

주인공이 다시 현재로 돌아와 보니 여행 전과 달리 위험한 독재자가 대통령이 되어 있었다. 그는 자기가 나비 한 마리를 밟아 죽인 것을 발견하게 된다. 6천만 년 전 작은 나비의 죽음이 미래를 바꿔 놓았다는 생각이 재미있었다.

(1) 초기 조건이 아주 약간만 달라져도 시간이 지나면서 그 차이가 점점 커지게 된다는 나비 효과를 보여 준다.

(2) 원인과 결과는 정해져 있기 때문에 원인을 알면 어떤 일이 일어날지 설명할 수 있다는 뉴턴의 법칙을 보여 준다.

3 나비 효과나 카오스 이론에 대해 자신의 생각을 써 보세요.

주제 어휘 | 정체 미미하다 연쇄적 혼돈 변수 토착종

4 다음 **주제 어휘**와 뜻을 알맞게 연결하세요.

(1) 미미하다 •

(2) 연쇄적 •

(3) 변수 •

(4) 토착종 •

• ㉠ 보잘것없이 아주 작다.

• ㉡ 어떤 일이 사슬처럼 계속 이어지는 것.

• ㉢ 어떤 일의 변화를 일으킬 수 있는 요인.

• ㉣ 아주 옛날부터 그 땅에서 살거나 오랫동안 그 지방에서 생겨서 내려오는 식물이나 동물의 종류.

5 다음 빈칸에 들어갈 낱말을 **주제 어휘**에서 찾아 쓰세요.

(1) 한 친구가 독감에 걸리자 반 친구들이 (   )으로 다 옮았다.

(2) 장마 전선의 (   )로 비가 계속 이어질 것이라는 일기 예보를 보았다.

(3) 무질서하게 (   )스러워 보이는 책상이지만 필요한 것은 바로바로 찾을 수 있다.

(4) 물이 새는 양이 (   )고 그냥 두었더니 수도관이 결국 터지고 말았다.

6 다음 밑줄 친 말과 바꿔 써도 뜻이 통하는 낱말을 **주제 어휘**에서 찾아 쓰세요.

한 나라의 경제는 어려울 때도 있고 좋을 때도 있다. 그런데 세계 각국의 경제가 동시에 어려워진 사건이 있었다. 이 사건을 대공황이라고 한다. 제1차 세계 대전이 끝난 뒤 세계 각국은 호황기를 누렸다. 그런데 1929년 10월, 미국 주식 시장에서 갑자기 주식 가격이 급락하기 시작했다. 주식에 투자했던 많은 기업과 개인이 손해를 보았고, 그 영향은 전 세계로 퍼져 나갔다. 대공황 시기에 독일의 경우, 일을 할 수 있는 사람들의 절반이 실업자가 될 정도로 큰 어려움을 겪었다. 이와 같은 경제 침체는 1930년대 초반까지 이어졌다.

(   )

그라피티 아트

우리는 유명한 거리나 관광지, 식당 또는 공중화장실의 벽 등에 다양한 낙서가 그려진 것을 종종 보게 된다. 사람들은 왜 이렇게 공공장소에 낙서를 하는 것일까? 여러 이유가 있겠지만, 무엇보다도 글자나 그림을 통해 자기를 **표출***하고 싶은 마음 때문이다.

길거리 여기저기 벽면에 낙서처럼 그리거나 페인트를 분무기로 내뿜어서 그리는 그림을 뜻하는 '그라피티'의 시작도 이와 같은 자기 표현이었다. 1971년, 뉴욕의 골목길과 벽면에 'TAKI 183'이라는 낙서가 보이기 시작했다. **암호*** 같은 이 낙서에 대한 궁금증은 얼마 뒤 뉴욕타임즈에 의해 풀렸다. '타키'라는 소년이 자신의 별명과 사는 곳을 적은 것이었다. 이 일로 타키는 도시 곳곳을 누비며 낙서를 한 최초의 인물로 유명해졌다.

'거리의 낙서'로 불리는 그라피티는 이제 단순한 낙서를 넘어 표현의 자유를 상징하는 예술로 **자리매김***하였다. 대표 작가로는 먼저 '뱅크시'를 들 수 있다. 뱅크시는 주로 다양하고 민감한 사회 주제를 표현하였는데, 그의 대표작으로 팔레스타인 장벽에 평화를 상징하는 비둘기가 방탄 조끼를 입고 있는 모습을 그린 그라피티가 있다. 평화가 총과 전쟁에 의해 위협받는 상황을 표현한 것으로 전쟁을 멈추고 평화를 되찾자는 메시지가 담겨 있다. 이밖에도 ㉠뱅크시는 난민, 기아, 환경 오염 문제 등 우리가 **직면***하고 있는 다양한 사회 문제들을 다루었다.

▲ 뱅크시, 「평화의 비둘기」

또 다른 그라피티 작가로는 '키스 해링'을 들 수 있다. 키스 해링은 ㉡간결한 선과 강렬한 원색, 재치와 유머가 넘치는 표현으로 유명하다. 그는 뉴욕 거리의 벽과 지하철 **플랫폼***에 그려져 있는 낙서에서 영감을 얻어 지하철과 길거리의 벽을 캔버스 삼기 시작했다. 그의 그림은 단순하지만 그 뒤에는 인종 차별, **반핵***, 전쟁 등 무거운 주제들에 대한 메시지가 숨어 있다.

어휘사전

* **표출**(表 겉 표, 出 날 출) 겉으로 나타냄.

* **암호**(暗 어두울 암, 號 부르짖을 호) 비밀을 유지하기 위하여 당사자끼리만 알 수 있도록 꾸민 약속 기호.

* **자리매김** 사회나 사람들의 인식에서 어느 정도 고정된 위치를 차지함.

* **직면**(直 곧을 직, 面 낯 면) 어떠한 일이나 사물을 직접 당하거나 접함.

* **플랫폼**(platform) 역에서 기차를 타고 내리는 곳.

* **반핵**(反 돌이킬 반, 核 씨 핵) 핵무기, 원자력 발전소 등의 원자력과 관계된 모든 일에 반대함.

내용요약

글의 중심 내용을 생각하며 빈칸의 낱말을 써 보세요.

ㄱㄹㅍㅌ 는 길거리 여기저기 벽면에 낙서처럼 그리거나 페인트를 분무기로 내뿜어서 그리는 그림을 뜻하는 말로, 대표적인 작가로는 뱅크시와 키스 해링이 있다.

1 그라피티에 대한 설명으로 알맞지 <u>않은</u> 것은 무엇인가요? (   )

내용 이해

① 대표적인 작가로 뱅크시와 키스 해링이 있다.

② 민감한 사회 주제에 대한 메시지를 전달하기도 한다.

③ 길거리 여기저기 벽면에 낙서처럼 그리는 그림을 뜻한다.

④ 단순한 낙서를 넘어 표현의 자유를 상징하는 예술이 되었다.

⑤ '타키'라는 소년이 암호 같은 낙서로 길거리를 어지럽히면서 금지되었다.

2 다음 뱅크시의 작품을 보고, ㉠과 **보기**의 설명을 참고하여 작품을 알맞게 감상한 것에 ○표 하세요.

감상 하기

┤ 보기 ├

　소년이 그려진 한쪽 벽면을 보면 하늘에서 내리는 눈을 맞으며 혀를 내밀어 눈을 먹고 있는 것처럼 보이지만, 다른 벽면에 그려진 그림과 함께 보면 소년이 먹고 있는 것은 재 가루이다.

◀ 뱅크시, 「눈 먹는 소년」

(1) 소년이 먹고 있는 것이 하늘에서 내리는 눈이 아니라 쓰레기를 태우는 재 가루라는 것을 통해 환경 오염의 심각성에 대한 메시지를 전하고 있다.　(   )

(2) 춥고 배고픈 소년이 눈송이를 먹고 있는 것으로 보아, 빈곤으로 인한 식량 문제를 해결하자는 메시지를 전하고 있다.　(   )

3 ㉡과 같은 특징으로 대표되는 키스 해링의 작품을 **보기**에서 두 가지 골라 번호를 쓰세요.

적용 하기

┤ 보기 ├

(   )

도시 속 공공 미술

거리, 공원, 광장 등 공개된 장소에 설치하고 전시하는 공공 미술은 대중을 위한 것이다. 모든 시민들이 함께 감상하고 즐길 수 있는 미술이다. 길을 걷다 보면 흔히 접할 수 있는 건물 앞 **조형물***, 공원의 조각상, 벽화와 거리의 낙서로 불리는 그라피티도 공공 미술에 속한다.

공공 미술이라는 용어는 1967년 영국의 존 윌렛이 처음 사용하였다. 그는 작품을 직접 구입할 수 있는 상류층만 누리던 미술을 비판적으로 바라보고, 대중도 쉽게 미술을 접하고 즐길 수 있어야 한다고 생각했다. 이렇게 시작된 공공 미술은 시간이 지나면서 더 넓은 의미를 갖게 되었다. 공공 미술은 작품뿐 아니라 작품을 포함한 주변 **경관***을 새롭게 하고, 예술을 **접목***해 그 지역의 이미지를 바꾸는 역할도 한다.

▲ 서울 이화동 벽화 마을

우리나라 곳곳에는 예쁜 벽화 마을이 있다. 통영의 동피랑, 서울 이화동 벽화 마을 등은 삭막했던 회색 벽이 알록달록 색을 입고 아름다운 캔버스로 변신했다. 벽화 마을을 걷다 보면 마을 전체가 하나의 미술관인 듯한 기분이 든다. 벽화로 인해 어둡던 골목에 생기가 넘치고 **문화 소외 지역***이 관광지로 탈바꿈하기도 한다. 이렇게 마을을 특색 있게 만들어 주는 벽화도 공공 미술의 한 영역이다.

우리나라에 설치 미술을 알린 절세 거인 '해머링 맨' 역시 유명한 공공 미술 작품이다. 서울 광화문 네거리를 걸어가다 보면 망치를 든 거대한 작품을 만날 수 있다. 2002년에 설치된 키 22미터의 해머링 맨은 느리지만 묵묵히 망치질을 멈추지 않는다. 미국의 조각가인 조나단 보로프스키의 이 작품은 전 세계 11개 도시에 설치되어 있다. 작가는 해머링 맨을 통해 똑같은 일상에도 지치지 않고 ㉠각자의 망치로 ㉡성실하게 일하는 사람들을 표현하고자 했다.

공공 미술은 한 마을을 유명한 관광 명소로 만들기도 하고, 마을 분위기를 밝게 하여 범죄율을 감소시키기도 한다. 이는 공공 미술의 힘을 보여 주는 대표적인 사례이다. 공공 미술은 대중과 함께 문화를 공유하고 소통하며 지금도 도시에 새로운 활력을 불어넣고 있다.

어휘사전

* **조형물**(造 지을 조, 形 형상 형, 物 만물 물) 여러 가지 재료를 이용하여 구체적인 형태로 만든 물체.

* **경관**(景 경치 경, 觀 볼 관) 자연이나 지역의 풍경.

* **접목**(椄 접붙일 접, 木 나무 목) 서로 다른 것들을 어울리게 합쳐 새로운 것을 만드는 것.

* **문화 소외 지역** 공간적, 경제적인 여건이 제약되어 문화생활을 영위하기 힘든 지역.

내용요약

글의 중심 내용을 생각하며 빈칸의 낱말을 써 보세요.

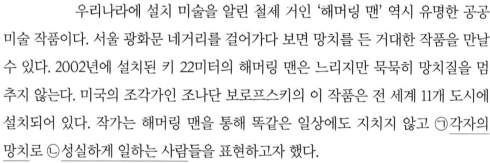

거리, 공원, 광장 등 공개된 장소에 설치하고 전시하는 공공 미술은 [ㄷ][ㅈ]을 위한 것으로, 대중과 함께 문화를 공유하고 소통하며 도시에 새로운 활력을 불어넣고 있다.

1 이 글의 내용과 일치하지 <u>않는</u> 것은 무엇인가요? (   )

내용
이해

① 존 윌렛이 공공 미술이라는 용어를 처음 사용하였다.

② 공공 미술은 한 마을을 유명한 관광 명소로 만들기도 한다.

③ 공공 미술은 모든 시민들이 함께 감상하고 즐길 수 있는 미술이다.

④ 거리의 낙서로 불리는 그라피티는 공공 미술로 인정받지 못하고 있다.

⑤ '해머링 맨'은 우리나라에 설치 미술을 알린 유명한 공공 미술 작품이다.

2 벽화 마을에 대한 설명으로 알맞은 것 두 가지를 찾아 ○표 하세요.

내용
이해

(1) 서울 광화문 네거리에 가면 만날 수 있다. (   )

(2) 마을 전체가 하나의 미술관인 듯한 느낌을 준다. (   )

(3) 마을의 분위기가 밝아지면서 범죄율이 감소하기도 한다. (   )

(4) 미술 작품을 직접 구입할 수 있는 상류층이 모여 사는 곳이다. (   )

(5) 관광지였다가 시간이 흘러 문화 소외 지역이 된 마을을 뜻한다. (   )

3 밑줄 친 '㉠-㉡'과 같은 관계가 되도록 알맞게 선으로 이으세요.

적용
하기

㉠

(1) 망치, 못, 톱   •

(2) 붓, 팔레트, 물감   •

(3) 가위, 빗, 드라이어   •

(4) 보호 장비, 구조 장비 •

㉡

• ① 화가

• ② 목수

• ③ 미용사

• ④ 구조대원

4 이 글의 내용으로 보아, 다음 중 공공 미술 작품이 <u>아닌</u> 것은 무엇인가요?

적용
하기

(   )

① 서울 광화문 광장에 세워져 있는 이순신 장군 동상

② 프랑스 루브르 박물관에 전시된 레오나르도 다빈치의 「모나리자」

③ 덕수궁 돌담길을 따라 역사 유적 건물을 새겨 놓은 보도 타일 그림

④ 헌 신발 3만 켤레로 만들어 서울역 광장에 전시한 「슈즈 트리(Shoes Tree)」

⑤ 청계천이 시작되는 곳에 세운 높이 21미터의 다슬기 모양 조형물 「스프링(Spring)」

주제 정리 **1** 생각주제와 관련된 앞의 두 글을 읽고 내용을 정리해 보세요.

ㄱ ㄱ ㅁ ㅅ	뜻		대중을 위해 거리, 공원, 광장 등 공개된 장소에 설치하고 전시하는 미술로, 모든 시민들이 함께 감상하고 즐긴다.
	종류	벽화 마을	삭막했던 회색 벽이 알록달록 색을 입고 아름다운 캔버스로 변신한 ㅂ ㅎ 마을은 마을 전체가 하나의 미술관인 듯한 기분이 든다.
		설치 미술	서울 광화문 네거리에서 만날 수 있는 해머링 맨과 같이 건물 앞 조형물도 공공 미술의 하나이다.
		그라 피티	벽면에 낙서처럼 그리거나 페인트를 분무기로 내뿜어서 그리는 그라피티는 단순한 낙서를 넘어 표현의 자유를 상징하는 예술로 자리매김하고 있다.
	역할		• 경관을 새롭게 하고, 그 지역의 이미지를 바꾸기도 한다. • 한 마을을 유명한 관광 명소로 만들거나, 마을 분위기를 밝게 만들기도 한다. • 대중과 함께 문화를 공유하고 소통하며 도시에 새로운 활력을 불어넣고 있다.

2 다음 두 작품에 대한 설명으로 알맞은 것에 ○표 하세요.

▲ 우고 론디노네, 「세븐매직마운틴스」

▲ 조지 종골로풀로스, 「우산들」

(1) 미술 전시관에 설치되어 일부 관람객만 감상할 수 있다.

(2) 공개된 장소에 설치되어 대중들이 자유롭게 감상할 수 있다.

3 공공 미술에 대해 자신의 생각을 써 보세요.

| 주제 어휘 | 표출 | 자리매김 | 직면 | 조형물 | 접목 |

4 다음 뜻에 알맞은 **주제 어휘**에 ○표 하세요.

(1) 겉으로 나타냄. | 각출 | 표출 |

(2) 어떤 일이나 사물을 직접 당하거나 접함. | 직진 | 직면 |

(3) 여러 가지 재료를 써서 구체적인 형태로 만든 물체. | 조형물 | 건축물 |

(4) 서로 다른 것들을 어울리게 합쳐 새로운 것을 만드는 것. | 접목 | 접속 |

5 다음 빈칸에 공통으로 들어갈 낱말을 **주제 어휘**에서 찾아 쓰세요.

(1)
- 소민이는 나에게 서운한 감정을 그대로 [   ]했다.
- 자신만의 개성을 당당하게 [   ]하는 사람이 멋있어 보인다.

→ [   ]

(2)
- 수학과 과학 원리를 [   ]한 마술을 배워 보기로 했다.
- 나와 유솔이의 생각을 [   ]했더니 참신한 작품이 탄생했다.

→ [   ]

6 다음 밑줄 친 부분과 바꿔 쓸 수 있는 낱말을 **주제 어휘**에서 찾아 쓰세요.

우리 집에는 유기견 '또야'가 살고 있다. 처음에 집에 왔을 때는 어찌나 사람을 무서워하고 낯을 가리던지 가까이 다가갈 수가 없었다. 그러나 매일 따뜻한 목소리로 말을 건넸더니 조금씩 다가와 내가 주는 사료를 먹기 시작했다. 지금은 또야와 둘도 없는 친구가 되었지만, 우리 가족으로 어느 정도의 고정된 위치를 차지하기까지 한참 걸렸다. 또야가 유기견이었을 때 받은 상처를 치유할 수 있도록 잘 보살펴 주어야겠다.

(   )

인공 지능이 만든 작품

▲ 인공 지능 '넥스트 렘브란트'가 그린 그림

어휘사전

＊**화풍**(畫 그림 화, 風 바람 풍) 한 화가의 그림에 나타나는 특징.

＊**모방**(摸 본뜰 모, 倣 본받을 방) 다른 것을 그대로 따라 함.

＊**낙찰**(落 떨어질 낙, 札 뽑을 찰) 경매에서 물건을 어떤 사람이 받도록 결정하는 일

＊**국한**(局 판 국, 限 한계 한) 범위를 일정한 부분으로 제한하여 정함.

인간처럼 혼자 생각하고, 학습하여, 어떤 결과물까지 만들어 내는 인공 지능이 다양한 영역에서 활약하고 있다. 이는 예술 분야로도 이어져 인공 지능이 그린 그림을 감상하고, 인공 지능이 만든 음악을 즐기는 것이 현실이 되었다.

마이크로소프트와 렘브란트 미술관, 네덜란드 과학자는 인공 지능 '넥스트 렘브란트'를 공동으로 개발했다. 넥스트 렘브란트는 렘브란트의 작품 300점 이상을 분석해 데이터를 얻은 후 렘브란트 특유의 **화풍**＊을 **모방**＊한 그림을 만들었다. 또 2021년 5월 런던에서는 인공 지능 로봇 작가 '아이다'의 두 번째 전시회가 열렸다. 이 전시회에서는 아이다가 거울을 보고 그린 세 개의 자화상을 포함한 작품들이 공개되었다. 그리고 구글에서 개발한 인공 지능 화가 '딥 드림'을 활용하면 누구나 멋진 그림을 만들어 낼 수 있다. 이러한 인공 지능이 그린 그림들은 가치를 인정받아 높은 가격에 판매되기도 한다. 2016년 샌프란시스코에서 열린 경매에서 딥 드림으로 그린 그림 29점이 모두 팔렸고, 2018년 뉴욕에서 열린 경매에서는 처음으로 인공 지능이 그린 초상화가 약 43만 달러에 **낙찰**＊되기도 했다.

인공 지능이 만든 작품은 미술뿐만 아니라 음악에서도 만나 볼 수 있다. 2016년 경기도 문화의 전당에서는 '모차르트 vs 인공 지능' 음악회가 열렸다. 음악회에서는 인공 지능 프로그램이 작곡한 모차르트 풍의 음악과 실제 모차르트 교향곡을 연이어 연주하고, 관객에게 듣기 좋은 음악을 고르도록 하였다. 결과는 모차르트의 승리로 끝났지만 인공 지능이 작곡의 영역까지 넘볼 수 있다는 사실을 보여 주었다. 또한 2023년 구글은 만들고 싶은 음악을 설명하면 그대로 음악을 만들어 주는 인공 지능 '뮤직LM'을 발표했다. '뮤직LM'은 글뿐만 아니라 허밍, 휘파람, 그림 등으로 원하는 음악을 설명하면 알맞은 멜로디를 생성해 준다.

㉠인공 지능은 미술, 음악에 **국한**＊되지 않고 소설, 영화 등 다양한 분야로 확산되고 있다. 인공 지능이 인간 고유의 영역으로 여겨지던 예술을 학습하기 시작하면서 작품을 창작하고 문화 예술 전반에 영향력을 발휘하고 있다.

내용요약

글의 중심 내용을 생각하며 빈칸의 낱말을 써 보세요.

| ㅇ | ㄱ | ㅈ | ㄴ | 작가가 미술, 음악 등 다양한 분야에서 여러 가지 작품을 만들어 |

내며 문화 예술 전반에 영향력을 발휘하고 있다.

1 이 글에서 답을 찾을 수 <u>없는</u> 질문은 무엇인가요? (   )

추론
하기

① 최초의 인공 지능 화가는 언제 만들어졌나요?

② '모차르트 vs 인공 지능' 음악회가 열린 곳은 어디인가요?

③ 런던에서 두 번째 전시회를 연 인공 지능 작가의 이름은 무엇인가요?

④ 만들고 싶은 음악을 설명하면 만들어 주는 인공 지능 프로그램은 무엇인가요?

⑤ 렘브란트 특유의 화풍을 모방한 그림을 그린 인공 지능 프로그램은 무엇인가요?

2 다음에서 설명하는 것은 무엇인지 이 글에서 찾아 세 글자로 쓰세요.

내용
이해

• 이 프로그램을 활용하면 그림을 잘 그리지 못하는 사람들도 예술가처럼 멋진 그림을 완
성할 수 있다. ➡ (   )

3 밑줄 친 ㉠의 사례로 알맞은 것은 무엇인가요?   (   )

적용
하기

① 인공 지능 프로그램 개발자가 주인공인 소설을 읽었어.

② 소설 「지금부터의 세계」는 인공 지능이 쓴 장편 소설이야.

③ 인간을 공격하는 인공 지능 로봇과 맞서 싸우는 영화를 보았어.

④ 알파고와 이세돌의 바둑 대결을 실감 나게 다룬 드라마를 만들어야겠어.

⑤ 영화 「핀치」는 인공 지능과 우정을 나눌 수 있다는 것을 보여 주는 영화야.

4 다음은 공통적으로 어떤 질문에 대한 대답인지 보기에서 찾아 번호를 쓰세요.

적용
하기

어떤 곡이 실제 모차르트 교향곡인지 구분하기 어려웠어요.

두 연주 모두 아름다운 음악이었어요. 듣고 나니 마음이 차분해졌어요.

인공 지능이 만든 음악은 어떨지 궁금했는데, 실제 모차르트 음악과 비슷해서 놀랐어요.

┤ 보기 ├

(1) 모차르트 교향곡의 특징은 무엇인가요?

(2) 다른 음악회에서 인공 지능이 만든 곡을 들어 본 경험이 있나요?

(3) 모차르트 교향곡과 인공 지능이 만든 곡을 모두 듣고 난 소감은 어떤가요?

(   )

인공 지능의 창작에 대한 논쟁

2022년 미국에서 열린 콜로라도 주립 박람회 미술 대회에서 인공 지능이 그린 그림이 디지털 아트 부문 우승을 차지했다. 우승을 차지한 그림은 제이슨 앨런이 출품한 「스페이스 오페라 극장」이었다. 앨런은 인공 지능을 활용해 그림을 만드는 프로그램인 '미드저니'에 명령어를 입력하여 창작을 했다.

「스페이스 오페라 극장」의 우승을 두고 사람들 사이에 **논쟁***이 벌어졌다. 인공 지능이 만든 작품도 인간이 만든 작품과 같은 의미의 예술로 인정받을 수 있는지가 논쟁의 핵심이었다. ㉠인공 지능이 만든 작품은 예술로 보기 어렵다고 이야기하는 측에서는 이미 존재하는 예술 작품들을 분석해 얻은 데이터로 만들었기 때문에 **표절***에 속한다고 주장한다. 그래서 인공 지능이 만든 결과물은 **창의적***인 예술이 아닌 기술의 한 부분일 뿐이라고 본다.

▲ 「스페이스 오페라 극장」

반면 인공 지능이 그린 그림도 예술이라고 주장하는 사람들은 "예술은 과학 기술의 발달에 따라 새로운 예술로 확산되어 왔다."라고 이야기한다. 가령 사진기가 발명될 당시 사진은 예술이 아니라는 의견도 있었지만, 현재는 하나의 예술로 자리 잡고 있다. 1960년대 대중 미디어의 보급으로 등장한 **비디오 아트***는 예술의 영역을 확장시켰다. 이처럼 기술을 기반으로 한 창작은 시대가 변하면서 새로운 예술로 받아들여졌고, 인공 지능이 만든 작품도 이와 같은 맥락이라고 말한다. 그리고 예술가가 인공 지능을 도구로 사용해 독창적인 명령어를 입력하여 결과물을 만드는 것도 창조의 영역이라고 주장한다.

여기서 우리가 한 가지 더 생각해 보아야 할 과제가 있다. 과연 인공 지능이 만든 작품은 누구의 소유일까? 프로그램을 만들었거나 명령어를 입력한 사람, 아니면 인공 지능일까? 우리나라에서는 저작물을 '인간의 사상 또는 감정을 표현한 창작물'로 정하고 있다. 따라서 현재 우리나라에서 인공 지능이 만든 작품은 저작권의 보호를 받지 못한다. 미국에서도 최근 인공 지능이 만든 예술 작품에 대한 저작권을 인정하지 않았다. 저작권 보호에 필요한 '사람 저자'가 없다는 이유에서였다. 인공 지능이 발달할수록 인공 지능이 만든 작품에 대한 저작권 논쟁은 더 깊어질 것이다.

어휘사전

* **논쟁**(論 논의할 논, 爭 다툴 쟁) 서로 다른 의견을 가진 사람들이 각각 자기의 의견을 주장하여 다툼.

* **표절**(剽 훔칠 표, 竊 훔칠 절) 시나 글, 노래 등을 지을 때에 남의 작품의 일부를 몰래 따다 씀.

* **창의적**(創 비롯할 창, 意 뜻 의, 的 과녁 적) 새로 의견을 생각하여 내는 특성을 띠거나 가진. 또는 그런 것.

* **비디오 아트**(video art) 비디오를 표현 수단으로 하는 영상 예술.

내용요약

글의 중심 내용을 생각하며 빈칸의 낱말을 써 보세요.

인공 지능이 만든 작품도 〔ㅇ〕〔ㅅ〕인지에 대해서는 다양한 관점이 있으며 논란이 계속되고 있다. 인공 지능이 만든 작품에 대한 〔ㅈ〕〔ㅈ〕〔ㄱ〕 논쟁도 더 깊어질 것이다.

1 이 글을 통해 알 수 있는 사실이 <u>아닌</u> 것은 무엇인가요? (　　　)

내용
이해

① 인공 지능이 그린 그림이 우승한 미술 대회가 있다.

② 「스페이스 오페라 극장」은 인공 지능이 그린 그림이다.

③ 사진기가 발명될 당시 사진은 예술이 아니라는 의견이 있었다.

④ 인공 지능이 만든 작품도 예술로 볼 것인지는 사람마다 의견이 다르다.

⑤ 인공 지능이 만든 모든 작품은 인간이 만든 작품보다 비싼 가격에 팔린다.

2 인공 지능이 만든 작품에 대한 관점과 주장을 알맞게 연결하세요.

추론
하기

(1) 예술이다. •

• ① 이미 존재하는 예술 작품들을 분석해 얻은 데이터로 만들었기 때문에 표절의 한 형태이다.

(2) 예술이 아니다. •

• ② 예술은 과학 기술의 발달에 따라 새로운 예술로 확산되어 왔기 때문에 영역을 확장시켜 생각해야 한다.

3 다음 **보기**는 인공 지능이 그린 왼쪽 그림을 보고 나눈 대화입니다. ㉠과 같은 생각을 가진 친구의 이름을 쓰세요.

적용
하기

▲ 인공 지능 오비어스가 그린 초상화

┤ **보기** ├

하진: 지금까지 볼 수 없었던 새로운 그림이야.

은결: 사람이 인공 지능이라는 붓을 활용해서 그린 예술 작품이야.

동민: 이 작품을 만들기 위해 입력한 독창적인 명령도 창작의 영역이야.

예원: 여러 작가의 그림을 짜깁기해서 그린 것이라고 생각하니 어디서 본 듯한 느낌이 들어서 실망스러워.

(　　　　　　　　)

주제 정리

1 생각주제와 관련된 앞의 두 글을 읽고 내용을 정리해 보세요.

인공 지능이 만든 작품	인공 지능의 창작에 대한 논쟁
1 인공 지능이 다양한 영역에서 활약하고 있다.	**1** 인공 지능이 그린 그림이 한 미술 대회에서 우승을 차지했다.
2 인공 지능이 그린 다양한 ㄱ ㄹ 을 볼 수 있다.	**2** 인공 지능이 그린 그림은 예술로 보기 어렵다.
3 인공 지능이 만든 작품은 미술뿐만 아니라 ㅇ ㅇ 에서도 만나 볼 수 있다.	**3** 인공 지능이 그린 그림도 ㅇ ㅅ 이다.
4 인공 지능이 문화 예술 전반에 영향력을 발휘하고 있다.	**4** 인공 지능이 만든 작품에 대한 저작권 논쟁은 앞으로 더 깊어질 것이다.

2 인공 지능이 만든 작품에 대한 설명으로 알맞은 것에 ○표 하세요.

(1) 인공 지능이 만든 작품에 대한 저작권은 인공 지능에게 있다.

(2) 인공 지능이 그린 그림은 아직 한 점도 판매된 적이 없다.

(3) 인공 지능이 그린 그림이 미술 대회에서 우승을 차지하기도 했다.

(4) 누구나 인공 지능이 만든 작품을 예술로 인정하고 있다.

3 인공 지능이 만든 작품이 예술인지 아닌지에 대해 자신의 생각을 써 보세요.

✎ _____

_____

_____

주제 어휘	인공 지능	예술	논쟁	표절	창의적

4 다음 주제 어휘와 뜻을 알맞게 연결하세요.

(1) [인공 지능] •   • ㉠ 새로 의견을 생각하여 내는 특성을 띠거나 가진.

(2) [예술] •   • ㉡ 인간의 지능과 비슷한 기능을 갖춘 컴퓨터 시스템.

(3) [창의적] •   • ㉢ 생각하고 느끼는 바를 아름다운 형식으로 표현하거나 창조하는 것.

(4) [논쟁] •   • ㉣ 서로 다른 의견을 가진 사람들이 각각 자기의 의견을 주장하여 다툼.

5 다음 빈칸에 들어갈 낱말을 주제 어휘에서 찾아 쓰세요.

(1) 숙제할 때 다른 친구의 생각이 담긴 글을 그대로 베끼는 것도 (   )이다.

(2) 다양한 문화 공간이 늘어나자 시민들도 쉽게 (   )을 접할 수 있게 되었다.

(3) 사람들은 한 치의 양보도 없이 자기 의견이 맞다고 치열하게 (   )을 벌였다.

(4) (   )인 아이디어를 많이 내는 친구들은 주변에 대한 호기심이 많은 편이다.

6 다음 밑줄 친 말과 바꿔 써도 뜻이 통하는 낱말을 주제 어휘에서 찾아 쓰세요.

케이블카 설치를 두고 주민들 사이에 서로 다른 의견이 나왔다. 찬성하는 주민들은 케이블카를 만들면 관광객이 많아져 지역 경제가 발전할 수 있다고 주장하였다. 반대하는 주민들은 케이블카를 만들면 자연환경이 훼손되고, 차량이 몰려 교통 체증을 유발할 수 있다고 주장하였다. 주민들은 합의점을 찾기 위해 함께 모여 의견을 나누었지만 끝내 결론을 내지 못하고 <u>말다툼</u>에 그치고 말았다.

(   )

2장

2개의 글을 연결해 재미있게 읽어요~

5번 레인

5번 레인
글 은소홀
문학동네

어휘사전

* **휘슬**(whistle) 경기의 시작이나 끝을 알릴 때 또는 중단시킬 때 심판이 선수들에게 보내는 신호.

* **테이크 유어 마크**(take your marks) 수영에서, 출발할 때 준비 자세의 구령.

* **수습**(收 거둘 수, 拾 주울 습) 어지러운 마음이나 사태를 바로잡음.

* **들러리** 중심인물의 주변에서 그를 돋보이게 하는 인물을 이르는 말.

* **굴욕적**(屈 굽을 굴, 辱 욕될 욕, 的 과녁 적) 남에게 눌려서 업신여김과 창피를 당하거나 느끼게 하는.

긴 **휘슬***이 울린다. 나루는 5번 스타트대에 올라섰다. 스타트부터 터치의 순간까지, 이미 셀 수 없이 머릿속으로 그려 본 장면이다. 딱 하나 다른 점이 있다면, 상상 속에서 나루의 레인은 5번이 아니었다는 것뿐이다.

'집중해, 강나루.'

㉠신경 쓰지 않으려고 했지만 자꾸 옆 레인에 눈길이 갔다. 4번 레인은 예선에서 1위를 기록한 김초희가 차지했다.

"테이크 유어 마크*."

준비 구령 소리에 나루는 자세를 바로잡고 깊은 숨을 들이마셨다.

"강나루, 파이팅!"

수영부 아이들은 한데 힘을 모아 소리를 질렀다. 그래 봐야 들리지 않을 것을 알면서도 어쩔 수 없는 모양이다. ㉡다들 몸은 관중석에 있어도, 마음만은 물속인 게 분명하다.

나루는 20미터 지점까지 호흡 한 번 없이 내달렸다. 앞으로 치고 나가는 느낌이 나쁘지 않았다. 이대로만 간다면, 하고 생각한 순간에 김초희의 어깨가 나루의 눈앞으로 미끄러지며 지나갔다. ㉢나루는 발끝에서부터 쑤욱 힘이 빠져나가는 느낌이 들었다. 리듬을 놓쳤다. 제멋대로 구는 팔다리를 **수습***해 허겁지겁 헤엄쳐 나갔다. 터치패드를 찍고 전광판을 올려다봤다. 가쁜 숨이 아직 가라앉지 않았다. 나루의 이름은 하나, 둘, 셋, 네 번째에 있었다. 4위, 29초 33.

"여자 초등부 자유형 50미터, 1위, 김초희, 26초 75, 대회 신기록."

방송이 나오자 사람들의 박수와 함성 소리가 시합장에 울려 퍼졌다. 김초희가 활짝 웃으며 관중석을 향해 손을 흔들었다.

'젠장! 김초희 **들러리***나 서 주는 꼴이라니.'

강나루 수영 인생 8년 중 가장 **굴욕적***인 패배의 순간이었다. 나루는 성큼성큼 시합장을 빠져나왔다.

한강초등학교 수영부 에이스 강나루가 노메달이라니. 그것도 체육인의 축제와도 같은 전국소년체전에서 말이다. 게다가 ㉣나루는 이미 29초대를 깬 지가 오래였다.

축하해. 대단하다. 또 1등이야.

늘 받던 축하와 부러움 섞인 눈길은 이제 더 이상 나루 것이 아니었다.

㉤이게 다 김초희 때문이다.

1 이 글을 읽고 알 수 있는 내용이 <u>아닌</u> 것은 무엇인가요? (　　　　)

내용
이해

① 나루는 이번 대회에서 4위를 했다.

② 나루는 수영을 시작한 지 8년이 되었다.

③ 나루는 한강초등학교 수영부 에이스이다.

④ 나루와 초희는 이번 전국소년체전에서 처음 만났다.

⑤ 초희는 이번 전국소년체전에서 대회 신기록을 세웠다.

2 ㉠~㉤의 내용을 알맞게 이해하지 <u>못한</u> 것은 무엇인가요? (　　　　)

내용
이해

① ㉠에서 나루는 초희에게 신경이 쓰여서 수영에 집중하지 못하고 있다.

② ㉡에서 수영부 아이들은 한마음 한뜻으로 나루를 응원하고 있다.

③ ㉢에서 나루는 초희가 자신을 앞서 나가는 것을 보고 힘이 빠졌다.

④ ㉣에서 나루는 이번 대회에서 평소보다 아주 좋은 성적을 냈다.

⑤ ㉤에서 나루는 1위를 빼앗긴 것에 대해 김초희 탓을 하고 있다.

3 책 제목인 「5번 레인」의 뜻을 짐작한 것입니다. 빈칸에 알맞은 말을 쓰세요.

감상
하기

> 이번 수영 대회에서 4번 레인은 예선에서 1위를 기록한 김초희가 차지했고, 한강초등
> 학교 수영부 에이스인 나루가 초희에게 밀려나 5번 레인에서 경기를 한다는 것으로 보
> 아, '5번 레인'은 (　　　　　　)의 자리라는 뜻이다.

4 다음은 이 글의 뒷부분 내용입니다. 빈칸에 공통으로 들어갈 낱말로 알맞은 것은 무엇인가요? (　　　　)

추론
하기

> ☐☐☐☐☐보다 과정이 중요하다고들 말한다. 하지만 나루는 아무리 과정이 훌륭한
> 들 ☐☐☐☐가 형편없다면 그게 다 무슨 소용이냐고 생각했다. 그런데 이제 나루도
> 알았다. ☐☐☐☐가 좋든 나쁘든, 나루 손으로, 나루의 두 팔과 다리로 만들어야 했
> 다. 그래야만 승리의 기쁨도, 패배의 분함도 떳떳하게 받아들일 수 있었다.

① 결과 　　　　　② 대회 　　　　　③ 패배

④ 경쟁자 　　　　⑤ 들러리

승자 독식주의

1970년대에 활동한 한 스웨덴 팝 그룹은 'The winner takes it all'이라는 노래를 불렀다. 세계적으로 유행한 이 노래 제목을 번역하면 '승자가 모든 것을 가진다'라는 뜻이다. 이것을 표현하는 용어가 바로 '**승자 독식주의***'이다. 사회에서 돈과 권력, 자원이나 기회 등을 나누어 가질 때 승자에게만 유리하게 되어 있는 경향을 설명한 용어이다. 실제 사례를 통해 승자 독식주의를 살펴보자.

미국 대통령 선거 제도는 일반인이 뽑은 선거인단이 대통령을 뽑는 투표를 한다. 만약 어느 지역 선거인단이 10명인데 A후보에게 6표, B후보에게 4표를 줬다고 하자. 그러면 이 지역은 A후보와 B후보 간 2표 차가 아니라 A후보 10표, B후보는 0표가 된다. 이것이 승자 독식주의이다.

승자 독식주의 선거를 교실에 적용하면 어떻게 될까? 회장 선거에서 이겼다고 생각한 학생은 모든 권력을 차지하는 것이 당연하다고 생각할 것이다. 다른 사람의 처지나 공평함은 고려하지 않고 자기에게만 유리하게 교실 규칙을 정할 것이다.

스포츠에도 승자 독식주의는 존재한다. 올림픽이라는 큰 축제를 그동안 우리는 오로지 금메달 수로만 평가했다. ㉠전체 메달 수가 많더라도 금메달 수가 적으면 종합 순위에서 밀리기 때문이다. 그래서 금메달이 많으면 성공한 올림픽이고, 금메달을 띠지 못한 선수는 고개를 숙여야 했다. 그리고 금메달을 딴 선수가 받는 보상과 사회적 관심은 은메달에 비해 **과도***하게 컸다.

승자가 된다면 사회적, 경제적으로 많은 이점을 누릴 수 있다. 그렇기에 우리는 2등이 아닌 1등이 되고 싶어 한다. 하지만 오늘날 사람들의 인식이 점점 바뀌고 있다. 특히 스포츠 분야에서 금메달 획득 여부가 아니라 선수들의 **활약***에 집중하고 있다. 1등이 아니더라도 **열정적***으로 시합에 임하는 선수에게 진심 어린 박수를 보낸다. 이제는 '1등만' 기억하는 것이 아닌 '1등도' 기억하는 시대로 변해 가고 있다.

어휘사전

* **승자 독식주의** 싸움이나 경기에서 이긴 사람이나 단체가 이익을 모두 차지해야 한다고 여기는 태도.

* **과도**(過 지날 과, 度 법노 도) 정도에 지나침.

* **활약**(活 살 활, 躍 뛸 약) 기운차고 두드러진 활동.

* **열정적**(熱 더울 열, 情 뜻 정, 的 과녁 적) 어떤 일에 애정을 가지고 힘과 정성을 쏟는 것.

내용요약

글의 중심 내용을 생각하며 빈칸의 낱말을 써 보세요.

승자 ⬜⬜⬜⬜(ㄷㅅㅈㅇ)는 사회에서 돈과 권력, 자원이나 기회 등을 나누어 가질 때 승자에게만 유리하게 나누어 주는 경향을 설명한 용어이다. 하지만 이제는 사람들의 인식이 바뀌어 '1등만' 기억하는 것이 아닌 '1등도' 기억하는 시대로 가고 있다.

1 승자 독식주의에 쓰인 '독식'과 비슷한말을 두 가지 고르세요. (   )

어휘
이해

① 독거　　　　　② 독립　　　　　③ 독백

④ 독점　　　　　⑤ 독차지

2 ○으로 보아, 올림픽에서 딴 메달 수에 따라 종합 순위가 높은 순서대로 번호를 쓰세요.

적용
하기

	금	은	동
(1) ○나라	5	8	3
(2) △나라	6	3	7
(3) □나라	1	9	10

(   ) → (   ) → (   )

3 다음 **보기**에서 승자 독식주의의 예로 알맞은 것을 두 가지 찾아 번호를 쓰세요.

적용
하기

┤ 보기 ├

(1) 대회에서 1위를 한 팀에게만 상금을 준다.

(2) 학교에서 제비뽑기를 하여 자리를 정해 앉는다.

(3) 정부에서 경제적으로 어려운 사람들에게 보조금을 지급한다.

(4) 가장 유명한 메신저 애플리케이션에 모든 이용자와 광고가 몰린다.

(5) 회의를 통해 다양한 의견을 골고루 들은 뒤에 학급의 일을 결정한다.

(   )

4 이 글을 바탕으로 승자 독식주의를 알맞게 비판하지 <u>못한</u> 친구의 이름에 ○표 하세요.

비판
하기

승자 독식주의에서는 경쟁이 과열되고, 과정보다 결과만 중시하는 경향이 있어.

가장 우수한 사람이나 집단이 박수를 받고, 노력한 만큼 보상을 차지하는 것이 당연해.

모든 게 1등에게만 몰리면서 사회적 불평등을 낳고, 이는 사회의 불안정으로 이어질 수 있어.

유솔

다희

태건

주제 정리

1 생각주제와 관련된 앞의 두 글을 읽고 내용을 정리해 보세요.

승자 독식주의	사회에서 돈과 권력, 자원이나 기회 등을 나누어 가질 때 ㅅ ㅈ 에게만 유리하게 나누어 주는 경향

예 미국 대통령 선거

어느 지역 선거인단 10명이 A후보에게 6표, B후보에게 4표를 줬다면 A후보와 B후보 간 2표 차가 아니라 A후보 10표, B후보는 0표가 된다.

예 학교 교실

회장 선거에서 이겼다고 생각한 학생은 모든 권력을 차지하는 것이 당연하다고 생각하고 자기에게만 유리하게 교실 규칙을 정할 것이다.

예 스포츠

올림픽의 성과를 오로지 ㄱ ㅁ ㄷ 수로만 평가하고, 금메달을 딴 선수만 과도한 보상과 사회적 관심을 받았다.

스포츠에서 사람들 인식의 변화	금메달 획득 여부가 아니라 선수들의 활약에 집중하고 있다. 이제는 '1등만' 기억하는 것이 아닌 '1등도' 기억하는 시대로 가고 있다.

2 다음 글을 읽고, 빈칸에 알맞은 말을 쓰세요.

미국의 대통령 선거는 (   )의 대표적인 사례이다. 미국은 50개의 주로 이루어져 있고, 주별로 살고 있는 인구수에 따라 선거인단 수를 배정한다. 인구가 많은 주는 선거인단 수가 많고, 인구가 적은 주는 선거인단 수가 적은 것이다. 선거인단 한 명이 대통령 투표에서 한 표를 행사할 수 있고, 그 주에서 가장 많은 표를 얻은 대통령 후보가 선거인단 표를 모두 독식한다.

3 '1등만' 기억하도록 만드는 승자 독식주의에 대해 자신의 생각을 써 보세요.

_____

_____

_____

주제 어휘	수습	들러리	굴욕적	독식	과도	활약

4 다음 주제 어휘와 뜻을 알맞게 연결하세요.

(1) 수습 •

(2) 굴욕적 •

(3) 독식 •

(4) 과도 •

• ㉠ 정도에 지나침.

• ㉡ 어지러운 마음이나 사태를 바로잡음.

• ㉢ 남에게 눌려서 업신여김과 창피를 당하거나 느끼게 하는 것.

• ㉣ 성과나 이익 등을 혼자서 다 차지함을 빗대어 이르는 말.

5 다음 빈칸에 들어갈 낱말을 주제 어휘에서 찾아 쓰세요.

(1) 골키퍼의 뛰어난 (   )에 힘입어 득점 없이 경기를 끝낼 수 있었다.

(2) 우리 모두가 노력해서 얻은 결과의 공을 (   )하도록 둘 수 없다.

(3) 단짝 친구의 전학 소식에 심란한 마음을 (   )해 보려 했지만 자꾸 눈물이 났다.

(4) 내가 어릴 때 벌서며 엉엉 울고 있는 (   )인 사진을 엄마가 친척들에게 퍼뜨렸다.

6 다음 빈칸에 공통으로 들어갈 낱말을 주제 어휘에서 찾아 쓰세요.

	[뜻] 서양식 결혼에서 신랑이나 신부를 식장으로 안내하고 거들어 주는 사람. ㉵ 친구의 결혼식에 [ ]를 서게 되었다.
	[뜻] 중심인물의 주변에서 그를 돋보이게 하는 인물을 이르는 말. ㉵ 이번 발표회에서는 [ ] 노릇만 하지 말고 실력을 뽐내야겠다.

(   )

법의 종류

법은 오래전으로 거슬러 올라가 우리나라 최초의 국가인 고조선에도 존재했다. 고조선의 8조법은 '남을 죽인 사람은 사형에 처한다.', '남을 다치게 한 사람은 곡식으로 보상한다.' 등 사회 질서를 유지하기 위한 규칙으로 되어 있다. 이러한 법은 도덕과 달리 강제성이 있어 법을 지키지 않은 사람은 법의 **제재***를 받는다.

우리 사회에 존재하는 수많은 법의 기준이 되는 것은 바로 헌법이다. 또 헌법은 나라를 운영하는 기본적인 법이므로 '법 중의 왕'이라고 부른다. 모든 법은 이 헌법의 **테두리***를 벗어나면 안 된다. 그렇다면 헌법 이외에 어떤 종류의 법이 있을까?

법에도 **위계***가 있는데, 가장 높은 법인 헌법 다음은 법률이다. 그 밑으로 명령, 조례, 규칙의 순서로 자리하고 있다.

우선 법률은 입법부인 국회에서 만든다. 국회에서는 헌법에 보장된 국민의 권리와 의무에 관한 다양한 내용을 법률로 제정한다. 법률 밑의 법들은 행정부가 만든다. 명령은 법률에 따른 정책을 제정할 때 대통령, 총리 등이 만드는 법이다. 조례와 규칙은 지역 안에서 시행할 자치 단체의 법으로, 지방 의회와 지방 자치 단체의 장이 만든다.

그리고 법이 규정하는 영역에 따라서는 크게 공법, 사법, 사회법이 있다. 공법은 개인과 국가 사이의 관계를 내용으로 하는 법이다. 헌법과, 국가 안에서 어떤 행동이 범죄가 되는지 정해 놓은 형법이 공법에 속한다. 반면 사법은 개인과 개인 사이의 관계를 규정하는 법으로, 가족 관계나 재산 관계, 혹은 경제생활에 관련된 법이다. 마지막으로 사회법은 사회적 약자를 보호하기 위해 개인 간의 관계에 국가가 개입하는 법으로, 노동법과 사회 보장법이 있다.

만약 어떤 법이 헌법에 어긋난다고 판단되면 헌법 재판소에서 **위헌*** 판결을 내린다. 위헌 판결이 내려진 법은 헌법의 내용을 따르도록 수정되어야 한다. 실제로 같은 성씨의 결혼을 금지하는 법률이, 헌법에서 보장하는 국민의 행복 추구권에 위배된다는 판결이 있었다. 이 법률은 헌법에 어긋나지 않도록 개정되었다.

어휘사전

* **제재**(制 억제할 제, 裁 마를 재) 법이나 규정을 어겼을 때 국가가 처벌하거나 금지하는 것.

* **테두리** 일정한 범위나 한계.

* **위계**(位 자리 위, 階 섬돌 계) 지위나 계층 등의 등급.

* **위헌**(違 어길 위, 憲 법 헌) 법률 또는 명령, 규칙, 처분 등이 헌법에 어긋나는 일.

내용요약

글의 중심 내용을 생각하며 빈칸의 낱말을 써 보세요.

사회 질서를 유지하기 위해 지켜야 할 규칙인 법에는 헌법, 법률, 명령, 조례, 규칙 등의 위계가 있다. 따라서 모든 법은 가장 높은 법인 ㅎ ㅂ 의 테두리를 벗어나면 안 된다.

1 이 글의 내용과 일치하지 <u>않는</u> 것은 무엇인가요? (   )

내용
이해

① 사회법에는 노동법과 사회 보장법이 속한다.

② 어떠한 법이 헌법에 어긋나면 그 법은 바로 삭제된다.

③ 어떤 행동이 범죄가 되는지 정해 놓은 형법은 공법에 속한다.

④ 법 중에서 법률은 입법부가 제정하고 명령, 조례, 규칙은 행정부가 만든다.

⑤ 헌법을 '법 중의 왕'이라고 부르는 이유는 수많은 법의 기준이 되기 때문이다.

2 다음 **보기**의 사례를 법의 종류에 따라 분류하여 번호를 쓰세요.

적용
하기

┤ 보기 ├

① 독거노인인 A씨는 다가오는 더운 여름을 어떻게 지내야 할지 걱정이 많았다. 하지만 사회 복지사로부터 무더위 쉼터를 안내받은 뒤로 조금 안심이 되었다. 우리나라는 A씨와 같은 사람에게 복지를 제공할 것을 법으로 제정하고 있다.

② 길을 걷다가 부딪혔다는 이유로 B씨가 C씨를 때리는 사건이 발생했다. 주변 사람의 신고를 받은 경찰은 B씨를 연행하였고, C씨는 전치 3주의 상해를 입었다. 우리나라 법에서는 다른 사람에게 상해를 입히면 범죄라고 정하고 있다.

③ D씨는 금방 갚는다고 한 뒤 E씨에게 100만 원을 빌렸다. 하지만 반년이 지나도록 D씨가 돈을 갚지 않자, E씨는 법으로 해결하자고 하였다. 우리나라에는 개인과 개인 사이에서 발생한 문제를 다루는 법이 있기 때문이다.

(1) '공법'에 해당	(2) '사법'에 해당	(3) '사회법'에 해당

3 이 글을 바탕으로 **보기**의 사례를 알맞게 해석한 것을 두 가지 고르세요. (   )

추론
하기

┤ 보기 ├

과거에는 국가 공무원법에 따라 공무원 시험에 응시할 수 있는 나이 제한이 있었다. 하지만 헌법에서 보장하는 평등권을 침해한다는 이유로 법을 개정하게 되었다.

① 사회적 약자를 보호하기 위한 사회법을 위반한 사례이다.

② 국가 공무원법 역시 법 제정의 기준이 되는 헌법을 따라야 한다.

③ 국가 공무원은 행정부 소속이기 때문에 법 중에서 명령만 따르면 된다.

④ 국가와 관련된 일을 하는 공무원에게는 공무원법이 가장 우선시되어야 한다.

⑤ 헌법에서 보장하는 평등권이 침해되어 헌법에 어긋난 법률을 수정한 것이다.

헌법 제1조

우리 헌법 제1조 제1항은 '대한민국은 민주공화국이다.'이다. 그렇다면 전 세계 각국의 헌법 제1조는 무엇일까? 나라에 따라 국가의 성격을 밝히는가 하면, 가장 중요하게 생각하는 가치를 헌법 제1조에 **규정***하기도 한다. 헌법 재판소 관계자는 "각국 헌법 제1조의 내용이 각기 다른 것은 헌법 조문 속에 그 나라의 역사가 녹아 있기 때문"이라고 말한다.

그러면 각 나라의 헌법은 어떻게 되어 있을까? 우선 대부분 나라들은 헌법 제1조에서 그 나라의 성격을 규정하고 있다. 프랑스는 '프랑스는 분리될 수 없고, 정치와 종교가 나누어져 있는, 민주 그리고 사회적 공화국이다.'라고 되어 있다. 그리스는 '그리스 정부의 형태는 의회주의 공화국이다.'라고 하여 나라의 성격을 밝히고 있다.

우리나라도 이와 마찬가지 경우이다. 대한민국 헌법 제1조 제1항은 '대한민국은 민주공화국이다.', 제2항은 '대한민국의 주권은 국민에게 있고, 모든 권력은 국민으로부터 나온다.'이다. '공화국'은 왕이 없는 나라를 의미한다. '민주공화국'이란 주권이 국민에게 있고, 국가 운영이 국민의 의사에 따라 이루어진다는 뜻이다. 한 연구자는 "일제로부터 광복을 맞아 새로운 나라를 만든 입장이었으니, 대한민국이 어떤 **정체***를 갖느냐가 중요했던 배경에서 헌법이 탄생하였다."라고 이야기한다. 우리는 헌법이 **공포***된 7월 17일을 오늘날까지 제헌절로 정하여 매년 기념하고 있다.

가장 중요하게 추구하는 가치를 앞세워 헌법이 시작되는 나라들도 있다. 독일과 미국, 프랑스 등이다. 독일 헌법 제1조는 '인간의 존엄성'을 앞세우고 있다. 독일의 기본법은 제2차 세계 대전 후에 만들어졌는데, 히틀러의 나치에 의한 엄청난 인권 **유린***이 있었던 배경이 작용했다. 미국의 헌법 제1조는 연방 의회가 종교나 자유, 집회, **청원*** 등의 권리를 제한할 수 없다고 분명하게 밝히고 있다. 이는 미국에서 가장 큰 가치가 자유임을 나타낸다. 한편 프랑스는 헌법 제1조에서 모든 시민이 출신, 인종, 종교에 따른 차별 없이 법 앞에서 평등하다고 한다. 이를 통해 프랑스가 강조하는 가치는 평등임을 알 수 있다.

어휘사전

* **규정**(規 법 규, 定 정할 정) 내용이나 성격, 의미 등을 밝혀 정함.

* **정체**(政 정사 정, 體 몸 체) 국가의 통치 형태.

* **공포**(公 공변될 공, 布 베 포) 일반 대중에게 널리 알림.

* **유린**(蹂 밟을 유, 躪 짓밟을 린) 남의 권리나 인격을 짓밟음.

* **청원**(請 청할 청, 願 바랄 원) 바라는 것을 말하며 이루어 줄 것을 요구하는 일.

내용요약

글의 중심 내용을 생각하며 빈칸의 낱말을 써 보세요.

전 세계 각국의 헌법 제1조에서는 국가의 [ㅅㄱ]을 밝히는가 하면, 가장 중요하게 생각하는 [ㄱㅊ]를 규정하기도 한다. 우리나라는 헌법 제1조 제1항을 '대한민국은 민주공화국이다.'라고 정하여 나라의 성격을 밝히고 있다.

1

내용
이해

이 글에서 알 수 있는 내용으로 알맞은 것은 무엇인가요? (   )

① 대한민국 헌법은 일제로부터 광복을 맞기 전에 만들어졌다.

② 전 세계 각국이 헌법 제1조에서 추구하는 가치는 모두 동일하다.

③ 헌법 제1조에는 그 국가가 취하고 있는 정치 형태가 반드시 나타나야 한다.

④ 우리나라 헌법을 통해 대한민국의 주인은 대통령이라는 사실을 알 수 있다.

⑤ 우리나라는 그리스와 마찬가지로 헌법 제1조에서 나라의 성격을 밝히고 있다.

2

추론
하기

이 글을 읽고 답할 수 있는 질문으로 알맞은 것 두 가지를 찾아 ○표 하세요.

(1) 각국의 헌법 제2조는 무엇인가? (   )

(2) 우리나라 헌법의 내용을 바꿀 수 있는가? (   )

(3) 제헌절은 무엇을 기념하기 위해 정한 국경일인가? (   )

(4) 미국이 '자유'라는 가치를 강조하는 까닭은 무엇인가? (   )

(5) 프랑스가 헌법 제1조를 통해 추구하는 가치는 무엇인가? (   )

3

적용
하기

다음 보기는 세계 여러 나라의 헌법 제1조를 조사한 자료입니다. 내용을 잘못 파악하여 말한 친구의 이름에 ○표 하세요.

┤ **보기** ├

일본 → 천황은 일본국의 상징이자 일본 국민 통합의 상징이며, 이 지위는 주권을 가지고 있는 일본 국민으로부터 나온다.

스웨덴 → 스웨덴의 모든 공권력은 국민으로부터 나온다.

뉴질랜드, 영국, 이스라엘 → 문서화된 헌법이 없고, 오랜 기간에 걸쳐 확립된 국가적 관행이 법 형식으로 굳어진 '관습 헌법'이다.

일본은 우리나라와 달리 천황이 있는 왕조 국가인 점이 헌법에 반영되어 있어.

하진

스웨덴도 우리나라처럼 헌법에서 국민의 주권을 강조하였어.

태우

뉴질랜드, 영국, 이스라엘은 헌법이 아예 없구나. 법이 없는 나라야말로 자유를 추구한다고 볼 수 있어.

유솔

주제
정리

1 생각주제와 관련된 앞의 두 글을 읽고 내용을 정리해 보세요.

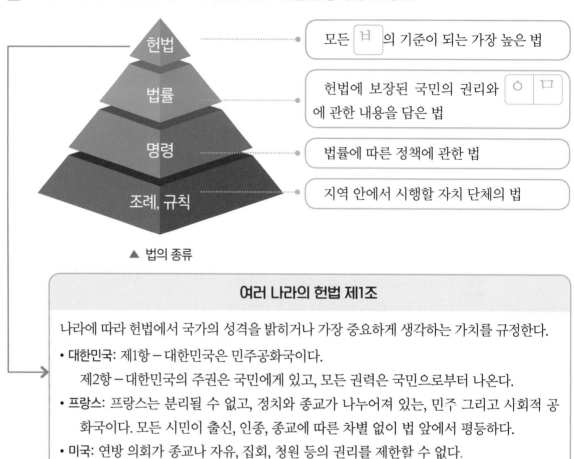

헌법 ┄┄┄┄ 모든 ㅂ 의 기준이 되는 가장 높은 법

법률 ┄┄┄┄ 헌법에 보장된 국민의 권리와 ㅇ ㅁ 에 관한 내용을 담은 법

명령 ┄┄┄┄ 법률에 따른 정책에 관한 법

조례, 규칙 ┄┄┄┄ 지역 안에서 시행할 자치 단체의 법

▲ 법의 종류

여러 나라의 헌법 제1조

나라에 따라 헌법에서 국가의 성격을 밝히거나 가장 중요하게 생각하는 가치를 규정한다.

• 대한민국: 제1항 – 대한민국은 민주공화국이다.

　　　　제2항 – 대한민국의 주권은 국민에게 있고, 모든 권력은 국민으로부터 나온다.

• 프랑스: 프랑스는 분리될 수 없고, 정치와 종교가 나누어져 있는, 민주 그리고 사회적 공화국이다. 모든 시민이 출신, 인종, 종교에 따른 차별 없이 법 앞에서 평등하다.

• 미국: 연방 의회가 종교나 자유, 집회, 청원 등의 권리를 제한할 수 없다.

2 다음 중 헌법에 대한 설명으로 알맞지 <u>않은</u> 것에 ○표 하세요.

(1) 모든 법 중에서 가장 높은 법으로, 다른 법들의 기준이 된다.

(2) 헌법 제1조에는 국가의 성격이나 국가가 추구하는 가치가 나타나 있다.

(3) 대통령은 모든 국민의 대표이므로 대통령의 명령은 헌법 위에 있다.

(4) 각 나라의 헌법 제1조에는 그 나라의 역사가 녹아 있다.

3 여러 나라의 헌법 제1조에 대해 자신의 생각을 써 보세요.

| 주제 어휘 | 제재 | 테두리 | 위계 | 공포 | 유린 | 청원 |

4 다음 주제 어휘와 뜻을 알맞게 연결하세요.

(1) 제재 •

(2) 위계 •

(3) 유린 •

(4) 청원 •

• ㉠ 지위나 계층 등의 등급.

• ㉡ 남의 권리나 인격을 짓밟음.

• ㉢ 바라는 것을 말하여 이루어 줄 것을 요구하는 일.

• ㉣ 법이나 규정을 어겼을 때 국가가 처벌하거나 금지하는 것.

5 다음 문장에 쓰인 밑줄 친 주제 어휘의 뜻으로 알맞은 것에 각각 ○표 하세요.

(1) 모든 법은 헌법의 <u>테두리</u>를 벗어나면 안 된다.
① 죽 둘러서 친 줄. (　　　)
② 둘레의 가장자리. (　　　)
③ 일정한 범위나 한계.
　　　　　　　　(　　　)

(2) 헌법이 <u>공포</u>된 7월 17일을 제헌절로 정하여 매년 기념하고 있다.
① 두렵고 무서움. (　　　)
② 일반 대중에게 널리 알림.
　　　　　　　　(　　　)
③ 실탄을 넣지 않고 소리만 나게 하는 총질. (　　　)

6 다음 밑줄 친 말과 바꿔 쓸 수 있는 낱말을 주제 어휘에서 찾아 쓰세요.

시장에 독과점이 발생하거나 기업이 허위 광고를 하는 등의 불공정 거래가 일어날 경우 그 피해는 고스란히 소비자에게 간다. 공정 거래 위원회는 불공정 거래를 단속하고, 공정 거래법을 위반한 기업에 벌금을 부가하는 등 <u>제한</u>을 가한다. 또한 중소기업이 발전할 수 있도록 지원하고 소비자가 피해를 입지 않도록 보호한다. 이렇듯 공정 거래 위원회는 공정한 거래로 시장이 활성화될 수 있도록 노력한다.

(　　　　　　　　)

게임 중독 현상

모럴 컴뱃

글 패트릭 M. 마키,
크리스토퍼 J. 퍼거슨

스타비즈

부모가 자녀들이 비디오 게임에 "중독*"됐다고 불평하는 것을 자주 듣는다. 이 부모들은 자녀들이 ㉠숙제나 ㉡잔디 깎기 같은 일에 시간을 썼으면 하는 것이다. 우리가 개인적으로 별로 중요하게 여기지 않은 활동에 많은 시간을 쏟을 때 중독이라 부르는 경향이 있지만, 술이나 약물에 중독된 것과는 명백히 다르다.

그렇다면 중독은 어떻게 규정되는 것일까? 중독에 있어 핵심은 그 **간섭***적 특성에 있다. 즉, 어떤 행위에 중독되었다는 것은, 그로 인해 해야 하는 다른 일에 간섭을 받는다는 의미다. 진단 가능한 별도의 정신 질환은 아니더라도 비디오 게임 플레이는 **도박***과 마찬가지로 중독적일 수 있으며, 중독되었는지 여부는 일상에서 ㉢학교 공부를 하거나 제시간에 ㉣출근하거나, 인간관계를 유지하는 데 있어 게임 플레이가 간섭하는지로 확인할 수 있다. 다음의 두 가지 사례를 살펴보자.

- 12살 소년 호세는 ㉤비디오 게임을 사랑한다. 게임기만 있으면 하루에 네다섯 시간, 주말에는 더 오래 플레이한다. 호세는 종종 부모님과 이 문제로 싸우곤 하는데, 호세의 부모님은 호세가 좀 더 다양한 관심사를 가졌으면 하기 때문이다. 호세는 학교에서 좋은 성적을 유지하고 있어서 주로 A나 B등급을 받는다. 그는 다양한 친구들과 온라인에서 자주 함께 게임을 플레이한다.

- 13세 소녀 아만다는 아이패드로 게임하는 것을 좋아한다. 매일 약 2~3시간 정도 플레이한다. 집에 돌아와서는 학교 숙제에 집중하지 못하고 아이패드에 자석처럼 끌린다. 부모님도 아만다가 숙제를 마치게 하지 못했다. 결과적으로 아만다의 성적은 계속 떨어져서 8학년을 **유급***할 처지에 놓였다.

이 둘 중에 비디오 게임에 중독됐다고 볼 수 있는 인물은 누구일까? 만약 "아만다"라고 생각했다면 제대로 본 것이다. 아만다의 경우 학교 숙제를 하지 않고 게임에 시간을 소모함으로써 성적이 떨어지고 있다. 또, 문제를 인지하고 있음에도 자신의 행동을 바꾸는 데 어려움을 겪고 있다. 여기서 주목할 점은 행위에 소모하는 시간의 양은 중독 여부 판단의 결정적인 **지표***가 아니라는 것이다.

위의 예에서 호세는 아만다보다 더 많은 시간을 게임에 소모하고 있지만, 여전히 학교 숙제를 제대로 수행하고 친구들과의 어울림에도 문제가 없다. 부모님이 호세의 취미를 이해하거나 인정하지 않을 순 있지만, 하나의 취미에 집중하는 것이 반드시 중독의 신호는 아니다.

어휘사전

＊ **중독**(中 가운데 중, 毒 독 독) 술이나 마약 등 어떤 일에 빠져서 그것 없이는 견디지 못하는 상태.

＊ **간섭**(干 방패 간, 涉 건널 섭) 자기와 직접 관계가 없는 남의 일에 끼어들어 성가시게 구는 것.

＊ **도박**(賭 노름 도, 博 넓을 박) 여럿이 하는 놀이에서 돈이나 재물을 내놓고 서로 내기를 하는 일.

＊ **유급**(留 머무를 유, 級 등급 급) 학년이나 계급이 제때 올라가지 못하고 그대로 머무는 것.

＊ **지표**(指 가리킬 지, 標 표 표) 방향이나 목적, 기준 등을 나타내는 표지.

1

내용
이해

이 글의 내용으로 알맞지 <u>않은</u> 것은 무엇인가요? (   )

① 게임 플레이는 도박과 마찬가지로 중독적일 수 있다.

② 하나의 취미에 집중하는 것이 반드시 중독의 신호는 아니다.

③ 12살 소년 호세는 13세 소녀 아만다보다 더 오랜 시간 게임을 한다.

④ 행위에 소모하는 시간의 양은 중독 여부 판단의 결정적인 지표이다.

⑤ 게임 중독 여부는 게임 플레이가 일상을 간섭하는지로 확인할 수 있다.

2

내용
이해

이 글에 쓰인 ㉠~㉤ 중 그 성격이 <u>다른</u> 하나의 기호를 쓰세요.

(   )

3

적용
하기

다음 보기에서 중독 사례로 볼 수 있는 것을 찾아 번호를 쓰세요.

┤ 보기 ├

(1) 매일 5시간씩 게임을 하지만 회사에 한 번도 지각한 적이 없는 회사원

(2) 주말마다 하루 종일 게임을 하지만 평일에는 대학 생활에 충실한 대학생

(3) 밤에 2시간씩 게임을 하고 낮에 게임 생각으로 수업에 집중하지 못하는 중학생

(   )

4

비판
하기

다음 보기의 내용을 참고하여 이 글에 대한 반박 의견을 알맞게 제시한 친구의 이름에 ○표 하세요.

┤ 보기 ├

일본의 뇌 과학자 모리 아키오에 따르면 주당 4~6회, 한 번에 2~7시간씩 게임을 하는 사람의 뇌파는 치매 환자의 뇌파와 유사하다고 한다.

난 게임을 아무리 오래 해도 공부도 잘하고, 친구 관계도 좋기 때문에 중독은 아니야.

유솔

부모님이 이해할 수 없거나 인정하지 않는 행동은 하지 않는 것이 바람직해.

도현

게임하는 시간이 뇌파에 영향을 주는 것으로 보아 시간도 중독에 영향을 주는 중요한 요소로 봐야 해.

하진

도파민 중독

1954년 신경 과학자 제임스 올즈와 피터 밀너는 흥미로운 사실을 발견한다. 쥐를 이용해 실험하던 중 ㉠뇌의 특정 부분을 자극하면 **쾌락***을 느낀다는 사실을 알아낸 것이다. 뇌와 연결된 전기 스위치를 누르면 쾌락을 느낀다는 것을 안 쥐는 그 스위치를 계속해서 눌러 댔다. 심지어 어떤 쥐는 먹지도 자지도 않고 하루에 4만 번이 넘게 스위치를 누르다 죽어 버린 경우도 있었다. 이 실험을 통해 쥐의 뇌 속에 '쾌락 중추*' 영역이 있음을 발견했다.

중독은 뇌 속에 있는 쾌락 중추와 밀접한 관련이 있다. 쾌락 중추에 자극이 가해지면 뇌에서는 기분을 좋게 해 주는 호르몬인 도파민이 분비된다. 도파민은 사람에게 없어서는 안 될 중요한 호르몬이다. 적정량의 도파민은 의욕과 집중력을 올려 주며 쾌락을 느끼게 해 준다. 하지만 도파민이 과하게 분비되면 **자제력***이 떨어져, 스스로를 통제하지 못하고 쾌락적인 행동에 중독될 수 있다.

중독을 유발하는 자극은 훨씬 강력하게 쾌락 중추를 자극한다. 그리고 자극이 강력해지면 순간적으로 나오는 도파민의 양도 많아진다. 우리의 뇌는 도파민이 폭발적으로 분비되는 쾌감의 순간을 기억한다. 그리고 계속해서 강한 쾌감을 얻고 싶은 **충동***에 휩싸인다. 이러한 충동은 쥐가 계속해서 전기 스위치를 누르듯이, 쾌감을 얻는 행동을 반복하게 만든다. 그리고 이러한 반복이 중독을 일으킨다.

우리가 게임이나 스마트폰에 중독되는 것도 이러한 이유이다. 게임은 우리 뇌에 강력한 자극을 주고, 도파민이 과도하게 분비되어 쾌락을 유발한다. 쾌락을 느낀 뇌는 더 강력한 쾌락을 느끼기 위해 게임에 더 몰두한다. 여기서 자제력을 잃고 일상생활에 **지장***을 줄 정도로 게임을 우선시한다면 게임 중독에 빠진 것이다.

한 번 맛본 쾌락을 끊어 내는 것은 말처럼 쉬운 일이 아니다. 뇌가 자극에 익숙해져 손상되면 되돌리기가 매우 어렵기 때문이다. 이것이 중독이 무서운 이유이다. 따라서 ㉡중독은 예방이 중요하다. 게임이나 SNS가 정상적인 일상생활에 지장을 준다면 스스로 자제해야 한다.

▲ 올즈와 밀너가 설계한 쥐 실험

어휘사전

* **쾌락**(快 쾌할 쾌, 樂 즐길 락) 유쾌하고 즐거움. 또는 그런 느낌.

* **중추**(中 가운데 중, 樞 근원 추) 신경 기관 가운데, 신경 세포가 모여 있는 부분.

* **자제력**(自 스스로 자, 制 억제할 제, 力 힘 력) 자기의 감정이나 욕구를 스스로 억누르고 참는 힘.

* **충동**(衝 찌를 충, 動 움직일 동) 어떤 일을 하고자 하는 마음이 갑자기 세게 일어나는 상태.

* **지장**(支 지탱할 지, 障 가로막을 장) 문제를 일으키거나 방해가 되는 사실.

내용요약

글의 중심 내용을 생각하며 빈칸의 낱말을 써 보세요.

쾌락 중추에서 분비되는 도파민이 주는 강한 쾌감을 계속 얻고 싶어서 어떤 행동을 반복하는 것을 ㅈㄷ 이라고 한다. 자극에 익숙해져 손상된 뇌는 되돌리기 어려우므로 중독을 예방하는 것이 중요하다.

1

내용
이해

제임스 올즈와 피터 밀너가 실험을 통해 알아낸 ㉠의 이름은 무엇인지 네 글자로 쓰세요.

(   )

2

내용
이해

이 글의 내용으로 알맞은 것 두 가지에 ◯표 하세요.

(1) 중독은 쥐에게서만 찾을 수 있는 현상이다. (   )

(2) 우리 뇌는 도파민이 폭발적으로 분비되는 쾌감의 순간을 기억한다. (   )

(3) 중독으로 인해 뇌가 자극에 익숙해져 손상되면 되돌리기가 매우 어렵다. (   )

(4) 중독된 이후의 행동은 쾌락을 느끼게 하는 도파민의 분비를 억제한다. (   )

3

추론
하기

중독이 이루어지는 과정을 알맞게 나열한 것은 무엇인가요? (   )

① 행동 – 쾌감 – 도파민 분비 – 쾌락 중추 자극 – 행동 반복

② 행동 – 쾌락 중추 자극 – 도파민 분비 – 쾌감 – 행동 반복

③ 행동 – 도파민 분비 – 쾌감 – 행동 반복 – 쾌락 중추 자극

④ 쾌락 중추 자극 – 도파민 분비 – 행동 – 행동 반복 – 쾌감

⑤ 쾌락 중추 자극 – 행동 – 쾌감 – 도파민 분비 – 행동 반복

4

적용
하기

**다음 보기는 중독과 관련된 다른 실험 내용입니다. 이 내용을 참고하여 ㉡의 방법으로
알맞은 것을 고르세요. (   )**

┤ **보기** ├

　브루스 알렉산더 교수는 실험을 위해 쥐를 우리에 가두고 마약이 든 물과, 순수한 물
을 놓아두었다. 그런데 이 중 절반은 스트레스를 적게 받는 쾌적한 환경에 있었고, 나머
지 절반은 스트레스를 많이 받는 비좁고 삭막한 환경에 있었다. 실험 결과, 비좁고 삭막
한 환경에 있던 쥐들이 쾌적한 환경의 쥐들보다 마약이 든 물을 훨씬 많이 마셨다.

① 스트레스를 받지 않는 환경에 있어야 한다.

② 꾸준히 병원에 다니며 치료를 받아야 한다.

③ 중독을 유발하는 물질을 처음부터 없애야 한다.

④ 주변 환경을 부정적인 마음가짐으로 받아들여야 한다.

⑤ 중독된 사실을 숨기지 말고 주변 사람들에게 알려야 한다.

주제 정리 **1** 생각주제와 관련된 앞의 두 글을 읽고 내용을 정리해 보세요.

도파민 중독	
1	제임스 올즈와 피터 밀너는 쥐 실험을 통해 뇌 속에 있는 쾌락 중추를 발견했다.
2	<u>ㅈ ㄷ</u>은 쾌락 중추에서 분비되는 도파민과 밀접한 관련이 있다.
3	계속해서 강한 쾌감을 얻고 싶은 충동 때문에 쾌감을 얻는 행동을 반복하면서 중독이 된다.
4	게임이나 스마트폰에 중독되는 이유도 뇌가 더 강렬한 쾌락을 느끼기 위해 더 몰두하기 때문이다.
5	손상된 뇌는 되돌리기 어렵기 때문에 중독은 예방이 중요하다.

게임 중독

어떤 행위에 중독되었다는 것은, 그로 인해 해야 하는 다른 일에 <u>ㄱ ㅅ</u>을 받는다는 의미다.

12살 호세는 하루에 네다섯 시간, 주말에는 더 오래 게임을 한다. 하지만 학교에서 좋은 성적을 유지하고, 다양한 친구들과 온라인에서 함께 게임을 한다.

13세 아만다는 매일 2~3시간 정도 게임을 하지만, 학교 숙제에 집중하지 못하고 성적이 떨어져서 유급할 처지에 놓였다.

행위에 소모하는 <u>ㅅ ㄱ</u>의 양은 중독 여부 판단의 결정적인 지표가 아니다.

2 중독에 대한 설명으로 알맞은 것 두 가지를 찾아 ○표 하세요.

(1) 게임 중독도 쾌락 중추에서 분비되는 도파민과 밀접한 관련이 있다.

(2) 취미 활동에 많은 시간을 소모하는 것은 중독의 중요한 신호이다.

(3) 일상생활에 지장을 줄 정도로 게임을 우선시한다면 중독된 것이다.

(4) 중독을 일으키는 행위는 도파민 분비를 막아 순간적인 쾌락을 느끼게 한다.

3 게임이나 스마트폰 중독에 대해 자신의 생각을 정리하여 써 보세요.

✎ _____

_____

_____

생각글 1 생각글 2 익힘 학습

| 주제
어휘 | 중독 | 간섭 | 지표 | 쾌락 | 자제력 | 충동 |

4 다음 주제 어휘의 뜻을 알맞게 연결하세요.

(1) 중독 •

(2) 간섭 •

(3) 지표 •

(4) 쾌락 •

• ㉠ 유쾌하고 즐거움. 또는 그런 느낌.

• ㉡ 방향이나 목적, 기준 등을 나타내는 표지.

• ㉢ 자기와 직접 관계가 없는 남의 일에 끼어 들어 성가시게 구는 것.

• ㉣ 술이나 마약 등 어떤 일에 빠져서 그것 없 이는 견디지 못하는 상태.

5 다음 빈칸에 들어갈 낱말을 주제 어휘에서 찾아 쓰세요.

(1) 선생님의 따뜻한 조언이 내 삶의 (   )가 되었다.

(2) 내 일에 (   )하지 말라는 친구의 말이 서운하게 들렸다.

(3) 음식만 보면 (   )을 잃고 많이 먹은 뒤에 꼭 후회를 한다.

(4) 얄미운 동생을 한 대 때려 주고 싶은 (   )을 간신히 참았다.

6 다음 보기의 빈칸에 들어갈 낱말을 주제 어휘에서 찾아 쓰세요.

┤ 보기 ├

[   ]이라는 뜻을 가진 영어 낱말 'addiction'은 라틴어 'addicene'에서 나 온 말이다. 라틴어 'addicene'는 자신의 권리를 남에게 넘겨주는 것을 뜻하며, 고대 사 회에서 감금되거나 노예가 된 사람을 묘사하는 데 사용되었다. 처음에는 내가 하고 싶 고 필요해서 했지만, 나중에는 자기 뇌를 그 대상에게 빼앗기고 노예가 되는 것이 바로 [   ] 현상이다.

(   )

백자 항아리의 아름다움

우리 문화
박물지
글 이어령
디자인하우스

조각의 아름다움은 ㉠물체성에 있다고 말한다. 같은 사람을 나타낸 것이라 해도 그림으로 그린 초상화는 손으로 잡을 수 없지만 조각으로 된 것은 그렇지가 않다. 이런 특징 때문에 딱딱하면 딱딱할수록 물체성이 높아진다. 조각가가 가능한 한 화강암과 같은 견고한 재료를 선택하게 된 이유도 여기에 있다.

물체성은 또한 형태성에 있다. 딱딱한 물체라 해도 벽처럼 계속되어 있는 연속체는 물체라고 부르기 어렵다. 그래서 둥근 구체에 가까우면 가까울수록 보다 물체적이라는 정의가 생겨난다. 따라서 물체의 표면에 너무 **요철***이 심하면 그만큼 물체성이 약해진다. 되도록 단순명료한 형태가 아니면 안 된다. 그래서 검거나 희거나 무채색일수록 물체성이 높아지고 반대로 유리처럼 투명한 것, 색채가 현란한 것은 조각의 재료로 부적당하다고 말한다.

이상과 같은 조각 예술의 고전적 특성을 응용해서 한국의 항아리를 관찰해 보면 어째서 그것이 ㉡단순한 용기 이상으로 뭇사람들의 미적 대상으로 사랑받아 왔는지를 알 수 있다.

한국의 백자 항아리는 앞에 든 조각의 **원초적*** 요소를 모두 **구비***하고 있다. 우선 항아리는 흙으로 빚은 것이라 해도 표면을 보석처럼 견고하게 구운 것으로 불가침입성의 고체성을 높여 주고 있다. 그리고 항아리는 그 형태성이 **구체***에 가까운 것으로 보다 물체적인 촉각 운동을 증대시키고 있다. 표면 역시 살결처럼 매끄러워 **응집성***이 높고 색채는 극도로 배제되어 물체의 불투명성이 강조되어 있다.

딱딱하고 둥글고 매끄럽고 무색인 그 백자 항아리는 물체성을 최대한으로 살린 조각 예술의 **원형***이 된다. 항아리는 만지지 말라는 경고문이 붙어 있는 미술관의 조각 작품과는 달리 손으로 만지고 들도록 되어 있는 생활 속의 조각이다.

항아리를 보고 있으면 저 물체의 조용한 세계, 뜨겁고 말랑말랑한 인간의 육체를 지니고는 도저히 도달할 수 없는 죽음 저편의 세계를 느끼게 된다.

항아리는 아무리 흠집이 없는 것이라 해도 깨어져 있는 것 같은 느낌을 준다. 만들어질 때부터 깨어져야 하는 것으로 운명 지어져 있는 것이 항아리다. ㉢백자 항아리는 불의 자궁으로부터 꺼낸 또 하나의 슬픈 육체인 것이다.

어휘사전

* **요철**(凹 오목할 요, 凸 볼록할 철) 오목함과 볼록함.

* **원초적**(原 근원 원, 初 저음 초, 的 과녁 적) 일이나 현상이 비롯하는 맨 처음이 되는.

* **구비**(具 갖출 구, 備 갖출 비) 있어야 할 것을 빠짐없이 다 갖춤.

* **구체**(球 공 구, 體 몸 체) 공처럼 둥근 형체나 물체.

* **응집성**(凝 엉길 응, 集 모을 집, 性 성품 성) 한곳에 엉기어 모이는 성질.

* **원형**(原 근원 원, 型 모형 형) 같거나 비슷한 여러 개가 만들어져 나온 본바탕.

내용요약

글의 중심 내용을 생각하며 빈칸의 낱말을 써 보세요.

조각의 아름다움은 물체성에 있고, 물체성은 형태성에 있다. 딱딱하고 둥글고 매끄럽고 무색인 한국의 백자 [ㅎ][ㅇ][ㄹ] 는 물체성을 최대한 살린 조각 예술의 원형이다.

1

내용
이해

이 글에 나온 항아리의 특성이 <u>아닌</u> 것은 무엇인가요? (   )

① 물체성　　　　　　② 형태성　　　　　　③ 연속성

④ 응집성　　　　　　⑤ 불투명성

2

추론
하기

㉠과 관련하여 알맞은 것 두 가지에 〇표 하세요.

(1) 조각은 그림에 비해 물체성이 약하다. (   )

(2) 구체에 가까울수록 물체성이 높아진다. (   )

(3) 딱딱하면 딱딱할수록 물체성이 높아진다. (   )

(4) 표면이 울퉁불퉁하면 매끄러운 것에 비해 물체성이 높다. (   )

3

적용
하기

㉡의 사례로 알맞은 것을 **보기**에서 두 가지 골라 번호를 쓰세요.

┤ 보기 ├

(1) 전문가들은 국보 백자 항아리에 있는 얼룩이 항아리가 기름을 저장하는 용도로 사용된 증표라고 보았다.

(2) 최근 백자 항아리가 부자들 사이에서 재물의 상징으로 여겨지며 거래 가격이 올라가고 있다. 항아리 수집가들은 그 소박한 아름다움에는 큰 관심이 없다.

(3) 백자 항아리는 많은 예술가들에게 예술적 영감을 주었다. 특히 김환기 화백은 백자 항아리에 '달항아리'라는 이름을 지어 줄 정도로 그 아름다움에 매료되었다.

(4) 유명 아이돌 가수가 백자 항아리를 구입한 것을 SNS에 올리자, 젊은 세대 사이에도 그 매력이 전파되고 있다. 국립중앙박물관의 백자 항아리를 찾아 '달멍(달을 멍하게 바라봄)'하는 사람도 늘었다.

(   )

4

적용
하기

㉢에는 '백자 항아리는 슬픈 육체이다'라는 은유법이 사용되었습니다. 이와 같은 비유적 표현이 사용된 것 두 가지를 고르세요. (   )

① 시간은 금이다.　　　　　　② 내 마음은 호수요

③ 내 누님같이 생긴 꽃이여.　　④ 돌담에 속삭이는 햇살같이

⑤ 샘물이 혼자서 춤추며 간다.

고려 청자와 조선 백자

▲ 백자청화오조룡문호

어휘사전

＊**자기**(瓷 사기그릇 자, 器 그릇 기) 고령토 따위를 원료로 빚어서 아주 높은 온도로 구운 그릇.

＊**비색**(翡 물총새 비, 色 빛 색) 고려 청자의 빛깔과 같은 푸른색.

＊**상감**(象 코끼리 상, 嵌 산골짜기 감) 금속이나 도자기 표면에 여러 가지 무늬를 새겨서 그 속에 금, 은, 보석 등을 박아 넣는 공예 기법.

＊**기법**(技 재주 기, 法 법도 법) 뛰어난 솜씨나 기술을 나타내는 방법.

＊**조형미**(造 지을 조, 形 모양 형, 美 아름다울 미) 어떤 모습을 입체감 있게 예술적으로 형상하여 표현하는 아름다움.

2023년 경매에서 '백자청화오조룡문호'라는 백자가 70억 원에 낙찰되어 고미술 경매 사상 최고가를 경신했다. 높이 56cm의 초대형 백자 항아리로 주목받은 이 작품은 S자형 곡선이 특징이다. 앞면에는 구름 사이에 여의주를 잡아채기 위해 날고 있는 용 두 마리가 선명하다.

청자와 백자의 예술적 가치는 어디에 있을까? 과거 10세기경에는 중국이 세계에서 가장 뛰어난 **자기**＊ 기술을 갖고 있었다. 그런데 이 기술이 고려에 들어오면서 독자적인 자기 제작 기술을 비약적으로 발전시켰다. 고려 시대에는 청자를 주로 만들었는데, 특히 푸른빛 도는 아름다운 **비색**＊과 **상감** **기법**＊이 특징이다. 백자는 통일 신라 시대부터 조금씩 만들어지다가, 중국에서 좋은 품질의 백자가 조선 왕실에 전해지면서 크게 발전했다. 나라에서 백자의 생산을 관리하였고 그만큼 생산하는 양도 많았다. 그래서 조선 시대 하면 백자가 유명한 것이다.

청자와 백자가 서로 다른 빛깔을 띠는 것은 흙과 유약에 차이가 있기 때문이다. 둘 다 고령토라 불리는 백토나 자토로 만들어졌으나, 백자의 흙이 조금 더 순도가 높다. 또 청자는 겉면에 철분이 들어간 유약을 발라 굽고, 백자는 투명한 유약을 사용한다. 이 때문에 백자의 표면은 균열이 잘 보이지 않고 청자보다 더 매끄럽다.

굽고 그리는 방법에도 차이가 있다. 청자는 가마를 밀폐시켜 산소의 공급을 차단하여 구웠다. 그러면 청자 표면에 입힌 유약이 산소를 빼앗기면서 은은한 비색이 만들어신다. 그 위에 상감 기법을 이용하여 무늬를 새겼다. 즉 겉면에 무늬를 새긴 다음 그 무늬를 다른 색 흙으로 메우고 유약을 발라 굽는 것이다. 이렇게 고려만의 기법으로 만들어진 도자기를 '상감 청자'라고 한다. 백자는 청자보다 높은 온도에서 구워야 했기 때문에 더 수준 높은 기술이 필요했다. 흰색의 표면에 푸른색이나 붉은색 염료로 무늬를 그려 넣었다.

마지막으로 고려 청자와 조선 백자는 느껴지는 멋도 서로 다르다. 청자는 화려하고 세련된 느낌을 주고, 백자는 순수하고 고상한 느낌을 준다. 청자는 정교하고 섬세한 무늬와 뛰어난 **조형미**＊를 통해 귀족 문화를 잘 보여 준다. 반면 백자는 소박하고 깨끗한 모습으로, 조선 선비들의 청렴한 삶과 꼿꼿한 정신이 담겨 있다.

내용요약

글의 중심 내용을 생각하며 빈칸의 낱말을 써 보세요.

고려의 청자와 조선의 [ㅂ ㅈ]는 중국의 자기 기술을 들여와 독자적으로 발전시켰다. 고려의 청자는 푸른빛을 띠며 상감 기법을 이용하여 화려하고 섬세하다. 조선의 백자는 높은 온도에서 구워 표면이 매끄럽고, 순수하고 고상한 느낌을 준다.

1
글의
구조

이 글의 내용 전개 방식을 바르게 나타낸 것은 무엇인가요? (   )

① 청자와 백자의 공통점을 중심으로 설명하고 있다.

② 청자와 백자가 세계에서 가장 뛰어나다고 주장하고 있다.

③ 청자와 백자의 서로 다른 특징을 비교하여 설명하고 있다.

④ 청자와 백자가 만들어지는 과정을 순서대로 설명하고 있다.

⑤ 청자와 백자를 익숙한 대상에 비유하여 이해하기 쉽게 설명하고 있다.

2
내용
이해

다음 보기에서 청자와 백자의 특징에 해당하는 것을 각각 골라 번호를 쓰세요.

┤ **보기** ├

① 겉면에 투명한 유약을 발라 굽는다.

② 겉면에 철분이 들어간 유약을 발라 굽는다.

③ 소박한 아름다움이 선비의 청렴함을 상징한다.

④ 푸른빛 도는 아름다운 비색과 상감 기법이 특징이다.

(1) 청자의 특징	**(2) 백자의 특징**

3
적용
하기

이 글을 바탕으로 다음 사진의 ㉮, ㉯를 알맞게 감상하지 <u>못한</u> 것은 무엇인가요?

(   )

㉮   ㉯

[출처] 국립중앙박물관

▲ 청자 참외 모양 병   ▲ 백자 끈무늬 병

① ㉮는 우리나라 청자의 아름다운 비색을 잘 보여 준다.

② ㉯의 깨끗한 백색은 우리나라 자기 제작 기술의 우수성을 잘 보여 준다.

③ ㉯는 흰 바탕에 단순한 선을 그려 넣어 여백의 미와 절제미가 느껴진다.

④ ㉮는 화려하고 귀족적인 느낌을 주고, ㉯는 소박하고 깨끗한 느낌을 준다.

⑤ ㉯는 선 무늬를 새긴 다음 붉은색 흙으로 메운 화려한 상감 기법으로 만들어졌다.

주제 정리

1 생각주제와 관련된 앞의 두 글을 읽고 내용을 정리해 보세요.

우리나라의 자기

고려 시대의 ㅊ ㅈ 와 조선 시대의 백자는 중국의 자기 기술을 독자적으로 발전시켰다.

고려 청자	조선 백자
• 철분이 들어간 유약을 발라 구워 푸른빛 도는 아름다운 비색이 특징이다.	• 투명한 유약을 발라 높은 온도에서 구워 표면이 매끄럽고 희다.
• ㅅ ㄱ 기법을 사용해 화려하고 섬세한 조형미를 보여 준다.	• 푸른색이나 붉은색 염료로 무늬를 그려 넣어 순수하고 고상한 느낌을 준다.
• 귀족 문화를 상징한다.	• 선비 정신을 상징한다.

백자 항아리의 아름다움

• 백자 항아리는 물체성과 형태성을 지닌다.
• 딱딱하고 둥글고 매끄럽고 무색인 ㅂ ㅈ 항아리는 물체성을 최대한 살린 조각 예술의 원형이다.

2 청자와 백자의 특징으로 알맞은 것 두 가지를 찾아 ○표 하세요.

(1) 청자는 고려 시대를 대표하고, 백자는 조선 시대를 대표하는 자기이다.

(2) 청자는 화려한 귀족 문화를 보여 주고, 백자는 소박한 선비 정신을 보여 준다.

(3) 청자는 철분이 함유된 푸른빛 도는 흙을 사용하였고, 백자는 흰색 흙을 사용하여 만들었다.

(4) 청자는 염료를 사용해 무늬를 그려 넣었고, 백자는 상감 기법을 사용하여 무늬를 새겨 넣었다.

3 청자와 백자의 아름다움에 대해 자신의 생각을 써 보세요.

🖉

| 주제 어휘 | 구비 | 원형 | 자기 | 기법 | 조형미 |

4 다음 주제 어휘의 뜻을 알맞게 연결하세요.

(1) 원형 •

(2) 기법 •

(3) 자기 •

(4) 조형미 •

• ㉠ 뛰어난 솜씨나 기술을 나타내는 방법.

• ㉡ 같거나 비슷한 여러 개가 만들어져 나온 본바탕.

• ㉢ 고령토 따위를 원료로 빚어서 아주 높은 온도로 구운 그릇.

• ㉣ 어떤 모습을 입체감 있게 예술적으로 형상하여 표현하는 아름다움.

5 다음 빈칸에 공통으로 들어갈 낱말을 주제 어휘에서 찾아 쓰세요.

(1)
• 화가가 그림을 그리는 [   ]은 사람마다 다르다.
• 예술가는 자신만의 [   ]을 평생 갈고 닦아야 한다.

→ [   ]

(2)
• 우리 학교 강당에는 운동회에 필요한 물건이 모두 [   ] 되어 있다.
• 만일을 대비해서 집에 비상약을 [   ]해 두는 것이 좋다.

→ [   ]

6 다음 밑줄 친 내용과 바꿔 쓸 수 있는 낱말을 주제 어휘에서 찾아 쓰세요.

17세기 말부터 18세기에 걸쳐 유행한 '달항아리'는 달처럼 커다랗고 둥근 백자 항아리를 말한다. 달항아리는 아래위를 따로 빚어서 붙이는 과정에서 생긴 비대칭의 입체감 있는 아름다움이 특징이다. 한 미술학자는 '무심한 아름다움을 가진 한국미의 본바탕'이라면서 높이 평가했다. 자연스럽고 따뜻한 백색의 소박한 아름다움을 지닌 달항아리는 한국적인 미와 정서가 담긴 대표적인 예술 작품이다.

(   )

소크라테스의 문답법

위대한 철학 고전
30권을 1권으로
읽는 책

글 이준형
빅피시

서양 **철학***은 소크라테스 이전과 이후로 나뉜다는 이야기가 있을 정도로 소크라테스의 철학 사상이 갖는 의미는 남다르다. 특히 그의 독특한 철학 방식이라고 할 수 있는 '문답법'은 소크라테스의 철학을 이해하는 실마리가 될 뿐만 아니라 이후 서양 철학의 주요한 **사상*** 전개 방식이 되었다. 그의 철학의 특징과 의의는 크게 세 가지로 설명할 수 있다.

1 우선 소크라테스는 '질문하는 철학'을 시작한 인물이다. 그는 '답'을 가르치고자 한 대부분 사상가와 달리 '질문'을 던지는 방식으로 철학했다. 소크라테스는 용기와 훌륭함이란 무엇인지, 올바름과 탁월함은 어떻게 얻어지는 것인지, 경건함이란 어떤 의미인지, 예술적 능력은 어디에서 오는지 등 다양한 궁금증에 대해 상대방에게 질문을 던지고 스스로 답을 찾아가도록 유도했다. 이러한 방식을 소크라테스가 최초로 시도한 것이라고 할 수는 없겠지만, 이를 가장 적극적으로 사용하고 발전시킨 인물이라는 데에는 **이견***이 없다.

2 두 번째 의의는 '**무지***'에 대한 **자각***'을 들 수 있다. 소크라테스는 사람들에게 늘 아무것도 알지 못한다고 말했다. 심지어 델포이 신탁이 소크라테스를 가장 현명한 사람이라고 선언했음에도 불구하고 말이다. 이는 소크라테스 개인을 넘어선, 인간 존재의 무지를 인정한 자세라고 볼 수 있다. 물론 이러한 행동은 후대 철학자들로 이어져 인간이 더 나은 세계로 나아가고자 하는 밑거름이 되었다.

3 마지막 세 번째 특징은 '올바름에 대한 추구'이다. 그는 수차례의 토론 과정에서 끊임없이 올바름, 즉 '선'에 대한 질문을 던졌다. 옳은 것을 알았을 때 올바른 행동을 할 수 있다고 믿어 덕과 앎을 동일시했으며, 자신을 포함한 모든 사람이 참된 덕을 깨닫고 이를 통해 선을 추구해야 한다고 말했다. 이러한 삶의 태도는 훗날 스토아학파 등 여러 사상가에 의해 계승, 발전되었다.

소크라테스의 삶과 사상은 그가 세상을 떠난 뒤 후계자인 플라톤에게로 이어졌다. 소크라테스의 일화를 담은 여러 대화편이 저술되었으며, 플라톤의 사상 또한 많은 부분 소크라테스에게서 영향을 받았다. 이후에 플라톤은 '서양 철학의 아버지'라 불릴 만큼 서양 철학사에 지대한 영향을 미치게 된다.

어휘사전

* **철학**(哲 밝을 철, 學 배울 학) 세계의 근본 원리나 삶의 본질을 연구하는 학문.

* **사상**(思 생각 사, 想 생각 상) 어떠한 사물에 대하여 가지고 있는 생각이나 의견.

* **이견**(異 다를 이, 見 볼 견) 어떤 의견과는 다른 의견.

* **무지**(無 없을 무, 知 알 지) 아는 것이 없음.

* **자각**(自 스스로 자, 覺 깨달을 각) 스스로 깨닫거나 느끼는 것.

1 이 글의 내용과 일치하지 <u>않는</u> 것은 무엇인가요? (   )

내용
이해

① 소크라테스는 사람들에게 늘 아무것도 알지 못한다고 말했다.

② 인간 존재의 무지를 인정한 자세는 후대 철학자들로 이어졌다.

③ 소크라테스는 옳은 것을 알았을 때 올바른 행동을 할 수 있다고 믿었다.

④ 소크라테스의 철학은 플라톤에게로 이어져 이후 서양 철학사에 큰 영향을 미쳤다.

⑤ 질문을 통해 스스로 답을 찾아가도록 유도한 방식은 소크라테스가 최초로 시도하였다.

2 다음은 이 글의 **1**~**3** 중 무엇에 해당하는 내용인지 찾아 각각 번호를 쓰세요.

적용
하기

(1)

> 소크라테스는 항상 "너 자신을 알라."라는 말을 즐겨 사용했다. 이는 우리가 아무것도 모른다는 사실을 스스로 깨달을 때에만 참다운 지식을 얻을 수 있다는 뜻이다.

→ (   )

(2)

> 지혜는 학교에서 친구들과 함께하는 협동의 필요성을 배웠다. 혼자 할 때보다 함께했을 때 더 많은 것을 해낼 수 있다는 것을 깨달아 그 후 학교생활에서 협동을 실천하게 되었다.

→ (   )

3 다음 보기의 빈칸에 들어갈 낱말을 이 글에서 찾아 세 글자로 쓰세요.

추론
하기

| 보기 |

　소크라테스의 [   ]은 산파술이라고도 한다. 산파가 산모의 출산을 돕는 것처럼 사람들이 지혜를 깨우칠 수 있도록 돕는 것이다. 소크라테스는 비판적으로 질문하고 이를 적극적으로 경청하며 대화를 이끌어 갔다. 이러한 철학 방법은 다음의 대화를 통해서도 알 수 있다.

소크라테스: 자네 기분이 어떠한가?

트라시마코스: 우울합니다.

소크라테스: 우울하다는 것은 무엇인가?

트라시마코스: 침울하다는 것입니다.

소크라테스: 침울하다는 것은 무엇인가?

트라시마코스: 기분이 더럽다는 것입니다.

소크라테스: 기분이 더럽다는 것은 무엇인가?

트라시마코스: 모르겠습니다.

소크라테스: 그래, 그래도 자네는 자네가 모른다는 것을 알고 있지 않은가?

(   )

그리스의 철학자들

▲ 소크라테스

어휘사전

＊**보편적**(普 널리 보, 遍 두루 편, 的 과녁 적) 두루 널리 퍼져 있고 모든 것에 공통되는.

＊**진리**(眞 참 진, 理 다스릴 리) 참된 이치. 거짓이 아닌 사실.

＊**양성**(養 기를 양, 成 이룰 성) 가르쳐 서 유능한 사람을 길러 냄.

＊**철인**(哲 밝을 철, 人 사람 인) 철학에 대한 지식이 깊은 경지에 오른 사람.

고대 그리스 철학은 소크라테스 이전과 이후로 나뉜다. 소크라테스는 문답법을 통해 **보편적**＊ **진리**＊가 존재한다고 주장하며 많은 제자들을 길러 냈다. 그는 말도 안 되는 죄목으로 독약을 마시고 허무하게 죽는다. 하지만 고대 그리스 철학은 소크라테스의 제자 플라톤, 플라톤의 제자 아리스토텔레스를 거치며 전성기를 맞이한다.

플라톤은 스승의 죽음을 보며 국가란 무엇이고, 국가에 속한 인간이란 무엇인가에 대해 질문하게 된다. 그 후 아테네를 떠나 여행하며 다양한 경험을 하고, '아카데미아'를 세운 뒤에는 죽기 전까지 제자를 **양성**＊하였다. 플라톤은 스승인 소크라테스처럼 진정한 진리가 있다고 생각했다. 그는 '동굴의 비유'를 통해 그가 주장한 진정한 진리인 이데아론을 설명한다. 인간은 동굴 안에서 온몸이 묶인 채 한 면만을 바라보며, 자신이 보는 것이 '진짜'라고 믿는다. 하지만 인간이 보는 것은 동굴 밖 '진짜 세계의 그림자'일 뿐이다.

플라톤은 이러한 동굴의 비유를 통해 사물이나 존재의 본모습이 바로 '이데아'라고 말하며, 그 본질을 파악하는 것이 중요하다고 말했다. 결국 플라톤이 생각한 이상적인 나라란 이데아, 즉 진정한 진리를 인식할 수 있는 지혜의 덕을 갖춘 철학자가 다스리는 나라였다. 철학자가 다스리는 나라이므로 이를 '**철인**＊ 정치'라 표현했다. 그리고 모든 사람이 각자 제 몫의 덕을 실천할 때 사회 전체의 정의가 실현된다고 하였다.

플라톤의 제자인 아리스토텔레스는 플라톤과는 조금 다른 생각을 갖고 있었다. 플라톤이 현실 세계와 별개로 진리의 세계가 존재한다고 믿은 반면, 아리스토텔레스는 사물이나 물체 속에 진리가 있다고 생각했다. 또한 아리스토텔레스는 인생의 목적을 '행복'이라고 보았으며, 이를 위해 중용의 덕을 강조했다. 중용이란 어느 한쪽으로 치우치지 않도록 적절하게 행동하는 것을 의미한다. 그는 철학, 수학, 천문학, 화학, 미술 등 많은 분야에서 큰 업적을 남겼다.

내용요약

글의 중심 내용을 생각하며 빈칸의 낱말을 써 보세요.

플라톤은 국가에 속한 인간이란 무엇인가에 대해 질문하였고, 사물이나 존재의 본모습을 'ㅇ ㄷ ㅇ'라고 하였다. 반면 아리스토텔레스는 진리가 사물이나 물체 속에 존재한다고 생각했고 ㅈ ㅇ 의 덕을 강조했다.

1 이 글을 읽고 알 수 있는 내용으로 알맞은 것 두 가지를 찾아 ○표 하세요.

내용
이해

(1) 플라톤이 생각한 이상적인 나라   (   )

(2) 플라톤이 아테네를 떠나 여행을 다닌 장소   (   )

(3) 플라톤과 아리스토텔레스가 진리를 보는 관점   (   )

(4) 플라톤과 아리스토텔레스가 소크라테스를 만난 시기   (   )

2 다음 보기의 내용을 관련 있는 철학자에 맞게 분류하여 번호를 쓰세요.

내용
이해

┤ 보기 ├

① 중용의 덕

③ 인생의 목적으로서의 행복

② 사물이나 존재의 본질인 이데아

④ 철학자가 나라를 다스리는 철인 정치

(1) 플라톤	(2) 아리스토텔레스

3 다음 보기의 상황을 보고 철학자들이 대화를 나눈다고 할 때, 각 철학자가 할 수 있는 말로 어울리지 <u>않는</u> 것의 번호를 쓰세요.

적용
하기

┤ 보기 ├

소망이는 부모님께서 뉴스를 보시며 우리나라의 현실을 걱정하는 대화를 듣고, 어떻게 하면 우리나라가 더 좋은 나라가 되고 사람들이 더 행복해질 수 있을지 고민하였다.

(1) 소크라테스: 자, 나의 제자들이여! 어떻게 하면 소망이의 고민을 풀어 줄 수 있겠는가?

(2) 플라톤: 지혜로운 철학자가 나서서 대한민국을 다스리게 하면 될 것 같습니다.

(3) 아리스토텔레스: 대한민국 국민들이 어느 한쪽으로 치우치지 않는 중용의 덕을 갖추어 행복을 추구하라고 말해 주고 싶습니다.

(4) 플라톤: 현재의 삶에 만족하고, 오늘의 행복과 즐거움에 충실하는 게 중요하다는 것을 알려 주고 싶습니다.

(   )

주제 정리 **1** 생각주제와 관련된 앞의 두 글을 읽고 내용을 정리해 보세요.

> ### 고대 그리스의 철학자와 철학 사상

 소크라테스는 문답법을 통해 을 던지는 방식으로 철학을 했다. 또한 아무것도 알지 못한다는 무지를 깨달아야 한다고 했으며, 옳은 것을 알았을 때 올바른 행동을 할 수 있다고 믿어 덕과 앎을 동일시하였다.

↓

 플라톤은 현실의 세계와 별개로 의 세계가 존재한다고 믿어 이를 이데아론으로 설명하였다. 또한 진정한 진리를 인식할 수 있는 지혜의 덕을 갖춘 철학자가 다스리는 철인 정치를 주장하였다.

↓

 아리스토텔레스는 사물이나 물체 속에 진리가 있다고 생각하여 현실 세계를 중시하였다. 또한 인생의 목적이 ㅎ ㅂ 이라고 보고, 중용의 덕을 강조하였다. 중용이란 어느 한쪽으로 치우치지 않도록 적절하게 행동하는 것을 의미한다.

2 다음은 고대 그리스의 세 철학자 중 누구의 업적에 해당하는지 각각 이름을 쓰세요.

(1) 관찰할 수 있는 사실들, 즉 눈에 보이는 현실 세계를 깊이 탐구하였으며, 중용의 덕을 실천해야 한다고 주장했다. (　　　　　　　　　　)

(2) 상대방에게 질문을 던지고 스스로 답을 찾아가도록 유도하는 방식으로 사람들의 사고와 행동을 도덕적인 방향으로 이끌었다. (　　　　　　　　　　)

(3) 철학자가 다스리는 이상적인 정치 체제를 제시하고, 사물이나 존재의 본모습에 해당하는 진정한 진리인 이데아를 탐구하였다. (　　　　　　　　　　)

3 고대 그리스의 세 철학자 중 누구의 철학에 공감하는지 자신의 생각을 써 보세요.

✎ ＿＿＿＿＿＿＿＿＿＿＿＿＿＿＿＿＿＿＿＿＿＿＿＿＿＿＿＿

＿＿＿＿＿＿＿＿＿＿＿＿＿＿＿＿＿＿＿＿＿＿＿＿＿＿＿＿＿

＿＿＿＿＿＿＿＿＿＿＿＿＿＿＿＿＿＿＿＿＿＿＿＿＿＿＿＿＿

주제 어휘	철학	이견	무지	자각	진리	중용

4 다음 주제 어휘의 뜻을 알맞게 연결하세요.

(1) 철학 •

(2) 이견 •

(3) 자각 •

(4) 중용 •

• ㉠ 어떤 의견과는 다른 의견.

• ㉡ 스스로 깨닫거나 느끼는 것.

• ㉢ 세계의 근본 원리나 삶의 본질을 연구하는 학문.

• ㉣ 한쪽으로 치우치지 않고 모자라거나 넘치지 않는 알맞은 상태.

5 다음 빈칸에 공통으로 들어갈 낱말을 주제 어휘에서 찾아 쓰세요.

(1)
- 나의 □□□□□ 를 깨닫는 순간 부끄러움이 몰려왔다.
- 컴퓨터에 □□□□□ 한 동생이 이것저것 누르다가 고장이 났다.

→ □□

(2)
- 뿌린 대로 거두는 것은 만고불변의 □□□□□ 이다.
- 무슨 일이든 억지로 하면 결과가 좋지 않다는 □□□□□ 를 깨달았다.

→ □□

6 다음 밑줄 친 말과 반대되는 뜻을 가진 낱말을 주제 어휘에서 찾아 쓰세요.

찰스 디킨스의 「크리스마스 캐럴」에 나오는 스크루지 영감은 주변 사람들을 살피고 돌보는 일에는 관심이 없다. 오로지 더 많은 것을 가지기 위해, 자신의 것을 빼앗기지 않기 위해 애쓰는 탐욕의 극단에 있는 인물이다. 어느 크리스마스이브에 그의 친구 말리가 유령의 모습으로 찾아와 과거, 현재, 미래의 스크루지 영감의 모습과 운명을 보여 준다. 자신을 되돌아보고 과거를 반성한 스크루지 영감은 베풀 줄 아는 사람이 되어 살아간다.

( )

3장

2개의 글을 연결해 재미있게 읽어요~

가자에 띄운 편지

가자에
띄운 편지

글 발레리 제나티
바람의아이들

어둡고 우울하고 두려운 나날들이다. 다시 공포가 찾아왔다.

엄마는 내일 일찍 등교해야 하니까 가서 자라고 벌써 세 번씩이나 말했다. 그때 갑자기 창문이 흔들리는 바람에 가슴이 철렁했다. 숨이 덜컥 막히는 줄 알았다. 나는 곧 우리 집 바로 옆에서 폭발이 일어났다는 것을 깨달았다.

군간호사인 에탄 오빠가 비상 **구호**＊ 가방을 들고서 곧장 밖으로 나갔다. 아빠는 잠시 망설이다 오빠를 따라 나갔다. 엄마는 울먹이면서 나를 두 팔로 감싸 안더니 늘 그랬듯 네 가지 일을 한꺼번에 했다. 텔레비전을 켜고, 라디오를 틀고, 인터넷까지 켜 놓은 다음 휴대폰에 **몰입**＊하기.

나는 내 방으로 뛰어 들어갔다. 이제 불 끄라는 잔소리는 아무도 하지 않을 것이다. 어쩌면 내일은 학교를 늦게 가거나, 아니 아예 결석을 한다 해도 아무도 뭐라 하지 않을 것이다. 이렇게만 말하면 될 테니까. 우리 동네, 그것도 내가 늘 오가는 길에서 테러가 발생했다고. 그래서 밤새도록 악몽에 시달렸고 혈압이 떨어졌고 너무 무서워서 길을 나설 수도, 집 밖을 나갈 수도 없었다고. 바르질리아 선생님은 내 말을 믿을 것이다. 내일 수학 시험이 있기는 하지만.

폭발 소리가 들리고 나서 몇 분 뒤에 구급차 소리가 들렸다. 구급차는 정말 끔찍한 소리를 낸다. 공기와 고막을 찢는 소리. **하드 록**＊ 공연에나 딱 어울릴, 문 사이에 꼬리가 끼인 듯한 고양이의 소름 끼치는 울음소리. 다섯, 여섯, 일곱 대의 구급차. 난 그 모두를 세지는 않았다.

틀림없이 죽은 사람도 있을 것이다. 거의 늘 사망자들이 있었으니까. 하지만 나는 사망자가 몇 명이며 그들이 누구인지 알고 싶지 않다. 특히 오늘만은. 왜냐하면 우리 집 바로 옆에서 그 일이 일어났으니까.

나는 뉴스를 피할 수가 없었다. 내 눈에 보이고 내 귀로 들려오는 신문과 라디오는 사방에서 비극을 얘기하고 있었다.

요즘처럼 두려움에 사로잡힐 때면 우리 모두는 우리가 누구인지를 잊어버리는 것 같다. 난 내가 누구인지, 어떤 존재인지 알고 싶다. 대체 무엇이 나의 죽음을 다른 이의 죽음과 다르게 만드는 걸까? 내가 글을 쓰기로 맘먹은 건 바로 이 때문이다.

1

내용 이해

이 글의 내용과 일치하지 <u>않는</u> 것은 무엇인가요? (   )

① 내일은 학교에서 수학 시험이 있다.

② '나'의 집 바로 옆에서 테러가 발생했다.

③ 에탄 오빠는 사람들을 구하러 곧장 밖으로 나갔다.

④ '나'는 테러가 발생했어도 학교에 반드시 가야 한다고 생각한다.

⑤ '나'는 오늘 테러 사건에서 발생한 사망자에 대해 알고 싶지 않다.

2

추론 하기

이 글을 읽고 짐작할 수 있는 내용으로 알맞은 것 두 가지에 ◯표 하세요.

(1) '나'의 가족들은 항상 테러에 대비하고 있다.　(   )

(2) '내'가 잘 알고 있는 이웃들이 죽거나 다쳤다.　(   )

(3) 라디오에서는 하드 록 공연이 흘러나오고 있다.　(   )

(4) '나'는 바로 옆에서 일어나는 사건에 무관심하다.　(   )

(5) '나'는 테러를 겪은 일을 기록하지 않고 잊어버리려고 한다.　(   )

3

감상 하기

이 글과 **보기**에서 소개한 인물의 공통점은 무엇인가요? (   )

---| **보기** |---

「안네의 일기」를 쓴 안네 프랑크는 독일 프랑크푸르트에서 태어난 유대인 소녀로, 네 살 때 나치의 유대인 학살 정책을 피해 가족과 함께 네덜란드 암스테르담으로 이주하였 다. 1942년 7월 은신처에 숨어들면서부터 일기를 쓰기 시작하여 은신처가 발각되기 사 흘 전까지 꾸준히 일기를 썼다.

안네는 나치를 피해 2년 동안 한 번도 밖에 나가지 못하고 숨어 살면서도 역사를 공부 하고 기자와 소설가가 되려는 꿈을 버리지 않았다. 은신처라는 비참하고 불안한 환경에 서도 희망을 잃지 않으려 애쓴 쾌활한 모습이 일기에 그대로 담겨 있다.

① 전쟁은 남의 일이라고 생각하고 글쓰기에만 집중했다.

② 집이나 은신처에서 숨어 사는 것이 낭만적이라고 생각했다.

③ 어둡고 우울하고 두려운 나날들을 글쓰기로 이겨 내려고 했다.

④ 어떤 순간에도 공부를 꾸준히 하는 것이 중요하다는 것을 강조했다.

⑤ 전쟁을 겪으면서도 좋은 점이 있다는 것을 세상에 알리려고 노력했다.

전쟁의 참혹한 현실

▲ 폭격으로 폐허가 된 집

우크라이나의 차이카섬에 살던 카테리나 씨는 마을 인근의 수력 발전소가 파괴되면서 몇 달 동안 어린 두 자녀와 함께 **고립***되어 굶는 날이 많았다. 6·25 전쟁 때 소년이었던 가용이는 아버지와 함께 한 달만 부산에 가 있다가 따뜻한 봄이 되면 평안북도 용천에 있는 집으로 돌아가기로 했는데 영영 가지 못했다. 이들은 왜 이런 일을 겪었을까? 바로 전쟁 때문이다.

전쟁은 여러 가지 이유로 지금 이 순간에도 세계 곳곳에서 끊임없이 일어나고 있다. 전쟁은 더 많은 영토를 차지하기 위해서나 자원이나 경제적 이익을 얻기 위해서 발생한다. 그리고 종교나 이념의 차이가 있을 때나 내부를 단결하여 국내의 위기를 극복하고자 할 때도 일어난다.

전쟁이 일어나면 가장 큰 피해를 입는 사람은 **민간인***으로 그 피해는 엄청나다. 무장하지 않은 민간인이 공격을 당해 사망하거나 다치기도 하며 수많은 이산가족과 전쟁고아가 생겨난다. 폭격으로 인해 집이 무너지고 삶의 터전이 **폐허***가 되며 사람들은 먹을 것을 구하기도 힘들고 생계를 유지하기 어려워진다. 또한 더 이상 **신변***의 안전을 보장받기 힘들어지면서 목숨을 걸고 고향을 떠나거나 국경을 탈출하는 난민들도 생겨난다.

전쟁이 끝나더라도 사람들은 오래도록 전쟁의 흔적을 갖고 살아간다. 우선 폐허가 된 삶의 터전을 **재건***하여 일상생활로 복귀하는 데 드는 노력과 시간이 만만치 않다. 때로는 돌아갈 곳 자체를 잃어버린 사람들도 있다. 그러나 더 심각한 문제는 전쟁이 사람들에게 ㉠신체적·물리적 고통보다 더 깊은 정신적 상처를 남긴다는 것이다. 전쟁을 겪은 사람들은 ㉡가족과의 이별로 인한 슬픔, 많은 사람들의 죽음을 목격한 충격, ㉢폭격에 대한 두려움 등으로 인해 극심한 심리적 트라우마에 시달리기도 한다.

고대 그리스 시대 문학가였던 소포클레스는 전쟁은 언제나 악인보다는 선량한 사람만을 학살한다는 말을 남겼다. 전쟁에 이긴 것이 과연 진정한 승리이고 큰 이득을 쟁취한 것일까? 우리는 전쟁의 승패와 관계없이 그 과정에서 삶을 송두리째 빼앗긴 수많은 평범한 사람들의 이야기를 결코 잊어서는 안 될 것이다.

어휘사전

＊**고립**(孤 외로울 고, 立 설 립) 다른 사람의 도움을 받지 못하여 외따로 떨어짐.

＊**민간인**(民 백성 민, 間 사이 간, 人 사람 인) 경찰이나 군인이 아닌 일반 사람.

＊**폐허**(廢 폐할 폐, 墟 터 허) 완전히 허물어져 못 쓰게 된 건물의 터.

＊**신변**(身 몸 신, 邊 가 변) 몸의 주변.

＊**재건**(再 다시 재, 建 세울 건) 무너진 건물이나 조직 등을 다시 일으켜 세우는 것.

내용요약

글의 중심 내용을 생각하며 빈칸의 낱말을 써 보세요.

Ｚ Ｚ 은 여러 가지 이유로 세계 곳곳에서 끊임없이 일어나는데, 이로 인해 가장 큰 피해를 입는 사람은 민간인이다. 전쟁은 사람들에게 신체적·물리적 고통보다 더 깊은 정신적 상처를 남긴다.

1

내용
이해

이 글을 읽고 알 수 있는 내용으로 알맞은 것은 무엇인가요? (   )

① 심리적 트라우마는 쉽게 치유된다.

② 전쟁은 국가와 국가 사이에서만 발생한다.

③ 전쟁에서 승리하는 쪽은 피해를 입지 않는다.

④ 전쟁은 아주 드물게 일어나는 특수한 사건이다.

⑤ 전쟁이 끝나도 오래도록 전쟁의 흔적은 남는다.

2

적용
하기

이 글을 읽고 만들 수 있는 캠페인 문구로 알맞은 것의 번호에 ○표 하세요.

(1)
전쟁으로 고통받는
아이들의 목소리에
귀 기울여 주세요!

(2)
주택 부족 문제를
일으키는 전쟁에
반대합시다!

(3)
국토를 넓힐 수 있는
유일한 기회를
놓치지 마세요!

(4)
전쟁은 소음 공해의
주범입니다!

(5)
언제까지 환경을
파괴하시겠습니까?

3

감상
하기

㉠~㉢ 중 보기의 글에 담긴 마음으로 알맞은 것의 기호를 쓰세요.

┤ **보기** ├

　그리움이 하늘에 닿아 파랗게 멍든 하늘이여 괴로움이 산천에 녹아 주름살 돼 버린 백두산맥이여 눈물이 강물처럼 흘러 파도치는 동해 바다여 목놓아 오마니를 부르다 재가 된 한 맺힌 이산의 가슴들

　아! 불효의 씻을 수 없는 죄 앞에 오늘도 불효자는 속죄의 한을 소리쳐 외칩니다

　용서해 주시라요, 오마니! 살아만 계시라요, 나의 오마니시여……

— 정성산, 「오마니 고향 열차 유래비」

(   )

주제정리 **1** 생각주제와 관련된 앞의 두 글을 읽고 내용을 정리해 보세요.

가자에 띄운 편지
1 '나'는 곧 우리 집 바로 옆에서 `ㅍ ㅂ`이 일어났다는 것을 깨달았다.
2 어쩌면 내일은 학교를 늦게 가거나, 아예 결석을 한다 해도 아무도 뭐라 하지 않을 것이다.
3 '내' 눈에 보이고 '내' 귀로 들려오는 신문과 라디오는 사방에서 비극을 얘기하고 있었다.
4 요즘처럼 두려움에 사로잡힐 때면 우리가 누구인지 잊어버린다. '나'는 '내'가 어떤 존재인지 알기 위해 글을 쓰기로 맘먹었다.

전쟁의 참혹한 현실
1 전쟁은 여러 가지 이유로 세계 곳곳에서 끊임없이 일어나고 있다.
2 전쟁이 일어나면 가장 큰 `ㅍ ㅎ`를 입는 사람은 민간인으로 그 피해는 엄청나다.
3 전쟁이 끝나더라도 사람들은 오래도록 `ㅈ ㅈ`의 흔적을 갖고 살아간다.
4 우리는 전쟁의 승패와 관계없이 그 과정에서 삶을 송두리째 빼앗긴 수많은 평범한 사람들의 이야기를 결코 잊어서는 안 될 것이다.

2 다음 사진에 대한 설명의 빈칸에 들어갈 알맞은 말을 **보기**에서 찾아 ○표 하세요.

→ 전쟁을 피해 목숨을 걸고 고향을 떠나 국경을 탈출한 [   ]의 모습이다.

┤ **보기** ├

식량난   난민   군인

민간인 학살   문화재 훼손

3 세계 곳곳에서 일어나고 있는 전쟁에 대해 자신의 생각을 써 보세요.

✎ _____

_____

_____

주제 어휘	구호	몰입	고립	폐허	신변	재건

4 다음 주제 어휘와 뜻을 알맞게 연결하세요.

(1) 구호 •

(2) 몰입 •

(3) 고립 •

(4) 재건 •

• ㉠ 어떤 일에 깊이 빠져 온 마음과 정신을 쏟는 것.

• ㉡ 다른 사람의 도움을 받지 못하여 외따로 떨어짐.

• ㉢ 무너진 건물이나 조직 같은 것을 다시 일으켜 세우는 것.

• ㉣ 전쟁, 자연재해, 굶주림 등으로 어려움에 처한 사람을 돕는 것.

5 다음 빈칸에 들어갈 낱말을 주제 어휘에서 찾아 쓰세요.

(1) 하마터면 무인도에 (　　　　)될 뻔한 사람의 이야기를 들었다.

(2) 엄마는 멀리 떨어져 사는 이모의 (　　　　)을 항상 걱정하신다.

(3) 책 읽기에 (　　　　)하다 보면 주변에서 나는 소리가 들리지 않는다.

(4) 다 쓰러져 가는 집을 (　　　　)하여 쉼터를 만들었더니 쉬어 가는 사람이 많아졌다.

6 다음 빈칸에 들어갈 낱말을 주제 어휘에서 찾아 차례대로 쓰세요.

　　2023년 2월 6일, 규모 7.8의 대지진이 튀르키예 동남부 지역을 강타하여 많은 사람이 사망하거나 다쳤다. 도시 전체 건물의 절반 이상이 형체를 알아볼 수 없이 무너졌고 멀쩡한 건물이 없을 만큼 심각하게 파괴되었다. 재난 발생 직후 전 세계에서 　(1)　 물품을 보내기 시작했고, 　(2)　가 된 튀르키예 카흐라만마라슈 지역을 　(3)　 하기 위해 도움의 손길을 보탰다.

(1) (　　　　)　(2) (　　　　)　(3) (　　　　)

왕자와 거지

왕자와 거지
글 마크 트웨인
시공주니어

병사들은 들고 있던 창을 받들어 왕자에게 **경의***를 표한 다음, 문을 열고 거지 소년을 안으로 들여보냈다.

왕자가 명령을 내리자 금세 음식이 준비되었다. 톰은 책에서만 읽고 상상했던 그런 음식을 난생처음 먹어 보았다. 왕자는 우아한 몸짓으로 시종들을 밖으로 내보냈다. 초라한 손님이 행여 시종들의 따가운 눈총을 못 이겨 식사를 제대로 못 하면 어쩌나 염려해서였다. 그리고는 옆에 앉아서 톰이 식사를 하는 동안 질문을 던졌다.

"이름이 뭐니?" / "톰 캔티라고 합니다."

"캔디가 아니고 캔티…… 재미난 이름이로군. 어디 사느냐?"

"런던에 살아요. 푸딩로 부근의 오펄 코트라는 데에 집이 있어요."

"오펄 코트('쓰레기장'이라는 뜻)? 그것도 재미난 이름이구나. 부모님은 계시니?"

"네. 그리고 별로 좋아하지 않는 할머니도 한 분 계세요. 쌍둥이 누이 낸과 벳도 있고요."

"할머니 사랑을 별로 못 받는다는 소리로 들리는데."

"할머니의 사랑은 저만 못 받는 게 아니에요. 할머니는 마음씨가 나빠서 자나 깨나 못된 일만 해요."

"너를 **구박***하나 보지?"

"할머니는 주무시거나 곤드레만드레 취해 있는 동안만큼은 손찌검을 안 해요. 하지만 다시 제정신으로 돌아오면 저를 밥 먹듯이 두들겨 패요."

"뭐라고? 두들겨 패?" / 왕자는 발끈 화를 냈다.

"낸과 벳은 몇 살이야?" / "열다섯 살이에요."

"내 누이 엘리자베스는 열네 살이고, 사촌 누이 제인 그레이는 나와 동갑이지. 모두 우아하고 **기품***이 있어. 하지만 또 다른 누이 메리는 항상 **우거지상***을 쓰고…… 참, 네 누이들도 **몸종***들을 웃지 못하게 하니? 웃음이 정신을 **좀먹는다***고 하면서 말야."

"낸과 벳에게도 몸종이 있는 줄 아셨어요?"

"그러면 안 될 이유라도 있니? 그럼, 잠자리에 들 때 옷은 누가 벗겨 주지? 또 일어나면 누가 옷을 챙겨 줘?"

"그런 사람이 필요 없지요. 옷을 홀라당 벗고 짐승처럼 알몸으로 자거든요."

"옷이 하나밖에 없다는 소리냐?"

"하나면 족해요. 몸뚱이는 두 개가 아니거든요."

어휘사전

* **경의**(敬 공경할 경, 意 뜻 의) 존경하는 마음.

* **구박**(驅 내쫓을 구, 迫 핍박할 박) 못 견디게 괴롭힘.

* **기품**(氣 기운 기, 品 물건 품) 인격이나 작품 등에서 드러나는 고상한 품격.

* **우거지상** 잔뜩 찌푸린 얼굴의 모양을 속되게 이르는 말.

* **몸종** 예전에, 잔심부름하던 여자 종.

* **좀먹다** 어떤 사물에 드러나지 않게 조금씩 자꾸 해를 입히다.

1 이 글의 내용과 일치하지 <u>않는</u> 것은 무엇인가요?   (   )

내용
이해

① 거지 소년의 할머니는 소년을 구박하고 자주 때렸다.

② 왕자는 거지 소년이 난생처음 보는 음식을 대접했다.

③ 거지 소년은 시종들의 따가운 눈총을 받으며 식사를 했다.

④ 거지 소년은 할머니, 부모님, 쌍둥이 누이와 함께 살고 있었다.

⑤ 왕자의 누이들은 웃음이 정신을 좀먹는다며 몸종들을 웃지 못하게 했다.

2 왕자와 거지 소년의 마음을 알맞게 짐작한 것을 찾아 각각 번호를 쓰세요.

추론
하기

(1) 왕자	(2) 거지 소년
① 거지 소년의 이름과 사는 곳 이야기가 신기하고 재미있다. ② 거지 소년의 초라한 모습을 보고 놀라 그를 부른 것을 후회한다. ③ 거지 소년이 할머니의 진심을 몰라주는 것 같아 할머니가 불쌍하다.	① 자신에게 옷이 한 벌밖에 없다는 사실을 왕자에게 들켜 창피하다. ② 할머니의 사랑은 못 받고 있지만 할머니는 마음씨가 곱다고 생각한다. ③ 책에서만 읽고 상상했던 음식을 난생처음 먹어 보며 꿈만 같고 행복하다.

(   )   (   )

3 다음 보기는 「왕자와 거지」의 전체 줄거리입니다. 내용을 알맞게 이해하지 <u>못한</u> 것에 ○표 하세요.

적용
하기

┤ 보기 ├

16세기 영국, 왕궁에서 왕자 에드워드가 태어나고 같은 날 런던의 뒷골목에서 술주정 뱅이 거지의 아들 톰이 태어난다. 어느 날 에드워드는 왕궁 주변을 돌아다니던 톰을 왕궁으로 불러들여 이야기를 나누다가 재미 삼아 옷을 바꿔 입는다. 둘은 겉보기에 구분할 수 없을 정도로 똑같이 생겨서 에드워드는 자신을 거지로 착각한 경비병에 의해 쫓겨나고 톰은 하루아침에 왕자가 된다. 이로 인해 왕자와 거지의 신분이 바뀌고, 왕자였던 에드워드는 톰의 집에서 모진 생활을 겪게 된다. 이후 새로운 왕의 대관식이 열리는 날 에드워드는 가까스로 왕궁에 가서 자신이 진짜 왕자임을 증명하고 톰은 기꺼이 물러난다.

(1) 당시 신분이 낮은 백성들은 고달프고 힘든 삶을 살았다.   (   )

(2) 이 이야기는 신분 차이를 누구나 극복할 수 있다는 교훈을 준다.   (   )

(3) 왕자 에드워드는 왕궁 밖에서 백성들의 삶을 직접 경험할 수 있었다.   (   )

신분 제도

서양의 중세 시대에는 왕과 귀족이 화려한 옷을 입고 파티를 즐기는 동안, 평민들은 누더기 옷을 입고 거친 빵을 먹으며 힘든 일을 했다. 오늘날에는 신분 제도가 거의 사라졌지만, 과거에는 동서양을 **막론하고*** 대부분의 나라에 신분 차이가 있었다. 신분 제도는 태어날 때부터 그 출신에 따라 **계급***이 정해지는 제도를 말한다.

우리나라에서는 신라 시대의 골품제가 가장 대표적인 신분 제도였다. 골품제는 **혈통***에 따라 왕족, 귀족, 평민, 천민으로 구분하였다. 왕족 중에서도 부모가 모두 왕족이면 성골, 부모 중 한쪽이 왕족이면 진골로 구분하였다. 신라 사람들은 신분에 따라 관직, 집의 크기, 옷의 색깔, 장신구까지 차별을 받았다. 아무리 재산이 많고 능력이 뛰어나도 신분을 바꿀 수 없었다.

인도의 카스트 제도는 수천 년 동안 있어 온 가장 엄격한 신분 제도였다. 카스트 제도는 신분을 크게 네 가지로 나누는데, 종교적 일을 하는 브라만, 정치와 군대를 맡는 크샤트리아, 상업과 농업에 종사하는 바이샤, 앞의 세 계급의 **시중***을 드는 노예 수드라로 구분된다. 태어나면서부터 계급이 정해지고, 결혼도 같은 계급끼리만 하였다. 그 대신 현재 생에서 역할에 충실하면 다음 생에는 더 나은 신분으로 태어난다고 주장하며 현실에 **순응***하도록 하였다.

▲ 인도의 카스트 제도

과거에 이러한 신분 제도가 필요했던 이유는 무엇일까? 첫째, 경제적 이유를 들 수 있다. 산업 혁명 이전에는 노동력이 경제 성장의 가장 중요한 요소였다. 따라서 지배 계급은 노동력을 효율적으로 통제하기 위해 신분 제도를 활용했다. 둘째, 신분 제도는 사회적 안정과 질서를 유지하는 역할을 했다. 신분에 따라 권리와 의무가 정해져 있어서 사람들은 자신의 위치를 인정하고 받아들였다.

하지만 신분 제도는 기회의 불평등과 사회적 갈등을 일으킨다. 신분이 개인의 능력이나 노력과 관계없이 결정되어 교육, 직업, 수입, 권력 등이 정해지고 기회가 제한된다. 사람들이 점점 정의롭고 평등한 사회를 지향하면서 오늘날 대부분의 신분 제도는 법적으로 사라졌다.

어휘사전

* **막론**(莫 없을 막, 論 논의할 론)**하다** 이것저것 따지고 가려 말할 것 없다.

* **계급**(階 섬돌 계, 級 등급 급) 한 사회에서 오랜 관습에 따라 정해진 신분의 등급.

* **혈통**(血 피 혈, 統 거느릴 통) 같은 조상에서 갈라져서 이어진 자손.

* **시중** 옆에 있으면서 여러 가지 심부름을 하는 일.

* **순응**(順 순할 순, 應 응할 응) 주어진 환경이나 변화에 거스르지 않고 순순히 따르는 것.

내용요약

글의 중심 내용을 생각하며 빈칸의 낱말을 써 보세요.

태어날 때부터 그 출신에 따라 계급이 정해지는 ⬚ ⬚ ⬚ ⬚ 는 지배 계급이 노동력을 통제하고 사회적 질서를 유지하는 역할을 했다. 기회의 불평등과 사회적 갈등을 일으키는 신분 제도는 오늘날 대부분 법적으로 사라졌다.

1

글의
구조

이 글의 내용 전개 방식으로 알맞은 것은 무엇인가요? (   )

① 대상의 모습을 눈에 보이듯이 자세하게 묘사하였다.

② 이해하기 쉽도록 예시를 들어 대상을 설명하고 있다.

③ 비교와 대조의 방법을 통해 특정 개념을 설명하고 있다.

④ 전문가의 말을 인용하여 주장에 대한 근거를 제시하고 있다.

⑤ 일이 일어난 시간의 흐름에 따라 변화 과정을 설명하고 있다.

2

내용
이해

신분 제도에 대해 잘못 이해한 것은 무엇인가요? (   )

① 태어날 때부터 그 출신에 따라 계급이 정해지는 것이다.

② 신라 시대의 골품제와 인도의 카스트 제도가 대표적이다.

③ 개인의 능력이 뛰어나도 계층 간 이동은 거의 불가능했다.

④ 신분에 따라 권리와 의무가 정해져 있었지만 사람들은 받아들이지 않았다.

⑤ 과거 지배 계급은 노동력을 효율적으로 통제하기 위해 신분 제도를 활용했다.

3

추론
하기

이 글을 읽고 짐작할 수 있는 내용은 무엇인가요? (   )

① 신라 시대의 골품제는 재산에 따라 신분이 바뀌기도 하였다.

② 정의롭고 평등한 사회가 되면서 오늘날 신분 제도는 거의 사라졌다.

③ 동서양을 막론하고 개인의 능력이 뛰어나면 신분의 영향을 받지 않았다.

④ 부모가 현재 생에서 역할에 충실하면 자식은 한 단계 위 신분으로 태어났다.

⑤ 오늘날 인도의 신분 제도는 법적으로 인정되었고 다른 나라에도 전파되었다.

4

적용
하기

이 글에 나타난 신분 제도와 관련된 사례를 두 가지 찾아 ◯표 하세요.

(1) 고조선의 8조법에는 '남의 물건을 도둑질한 자는 그 집의 노비로 삼는다.'라는 내용이 있었다. (   )

(2) 어려운 환경을 극복하고 집안을 일으킬 훌륭한 인물이 난 경우 '개천에서 용 난다.'라고 표현한다. (   )

(3) 소설 「홍길동전」에서 홍길동은 양반인 아버지와 노비인 어머니 사이에서 태어난 천한 몸으로, 아버지를 아버지라 부르지 못하고 형을 형이라 부르지 못했다. (   )

주제정리 1 생각주제와 관련된 앞의 두 글을 읽고 내용을 정리해 보세요.

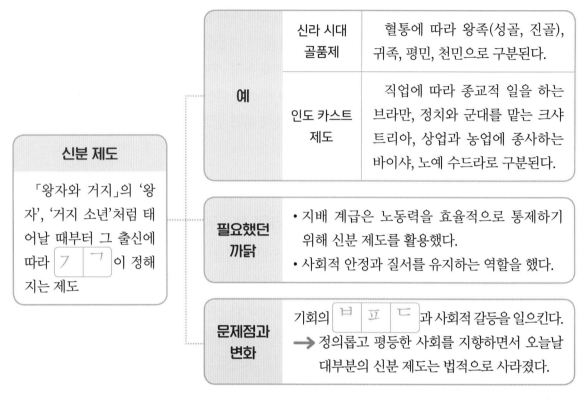

신분 제도

「왕자와 거지」의 '왕자', '거지 소년'처럼 태어날 때부터 그 출신에 따라 ⬜ㄱ⬜ㄱ⬜이 정해지는 제도

	예	
	신라 시대 골품제	혈통에 따라 왕족(성골, 진골), 귀족, 평민, 천민으로 구분된다.
	인도 카스트 제도	직업에 따라 종교적 일을 하는 브라만, 정치와 군대를 맡는 크샤트리아, 상업과 농업에 종사하는 바이샤, 노예 수드라로 구분된다.

필요했던 까닭
• 지배 계급은 노동력을 효율적으로 통제하기 위해 신분 제도를 활용했다.
• 사회적 안정과 질서를 유지하는 역할을 했다.

문제점과 변화
기회의 ⬜ㅂ⬜ㅍ⬜ㄷ⬜과 사회적 갈등을 일으킨다.
→ 정의롭고 평등한 사회를 지향하면서 오늘날 대부분의 신분 제도는 법적으로 사라졌다.

2 오늘날 대부분의 신분 제도가 법적으로 사라진 까닭으로 알맞은 것 두 가지에 ○표 하세요.

(1) 신분 제도가 있던 나라들이 모두 멸망했기 때문이다.

(2) 지배 계급보다 노동자의 수가 훨씬 많아졌기 때문이다.

(3) 모든 인간은 평등하다는 생각이 널리 퍼졌기 때문이다.

(4) 개인의 능력에 따라 사회 발전에 이바지할 수 있다고 생각하기 때문이다.

3 태어날 때부터 계급이 정해지는 신분 제도에 대해 자신의 생각을 써 보세요.

✎ _____

_____

_____

주제 어휘	경의	구박	계급	차별	시중	순응

4 다음 주제 어휘와 뜻을 알맞게 연결하세요.

(1) 구박 •

(2) 순응 •

(3) 경의 •

(4) 계급 •

• ㉠ 존경하는 마음.

• ㉡ 못 견디게 괴롭힘.

• ㉢ 한 사회에서 오랜 관습에 따라 정해진 신분의 등급.

• ㉣ 주어진 환경이나 변화에 거스르지 않고 순순히 따르는 것.

5 다음 빈칸에 공통으로 들어갈 낱말을 주제 어휘에서 찾아 쓰세요.

(1)
• 동생이 나 때문에 다리를 다쳤지만 계속 동생의 ⬚ 을 들다 보니 짜증이 났다.
• 낯선 사람의 ⬚ 을 받으려니까 불편한 마음이 들었다.

→ ⬚⬚

(2)
• 동물들은 자연을 거스르지 않고 ⬚ 하면서 살아간다.
• 정해진 운명에 ⬚ 하기도 하고, 맞서 싸우기도 한다.

→ ⬚⬚

6 다음 밑줄 친 말과 반대되는 낱말을 주제 어휘에서 찾아 쓰세요.

선거는 국민의 민주적인 의사 표현 수단이다. 선거는 모든 국민에게 평등하게 부여된 권리이다. 선거에서는 국민들이 자신의 정치적 성향과 가치관에 따라 후보자나 정당을 자유롭게 선택할 수 있다. 또한 신분, 재산, 성별, 학력 등 조건에 관계없이 누구나 똑같이 한 표를 행사할 수 있다.

( )

전쟁으로 탄생한 운동

101가지
세계사
질문사전 ❷

글 양홍석 외 10명
북멘토

제1차 세계 대전은 이전까지 전쟁과는 전혀 다른 전쟁이었습니다. 이전 전쟁은 일종의 규칙이 있었습니다. 전쟁 당사국들은 서로의 명예를 지키는 선까지만 싸우고 신사답게 승패를 갈랐습니다. 하지만 제1차 세계 대전은 신무기전, 장기전, **살육전**[*], 총력전 등 여러 나라가 국력을 총동원해 서로 **대적**[*]하다 보니, 매우 참혹한 전쟁이었습니다.

제1차 세계 대전에서는 수랭식 기관총, 탱크, 독가스, 전투기, 잠수함 등 수많은 신무기가 활용되었습니다. 마른 전투(1914년)에서 독일군은 수랭식 기관총을 사용했습니다. 연발 사격으로 뜨거워진 총구를 물로 식혀 가며 계속 사격할 수 있도록 한 무기입니다. 솜 전투(1916년)에서는 처음 탱크가 등장했습니다. 탱크는 과학자나 군인이 발명했을 것 같지만 어니스트 스윈튼이라는 영국 **종군**[*] 기자가 발명했습니다.

1915년에 독일군은 처음으로 염소 가스를 활용해서 독가스 공격을 펼쳤습니다. 독가스 살포는 1917년 방독면의 개발로 이어졌습니다. 한편 제1차 세계 대전에서는 최초로 전투기가 사용되었습니다. 해군에서도 신무기가 등장했습니다. 세계 최강 해군 국가인 영국이 바다를 통한 독일의 군수 물자 유입을 막자, 독일은 공격용 잠수함인 U-보트를 개발했습니다.

군인들이 입는 옷에도 변화가 생겼습니다. 비 오는 날에 참호는 무릎까지 물이 찼고, 병사들은 물에 젖은 생쥐 꼴이 되었습니다. 이때 개발된 군수 물자가 바로 방수 기능을 갖춘 트렌치코트입니다.

전쟁에 동원된 병사들은 부상 또는 외상 후 스트레스 장애(트라우마)에 시달렸고, 그들을 지켜보는 가족들도 고통을 겪었습니다. 당시 후유증을 겪는 병사들의 치유를 위해 등장한 것이 불안한 심리 상태를 안정시키기 위한 심리학, 부상을 치료하기 위한 성형 수술, 후유증 치료와 **재활**[*]을 위한 필라테스입니다.

어휘사전

* **살육전**(殺 죽일 살, 戮 죽일 육, 戰 싸울 전) 사람을 마구 죽이는 싸움.

* **대적**(對 대할 대, 敵 원수 적) 경기나 싸움 등에서 맞서서 겨룸.

* **종군**(從 좇을 종, 軍 군사 군) 전투 목적 이외의 일로 군대를 따라 같이 다님.

* **재활**(再 다시 재, 活 살 활) 장애가 있는 사람이 치료를 받거나 훈련을 하여 일상생활을 함.

▲ 필라테스 운동

내용요약

글의 중심 내용을 생각하며 빈칸의 낱말을 써 보세요.

제1차 세계 대전에서는 수많은 ㅅㅁㄱ 가 활용되었다. 또한 방독면, 공격용 잠수함, 트렌치코트가 개발되었고, 후유증을 겪는 병사들의 치유를 위해 심리학, 성형 수술, 후유증 치료와 재활을 위한 ㅍㄹㅌㅅ 가 등장하였다.

1 다음 설명에 해당하는 전쟁의 이름을 이 글에서 찾아 쓰세요.

내용
이해

> 이전까지 전쟁과는 전혀 다르게 여러 나라가 국력을 총동원해 서로 대적하던 매우 참혹한 전쟁

( )

2 다음 중 전쟁으로 인해 탄생한 것이 <u>아닌</u> 것은 무엇인가요? ( )

내용
이해

① 보트 ② 탱크 ③ 방독면
④ 필라테스 ⑤ 트렌치코트

3 이 글을 읽고 짐작할 수 있는 내용으로 알맞은 것은 무엇인가요? ( )

추론
하기

① 과학자와 군인이 함께 탱크를 발명하였다.
② 트렌치코트는 총알을 막아 주는 기능을 갖춘 옷이다.
③ 전쟁에 참가한 사람들은 심리적, 신체적 고통을 겪었다.
④ 제1차 세계 대전은 이전의 전쟁에 비해 사상자가 훨씬 적었다.
⑤ 전쟁으로 인한 후유증을 치료하기 위해서 특효약이 개발되었다.

4 필라테스 운동에 대해 설명한 **보기**를 읽고, 그 내용을 알맞게 이해하지 <u>못한</u> 것을 고르세요. ( )

적용
하기

> ┤ 보기 ├
>
> 필라테스는 요제프 필라테스라는 독일인이 개발한 근육 강화 운동법이다. 제1차 세계 대전 때 영국의 포로수용소에서 근무하던 그는 포로들의 운동 부족과 재활 치료, 정신 수련을 위해 침대와 매트리스 등 간단한 기구만으로 운동할 수 있도록 했다.

① 필라테스는 몸과 정신의 강화를 위한 운동법이다.
② 필라테스를 열심히 하면 근력을 키우는 데 도움이 많이 된다.
③ '필라테스'라는 이름은 이 운동을 만든 사람 이름을 따서 지었다.
④ 필라테스는 전쟁이 모두 끝난 후 부상을 치료하기 위해 만들어졌다.
⑤ 부상으로 움직이기 힘든 사람들도 침대나 매트리스에서 운동할 수 있었다.

잠수함의 원리

잠수*를 위한 인류의 도전은 오랜 역사를 가지고 있다. 기원전 300년대에 알렉산더 대왕은 유리를 붙인 통을 만들어서 바닷속을 구경한 것으로 알려져 있다. 바다 밑을 항해할 수 있는 잠수정은 속도가 빠르고 크기가 잠수함보다 작다. 보통 잠수정에는 사람이 타지 않으며 수중 카메라가 바다 밑의 모습을 찍고, 로봇 팔로 해양 표본을 수집한다.

주로 군사 목적으로 이용되는 잠수함은 잠수정에 비해 규모가 크다. 길이가 88~100미터에 달하고, 100명 넘는 사람이 탈 수 있다. 초기 잠수함은 공기 공급과 **추진***장치가 문제였다. 하지만 이제는 원자력 잠수함이 만들어져 중간에 연료를 주입하지 않고도 1년 이상 물속을 다닐 수 있게 되었다.

세상에서 가장 큰 잠수함은 러시아가 개발한 **타이푼급***의 TK-20이다. 이 잠수함은 160명이나 탈 수 있다고 한다. 그런데 이런 거대한 잠수함이 어떻게 물속에서 자유자재로 움직일 수 있는 것일까? 일반적으로 잠수함의 선체는 이중벽으로 되어 있고, 그 이중벽 사이에 바닷물을 넣었다 뺐다 할 수 있는 물탱크가 설치되어 있다. 바로 이 물탱크가 잠수함을 위아래로 움직이는 ㉠열쇠이다.

잠수함의 **부력***을 조절하는 물탱크는 잠수함 선체 양쪽에 있는데, 잠수함이 물 위에 떠 있을 때에는 공기로 가득 차 있게 된다. 그러다가 잠수함이 물속으로 들어갈 때는 탱크 안으로 바닷물이 들어오면서 선체가 무거워져 서서히 가라앉게 되는데, 어느 정도 깊이에서 떠 있게 하려면 바닷물이 들어오는 밸브를 잠그면 된다. 그리고 가라앉았던 잠수함이 다시 떠오를 때는 물탱크 안의 물을 잠수함 밖으로 내보내면 가벼워져서 다시 떠오르게 된다. 이처럼 거대한 잠수함이 물속에서 뜨고 가라앉는 것도 밀도와 ㉡부력의 원리를 활용한 것이다.

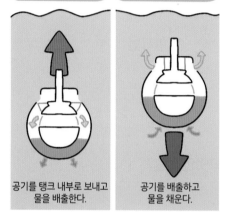

물 위로 떠오를 때	물속으로 들어갈 때
공기를 탱크 내부로 보내고 물을 배출한다.	공기를 배출하고 물을 채운다.

어휘사전

＊**잠수**(潛 잠길 잠, 水 물 수) 물속으로 잠겨 들어감.

＊**추진**(推 옮길 추, 進 나아갈 진) 물체를 밀어 앞으로 내보냄.

＊**타이푼급**(Typhoon-class) 냉전 시절 '태풍'과 같은 위력과 규모를 가졌다고 해서 붙은 별명으로, 초대형 잠수함을 가리킴.

＊**부력**(浮 뜰 부, 力 힘 력) 기체나 액체 속에 있는 물체를 위로 떠오르게 하는 힘. 물체에 작용하는 부력이 중력보다 크면 뜨게 됨.

내용요약

글의 중심 내용을 생각하며 빈칸의 낱말을 써 보세요.

잠수를 위한 인류의 도전은 오랜 역사를 가지고 있다. 아주 깊은 바다 밑까지 내려가야 할 때는 잠수정을 이용하고, 잠수정에 비해 규모가 큰 ㅈ ㅅ ㅎ 은 군사 목적으로 이용된다. 거대한 잠수함이 물속에서 뜨고 가라앉는 것은 밀도와 부력의 원리를 활용한 것이다.

1

내용
이해

이 글을 통해 답을 알 수 있는 질문이 <u>아닌</u> 것은 무엇인가요? (   )

① 잠수함 선체의 구조는 어떠한가?

② 초기 잠수함의 문제는 무엇이었는가?

③ 잠수함은 주로 어떤 목적으로 이용되는가?

④ 우리나라 잠수함의 종류에는 무엇이 있는가?

⑤ 거대한 잠수함이 뜨고 가라앉는 원리는 무엇인가?

2

내용
이해

다음 빈칸에 들어갈 잠수함의 종류를 이 글에서 찾아 여섯 글자로 쓰세요.

> 초기 잠수함은 배터리 같은 충전식 전지를 에너지로 사용하여 잠수 시간에 제한이 있었고 속력도 느렸다. 하지만 원자력 에너지를 연료로 하는 [   ]이 개발되면서 이런 단점을 보완할 수 있었다.

(   )

3

어휘
이해

㉠에 쓰인 '열쇠'의 뜻으로 알맞은 것에 ○표 하세요.

(1) 어떤 일을 해결하는 데 필요한 가장 중요한 방법을 이르는 말. (   )

(2) 자물쇠를 돌려 잠그거나 여는 데 사용하는 물건. (   )

4

적용
하기

㉡과 관련된 사례를 **보기**에서 두 가지 찾아 번호를 쓰세요.

┤ 보기 ├
(1) 튜브에 공기를 넣고 물에 들어가 사용하면 몸이 뜬다.
(2) 물속에서 걷는 것이 물 밖에서 걷는 것보다 훨씬 힘이 많이 든다.
(3) 깃털과 야구공을 동시에 떨어뜨리면 깃털이 더 천천히 떨어진다.
(4) 물고기는 부레를 이용하여 물에 뜰 수 있고 원하는 깊이에 머물 수 있다.

(   )

 1 생각주제와 관련된 앞의 두 글을 읽고 내용을 정리해 보세요.

ㅈ ㅈ 으로 인해 생겨난 것들	
수랭식 기관총, 탱크	• 연발 사격으로 뜨거워진 총구를 물로 식혀 가며 계속 사격할 수 있도록 한 무기인 수랭식 기관총 • 어니스트 스윈튼이라는 영국 종군 기자가 발명한 탱크
방독면, 전투기, 잠수함	• 독일의 독가스 살포로 인하여 개발된 방독면 • 최초로 사용된 전투기 • 세계 최강 해군 국가인 영국 때문에 독일이 개발한 공격용 잠수함
트렌치코트, 심리학, 성형 수술, 필라테스	• 방수 기능을 갖춘 트렌치코트 • 불안한 심리 상태를 안정시키기 위한 심리학 • 부상을 치료하기 위한 성형 수술 • 후유증 치료와 재활을 위한 ㅍ ㄹ ㅌ ㅅ

2 다음에서 공통적으로 설명하고 있는 현상으로 알맞은 것에 ○표 하세요.

6.25 전쟁 이후 우리나라에 주둔한 미군의 보급품 중 남은 소시지나 햄을 이용해 끓인 것이 부대찌개가 되었어.

십자군 전쟁을 통해 유럽에 커피가 전해지고 제2차 세계 대전 이후 미국에 피자가 전해지게 되었어.

(1) 전쟁으로 인한 아픔과 상처는 쉽게 치유되지 않는다는 것을 알 수 있어.

(2) 전쟁을 하면서 새로운 음식이 탄생하거나 다른 나라로 전해지기도 했어.

3 전쟁으로 인해 생겨난 것들에 대해 자신의 생각을 써 보세요.

✎ _____

_____

_____

주제 어휘	대적	발명	종군	재활	부력

4 다음 주제 어휘와 뜻을 알맞게 연결하세요.

(1) 대적 •

(2) 종군 •

(3) 재활 •

(4) 부력 •

• ㉠ 경기나 싸움 등에서 맞서서 겨룸.

• ㉡ 전투 목적 이외의 일로 군대를 따라 같이 다님.

• ㉢ 기체나 액체 속에 있는 물체를 위로 떠오르게 하는 힘.

• ㉣ 장애가 있는 사람이 치료를 받거나 훈련을 하여 일상생활을 함.

5 다음 빈칸에 들어갈 낱말을 주제 어휘에서 찾아 쓰세요.

(1) 우리 군사 한 명의 힘이 적군 백 명을 (   )할 만했다.

(2) 개인별 맞춤 (   ) 운동을 통해 빨리 일상생활을 할 수 있도록 돕는다.

(3) 목숨을 걸고 활약한 (   ) 기자들 덕분에 당시의 전쟁터 사진을 볼 수 있다.

(4) 과학 시간에 쓰레기를 스스로 주워 삼키는 쓰레기통을 (   )하여 인기를 끌었다.

6 다음 보기의 밑줄 친 두 낱말의 관계와 같은 것끼리 짝 지어진 것에 ○표 하세요.

┤ 보기 ├

• 군인들이 입는 옷에도 변화가 생겼습니다.

• 이때 개발된 군수 물자가 바로 방수 기능을 갖춘 트렌치코트입니다.

(1) 승 – 패 (   )

(2) 방어 – 공격 (   )

(3) 발명 – 개발 (   )

(4) 신무기 – 잠수함 (   )

화폐의 역사

▲ 중국의 '포전'

어휘사전

＊ **교환**(交 사귈 교, 換 바꿀 환) 물건이나 의견을 서로 주고받는 것.

＊ **가치**(價 값 가, 値 값 치) 사물이 지니고 있는 쓸모.

＊ **화폐**(貨 재화 화, 幣 비단 폐) 상품을 교환할 때 가치를 정하고 거래하는 수단.

＊ **신용**(信 믿을 신, 用 쓸 용) 어떤 사람이나 사물이 틀림없다고 믿는 것.

＊ **지불**(支 지탱할 지, 拂 떨칠 불) 돈을 냄. 값을 치름.

먼 옛날 인류는 자신이 필요한 물건을 구하기 위해 물건과 물건을 **교환**﹡하였다. 옷감을 많이 갖고 있는 사람이 쌀이 필요하면 옷감과 쌀을 바꾸는 식이었다. 그런데 물건끼리 교환할 때 **가치**﹡를 정하기가 어려웠고, 적당한 거래 상대를 만나는 것도 쉽지 않았다. 이런 불편을 덜기 위해 모든 물건과 교환 가능한 '물품 **화폐**﹡'가 생겨났다.

물건으로 된 화폐는 가지고 다니기 편리하고 가벼워야 한다. 또 그 가치가 쉽게 변하지 않는 것이어야 한다. 만약 얼음이 화폐로 사용된다면 어떻게 될까? 더운 여름에는 얼음이 귀해 쌀 한 말을 얼음 한 개로 살 수 있었다면, 추운 겨울에는 얼음의 가치가 떨어져 얼음 백 개를 주어도 쌀 한 말을 사기 어려울 것이다. 따라서 일정한 가치를 지닌 조개껍데기, 볍씨, 옷감, 쌀, 소금 등이 물품 화폐로 사용되었다.

그런데 ㉠물품 화폐는 시간이 지나면 깨지거나 썩어서 못 쓰게 되었다. 이러한 점을 보완하기 위해 금, 은, 철, 청동 등 금속으로 만든 화폐가 등장하였다. 현재 전해 오는 화폐 중 가장 오래된 금속 화폐는 중국의 '포전'과 '도전'이다. '포전'은 농기구 모양을 본떠 만들었고, '도전'은 청동 칼을 본떠 만든 청동 화폐이다. 우리나라에서 가장 오래된 금속 화폐는 고려시대에 만들어진 '건원중보'이다. 이후 금속 화폐의 단점인 무게를 보완하여 종이로 만든 돈인 지폐가 나타났다.

상업과 무역이 발달하면서 **신용**﹡ 화폐가 등장하였다. 거래 규모가 커지면서 지폐나 금속 화폐로 돈을 지불하려면 무겁고 번거로웠다. 신용 화폐는 미래의 어느 시점에 돈을 지불하겠다는 약속을 담은 화폐이다. 거래하는 상대방에 대한 신뢰를 바탕으로 하므로 ㉡신용 화폐라고 부르는데, 수표나 어음이 대표적이다.

현대 사회로 오면서 신용 카드가 **지불**﹡ 수단으로 많이 사용되고 있다. 신용 카드는 자신이 가진 신용만큼 미리 돈을 쓰고, 정해진 날짜에 한꺼번에 갚는 방식이다. 최근에는 모바일 신용 카드가 등장하여 실물 카드 없이도 간편하게 물건이나 서비스를 살 수 있게 되었다.

내용요약

글의 중심 내용을 생각하며 빈칸의 낱말을 써 보세요.

최초의 ⬚ ⬚ 는 물건과 물건을 교환하는 불편을 해결하기 위하여 등장한 물품 화폐였다. 그러다가 시간이 지나도 변하지 않는 금속 화폐와 가벼운 ⬚ ⬚ 가 등장하였고, 그 이후 수표 같은 신용 화폐와 신용 카드가 차례로 등장하였다.

1

내용이해

이 글의 내용과 일치하지 <u>않는</u> 것은 무엇인가요?   (   )

① 시대가 변하면서 화폐의 형태도 달라졌다.

② 먼 옛날 화폐로 사용된 물건에는 얼음이 있다.

③ 화폐의 중요한 조건은 가치가 쉽게 변하지 않는 것이다.

④ 신용 화폐는 미래의 어느 시점에 돈을 지불하겠다는 약속을 담은 화폐이다.

⑤ 현재 전해 오는 화폐 중 가장 오래된 금속 화폐는 중국의 '포전'과 '도전'이다.

2

글의구조

다음을 이 글에 나타난 화폐의 역사에 맞게 순서대로 번호를 쓰세요.

① 철, 청동 등 오래도록 변하지 않는 재료로 만든 화폐를 만들어 사용했다.

② 사람들끼리 각자 필요한 것을 구하기 위해 물건과 물건을 직접 교환하였다.

③ 신용을 바탕으로 앞으로 돈을 지불하겠다는 약속을 담은 신용 화폐가 등장했다.

④ 일정한 가치를 지니고 갖고 다니기 편리한 조개껍데기, 쌀 등을 화폐로 사용했다.

(   ) → (   ) → (   ) → (   )

3

적용하기

㉠과 ㉡의 사례를 **보기**에서 한 가지씩 골라 각각 번호를 쓰세요.

| 보기 |

① 인기 가수 A의 콘서트 티켓은 정해진 가격이 있지만, 더 오른 가격으로 거래된다.

② 아이돌 가수의 팬 카페에서는 포토 카드를 사용하여 여러 가지 굿즈와 교환할 수 있다.

③ B 회사는 C 회사의 물건을 사면서, 물건을 받고 10일 뒤 돈을 준다는 증서를 주었다.

④ D는 집을 사기 위해 은행에서 돈을 빌리면서 이자율이 명시된 계약서를 작성하였다.

(1) ㉠에 해당하는 사례	(2) ㉡에 해당하는 사례

가상 화폐

최근 비트코인으로 떼돈을 벌었다거나 코인 가치의 폭락으로 큰돈을 잃었다는 뉴스가 간간이 들려온다. 비트코인은 대표적인 **가상**[*] 화폐 중 하나이다. 가상 화폐란 동전이나 지폐 같은 **실물**[*] 화폐 없이 가상 공간에서 거래되는 ㉠디지털 화폐를 말한다. 미래의 화폐로 효용성과 가능성을 인정받아 활발한 투자와 기술 진보가 이뤄지고 있다.

가상 화폐는 화폐를 만들고 사용하는 방법이 기존 화폐와는 다르다. 보통 화폐는 국가나 중앙 관리 기구에서 발행한다. 그러나 가상 화폐는 이용자들이 돈을 직접 만들어 낼 수 있다. 컴퓨터를 이용해 많은 시간이 걸리는 복잡한 수학 문제를 풀면 새로운 비트코인이 생성되어 소유할 수 있다. 이를 '**채굴**[*]'이라고 한다.

가상 화폐는 기존 화폐 대비 여러 가지 장점이 있다. 먼저 강력한 **보안**[*] 기능으로 사이버 공격에 강하다. 만약 은행에 전 재산을 저축하였는데 어떤 해커가 은행 컴퓨터에 침입하여 정보를 모두 지워 버린다면 어떻게 될까? 전 재산이 사라지게 될 것이다. 그러나 가상 화폐는 ㉡블록체인 기술을 사용하여 보안성이 높다. 블록체인 기술이란 모든 정보를 여러 이용자의 컴퓨터에 조금씩 나누어 저장하는 기술이다. 이렇게 나누어 저장한 정보 전체를 **해킹**[*]하는 것이 불가능하고, 만약 해킹한다고 해도 다른 컴퓨터에 저장된 정보를 불러와 바로 복구할 수 있다.

또 가상 화폐는 인터넷만 된다면 전 세계 어디에서도 자유롭게 사용할 수 있다. 기존 화폐의 경우 온라인 결제나 송금을 하려면 우선 은행 계좌부터 만들어야 한다. 하지만 가상 화폐는 이런 절차 없이도 손쉽게 돈을 보내고 결제할 수 있다.

하지만 가상 화폐는 치명적인 단점이 있다. 2017년 1월 새벽 비트코인 가치가 20퍼센트 폭락한 일이 있었다. 화폐의 기본 조건은 일정한 가치를 유지하는 것인데 변동이 너무 큰 것이다. 만약 어제 빵 1개를 1코인을 주고 샀는데, 오늘은 10코인을 주고 사야 한다면 혼란스러울 것이다. 이러한 불안정성 때문에 가상 화폐가 지금 사용하는 지폐나 동전을 대체하기는 어렵다.

어휘사전

* **가상**(假 거짓 가, 想 생각 상) 진짜가 아니고 생각으로 지어낸 것.
* **실물**(實 열매 실, 物 물건 물) 실제로 있는 물건이나 사람.
* **채굴**(採 캘 채, 掘 팔 굴) 땅을 파고 땅속에 묻혀 있는 광물 따위를 캐냄.
* **보안**(保 보전할 보, 安 편안할 안) 안전을 유지함.
* **해킹**(hacking) 다른 사람의 컴퓨터 시스템에 몰래 침입하여 데이터와 프로그램을 망치는 일.

내용요약

글의 중심 내용을 생각하며 빈칸의 낱말을 써 보세요.

[가 상 화 폐]는 실물 화폐 없이 가상 공간에서 사용되는 디지털 화폐이다. 이용자가 직접 화폐를 만들어 낼 수 있고, 블록체인 기술을 사용하여 보안성이 높다. 하지만 가치가 빠르게 변하기 때문에 화폐로서의 안정성이 부족하다.

1

중심 내용

이 글에서 다루지 <u>않은</u> 내용은 무엇인가요? (   )

① 가상 화폐의 정의

② 가상 화폐의 장점

③ 가상 화폐의 단점

④ 가상 화폐의 대안

⑤ 가상 화폐를 만드는 법

2

내용 이해

이 글의 내용과 일치하는 것은 무엇인가요? (   )

① 기존 화폐는 이용자가 발행에 참가할 수 있다.

② 기존 화폐는 수학 문제를 풀면 만들어 낼 수 있다.

③ 기존 화폐는 해커가 공격할 때 상대적으로 취약하다.

④ 오늘날 가상 화폐는 실물 화폐를 완전히 대체하였다.

⑤ 가상 화폐는 화폐로서 가치 변동이 크지 않은 것이 장점이다.

3

추론 하기

실물 화폐와 가상 화폐의 공통점으로 알맞은 것에 ○표 하세요.

(1) 사용 시 은행 계좌 개설 여부   (   )

(2) 화폐를 발행하는 기관과 방법   (   )

(3) 사이버 공격에 대한 보안 정도   (   )

(4) 어떤 물건을 일정한 가치로 교환하는 기능   (   )

4

적용 하기

㉠과 ㉡의 예로 알맞은 것을 보기에서 한 가지씩 골라 각각 번호를 쓰세요.

┤ **보기** ├

① A는 온라인 쇼핑몰에서 2만 원어치 물건을 사면서 신용 카드로 결제하였다.

② 카카오톡 메신저에서 이모티콘을 사려면 '초코'라는 화폐를 사용해야 한다.

③ 모바일 신분증의 정보는 몇 개의 블록으로 나뉘어 여러 사용자의 기기에 저장된다.

④ B가 태블릿에서 작업하던 과제를 저장하니, 클라우드로 연결된 컴퓨터에도 똑같은 파일이 생겼다.

(1) ㉠에 해당하는 사례	(2) ㉡에 해당하는 사례

주제 정리 **1** 생각주제와 관련된 앞의 두 글을 읽고 내용을 정리해 보세요.

| 화폐 | 물건을 거래하는 데 사용되는, 일정한 가치를 지닌 것 |

물품 화폐	금속 화폐와 지폐	신용 화폐와 카드	가상 화폐
• 먼 옛날 인류는 물물 ⬚ㄱ⬚ㅎ 의 불편함을 없애기 위해 특정한 물품을 화폐로 사용함. • 옷감, 쌀, 소금처럼 가치가 일정하고 지니고 다니기 좋은 것을 사용함.	• 시간이 지나면 못 쓰게 되는 물품 화폐의 단점을 보완하기 위해 만들어짐. • 변하지 않는 성질의 금, 은, 철, 청동 등으로 만든 금속 화폐와 종이로 된 지폐가 등장함.	• 신뢰를 바탕으로 교환하는 수표, 어음 같은 ⬚ㅅ⬚ㅇ 화폐가 등장함. • 현대 사회로 오면서 현금 대신 신용 카드를 많이 사용함.	• 실물 화폐 없이 ⬚ㄱ⬚ㅅ 공간에서 거래되는 디지털 화폐임. • 비트코인이 대표적이며, 누구나 만들 수 있고 보안성이 높음. 단 가치가 빠르게 변해 안정성이 부족함.

2 다음 기사를 읽고 베네수엘라에 필요한 화폐의 조건으로 알맞은 것에 ○표 하세요.

> 베네수엘라는 돈의 가치가 빠르게 떨어지는 인플레이션을 겪었다. 2018년 베네수엘라의 인플레이션은 65,374퍼센트에 달했다. 2017년에 1만 원 하던 치킨이 1년 뒤 650만 원이 된 셈이다. 이렇게 물건값이 빠르게 치솟으면서 하루 만에도 가격이 오르는 현상까지 나타났다. 이런 인플레이션 때문에 베네수엘라 국민들은 큰 고통을 겪었다.

(1) 화폐는 시간이 지나더라도 썩거나 사라지지 않아야 한다.

(2) 화폐는 그 가치가 일정하여 큰 변화가 없어야 한다.

3 미래의 화폐 모습은 어떨지 자신의 생각을 써 보세요.

✎ _____

_____

_____

주제 어휘	교환	가치	화폐	신용	지불	가상

4 다음 **주제 어휘**와 뜻을 알맞게 연결하세요.

(1) 교환 •

(2) 신용 •

(3) 가상 •

(4) 화폐 •

• ㉠ 상품을 교환할 때 가치를 정하고 거래하는 수단.

• ㉡ 어떤 사람이나 사물이 틀림없다고 믿는 것.

• ㉢ 물건이나 의견을 서로 주고받는 것.

• ㉣ 진짜가 아니고 생각으로 지어낸 것.

5 다음 빈칸에 들어갈 낱말을 **주제 어휘**에서 찾아 쓰세요.

(1) 아틀란티스는 전설 속에 나오는 (   )의 대륙이다.

(2) 새로 산 운동화 색깔이 마음에 들지 않아 (   )하려고 한다.

(3) 그 기업은 (   ) 등급이 높아서 은행에서 서로 거래하려고 한다.

(4) 요즘은 현금으로 돈을 내기보다는 신용 카드로 (   )하는 경우가 훨씬 많다.

(5) 한 물건의 (   )는 그 물건이 필요한 사람이 많은지 적은지에 따라 정해진다.

6 다음 밑줄 친 말과 바꿔 쓸 수 있는 낱말을 **주제 어휘**에서 찾아 쓰세요.

컴퓨터를 이용해 복잡한 수학 문제를 푸는 방법 말고, 다른 방법으로 가상 화폐를 손에 넣을 수 있을까? 우리가 평소에 쓰는 돈은 정해진 금액만큼 물건이나 서비스로 <u>바꿀</u> 수 있다. 또 다른 나라의 돈도 은행에서 일정한 가치(환율)에 따라 바꿀 수 있다. 예를 들면, 미국 돈 1달러를 사려면 은행에 가서 환율에 따른 우리나라 돈을 내면 된다. 가상 화폐도 이와 비슷하게 가상 화폐 거래소에서 거래가 가능하다. 우리가 1비트코인을 사려면, 그와 비슷한 가치의 돈을 가상 화폐 거래소에 내면 된다.

(   )할

유전자 조작 식물

맛있는 과일을 먹으며 이 과일을 더 크게 만들고 싶다거나, 한 나무에 다양한 종류의 과일이 주렁주렁 열렸으면 좋겠다는 상상을 해 본 적이 있을 것이다. 이런 상상은 과학 기술의 발달로 인해 '유전자 **조작*** 식물'로 실현되었다. 유전자 조작 식물은 말 그대로 인간이 식물의 세포 속 유전자를 조작하여 만든 식물이다. 식물을 더 튼튼하게 만들거나 생산량을 늘리기 위한 목적이다.

유전자 조작 식물은 유전자를 잘라 재조합해서 원래 식물이 가지고 있던 단점을 없앤다. 또는 여러 식물의 유전자를 이어 붙여서 장점만을 취하기도 한다. 이렇게 만들어진 옥수수는 **해충***에 강하고 일반 옥수수보다 열매가 크고 많이 열린다. 또 감자와 토마토를 **교배***하여 만든 '포마토'는 줄기에는 토마토가 열리고 뿌리에는 감자가 열린다. 하나의 식물로 두 종류의 채소를 얻을 수 있는 것이다.

이러한 장점에도 불구하고, 유전자 조작 식물을 걱정스럽게 바라보는 시선도 있다. 가장 우려되는 것은 생태계에 어떤 영향을 줄지 알 수 없다는 점이다. 조작된 식물이 자연의 다른 식물과 교배된다면, 그렇게 탄생한 새로운 식물이 생태계에 어떤 영향을 끼칠지 전혀 예상할 수 없다. 또한 해충에 강하게 만들어진 식물을 이기는 슈퍼 해충이나 슈퍼 잡초가 등장하는 등의 생태계 **교란***이 일어날 수 있다.

그리고 이런 유전자 조작 식물을 먹는 것이 인간과 동물의 몸에 어떤 영향을 주는지 아직 정확히 밝혀지지 않았다. 인도에서는 이러한 식물의 잎을 먹은 양과 염소들이 죽는 사건이 발생하기도 했다. 그런데 인간은 유전자 조작 식물을 직접 먹거나, 유전자 조작 식물 사료를 먹은 가축을 요리하여 먹기도 한다. 그래서 우리나라에서는 유전자 조작 식물이 3퍼센트 이상 들어간 식품에는 표시를 해야 한다.

인간이 원하는 식물까지 만드는 것은 과연 과학 기술이 가져다 준 선물일까? 유전자 조작 식물은 어느덧 우리의 식탁에 올라오고 있다. 그만큼 주의 깊게 알아보고, 환경과 우리의 삶에 어떤 영향을 끼칠지 신중하게 따져 보는 태도가 필요하다.

어휘사전

* **조작**(造 지을 조, 作 지을 작) 실제와 다르게 꾸며서 만듦.

* **해충**(害 해로울 해, 蟲 벌레 충) 인간 생활에 해를 끼치는 벌레.

* **교배**(交 사귈 교, 配 짝 배) 생물의 암수를 인공적으로 수정 또는 수분하게 해 다음 세대를 얻는 일.

* **교란**(攪 어지러울 교, 亂 어지러울 란) 뒤흔들어 어지럽게 하는 것.

내용요약

글의 중심 내용을 생각하며 빈칸의 낱말을 써 보세요.

ㅇ ㅈ ㅈ ㅈ ㅈ 식물은 인간이 식물의 세포 속 유전자를 조작하여 만든 식물이다. 이 식물은 더 튼튼하고 생산량이 많다는 장점이 있다. 하지만 생태계와 우리의 몸에 어떤 영향을 주는지 아직 정확히 밝혀지지 않았다.

1 이 글의 내용과 일치하지 <u>않는</u> 것은 무엇인가요? (   )

내용 이해

① 유전자 조작 식물은 여러 식물의 장점만을 취한다.

② 유전자 조작 식물은 유전자를 조작하여 원래 식물의 단점을 없앨 수 있다.

③ 유전자 조작 식물로 인해 슈퍼 해충이 나타나는 것은 생태계에 도움이 된다.

④ 유전자 조작 식물이 우리의 삶에 어떤 영향을 줄지 신중하게 따져 보아야 한다.

⑤ 우리나라에서는 유전자 조작된 식물이 3퍼센트 이상 들어간 식품에 표시를 한다.

2 다음 보기에서 유전자 조작 식품에 해당하는 것을 두 가지 찾아 번호를 쓰세요.

적용 하기

┤ 보기 ├

(1) 비닐하우스에서 재배하여 겨울에 나온 수박

(2) 유전자를 조절하여 해충의 영향을 받지 않는 콩

(3) 후추 향이 나게 만들기 위해 유전자를 편집한 겨자

(4) 단맛이 많이 나는 딸기의 씨만 골라 심어 자란 딸기

(   )

3 다음 보기의 기사 내용을 알맞게 파악하지 <u>못한</u> 친구의 이름에 ○표 하세요.

적용 하기

┤ 보기 ├

　현재 우리나라 법에 따르면 유전자 조작 식물이 포함되었더라도 그 비율이 3퍼센트가 넘지 않으면 따로 표시를 하지 않아도 된다. 그래서 유전자 조작 식물이 들어간 식품을 먹고 싶지 않더라도, 이를 모르고 먹을 가능성이 있다. 또한 어떤 기업에서 유전자 조작 호박 씨앗을 몰래 국내로 들여와 판매한 것이 밝혀지기도 했다. 이는 유전자 조작 식물의 수입 관리가 잘 안 되고 있다는 의미이다.

유전자 조작 식물을 피하고 싶어도 잘 모르고 먹을 수 있겠구나.

유전자 조작 식물을 조금 사용한 식품은 큰 문제가 없으니 안심하고 먹어도 돼.

우리나라에 유전자 조작 호박 씨앗이 몰래 들어온 일이 있었다니, 더 철저히 관리해야겠네.

소비자에게 유전자 조작 식물이 사용되었는지에 대해 더 정확한 정보를 주어야 할 것 같아.

서율

민기

태건

지수

친환경 농업

농부들은 좋은 품질의 농작물을 더 많이 **수확**[*]하길 바란다. 그런데 농작물이 병에 걸리거나 **해충**[*] 피해를 입는다면, 기껏 기른 농작물의 수확량이 줄어들게 된다. 이를 방지하기 위해서 우리나라는 1960년대부터 화학 **비료**[*]와 농약을 적극적으로 사용했다. 그래서 농작물은 더 튼튼하고 크게 자라게 되었고, 해충 피해도 줄어들게 되었다. 하지만 화학 약품이 들어간 비료와 농약을 계속 사용하는 것은 환경에 악영향을 준다.

화학 비료와 농약의 부작용이 알려지고, 건강과 환경에 대한 관심이 증가하면서 오늘날에는 **친환경**[*] 농법의 인기가 높아지고 있다. 친환경 농법이란 화학 비료나 농약을 사용하지 않고 농작물을 기르는 방법을 말한다. 농약 대신 해충을 잡아먹는 곤충을 이용하거나, 화학 비료 대신 동물의 배설물과 같은 자연 비료를 이용한다. 우리나라에서는 친환경 농산물을 '유기 농산물'과 '무농약 농산물'로 나누어 표기한다. '유기 농산물'은 농약과 화학 비료를 전혀 사용하지 않은 농산물이고, '무농약 농산물'은 농약은 안 쓰고 화학 비료를 권장량의 3분의 1 이내로 사용한 농산물이다.

현재 많은 농가에서 다양한 친환경 농법을 도입하고 있다. 가령 음악 활용 농법은 식물에 음악을 들려주어 농작물이 영양분을 더 잘 흡수하고 병과 해충에 강해지도록 한다. 또 오리, 지렁이, 참게 등의 동물을 이용하기도 한다. 오리 농법은 아침에 논에 오리를 풀어놓았다가 저녁에 불러들이는 방법이다. 논에 자유롭게 풀어놓은 오리들은 잡초와 해충을 제거하고, 그 배설물은 비료가 되어 벼의 성장을 돕는다.

이와 같은 친환경 농법으로 수확한 친환경 농산물의 가장 큰 단점은 가격이 비싸다는 것이다. 농약이나 화학 비료를 사용하지 않기 때문에 수확할 수 있는 양은 적은데, 생산 비용은 많이 들기 때문이다. 그리고 방부제를 사용하지 않기 때문에 유통 기한이 짧다. 이런 단점에도 불구하고, 우리에게 안전한 먹거리를 제공해 주는 친환경 농업을 계속 발전시켜 나가야 한다.

어휘사전

* **수확**(收 거둘 수, 穫 벼 벨 확) 익은 농작물을 거두어들임. 또는 거두어 들인 농작물.
* **해충**(害 해칠 해, 蟲 벌레 충) 사람이나 농작물에 해를 끼치는 벌레를 통틀어 이르는 말.
* **비료**(肥 살찔 비, 料 되질할 료) 논, 밭에 뿌리는 영양 물질.
* **친환경**(親 친할 친, 環 고리 환, 境 지경 경) 자연환경을 오염하지 않고 자연 그대로의 환경과 잘 어울리는 일.

내용요약

글의 중심 내용을 생각하며 빈칸의 낱말을 써 보세요.

ㅊ ㅎ ㄱ 농법은 화학 비료나 농약을 사용하지 않고 농작물을 기르는 방법이다. 우리나라는 친환경 농산물을 '유기 농산물'과 '무농약 농산물'로 나누어 표시한다. 우리에게 안전한 먹거리를 제공해 주는 친환경 농업을 계속 발전시켜 나가야 한다.

1

중심
내용

이 글을 통해 글쓴이가 주장하는 내용은 무엇인가요? (   )

① 화학 비료와 농약의 부작용을 널리 알려야 한다.

② 수확량을 늘리기 위해 화학 비료와 농약을 쓰는 것이 좋다.

③ 과학 기술의 발전으로 농약 없이도 농사를 지을 수 있게 되었다.

④ 안전한 먹거리를 제공해 주는 친환경 농업을 더 많이 도입해야 한다.

⑤ 친환경 농산물은 가격이 비싸고 미래 세대만을 위한 것이라는 한계가 있다.

2

적용
하기

다음 보기의 대화를 읽고, 민준이가 내일 볼 수 있는 인증 표시로 알맞은 것을 고르세요. (   )

┤ **보기** ├

민준: 서영아, 내일 실과 시간에 쓸 준비물 다 샀니?

서영: 응, 나는 채소를 맡아서 시금치, 오이를 샀어. 우리 모둠이 먹을 거니까 특별히 농약이랑 화학 비료를 전혀 사용하지 않은 것으로 골랐지!

민준: 친환경 농산물에는 인증 표시가 있다고 배웠는데, 내일 볼 수 있겠네.

①

②

③

④

⑤

3

추론
하기

다음은 이 글을 읽고 궁금한 내용을 검색한 자료입니다. 빈칸에 들어갈 낱말로 알맞은 것에 ○표 하세요.

Q [   ] 을 이용한 친환경 농사법

이 농사법은 농작물에 피해를 주는 해충을 없애기 위해 무당벌레, 칠레이리응애, 진디벌 등을 이용하는 방법이다. 농부들은 농약을 치는 대신 해충을 잡아먹는 천적인 곤충을 풀어 농작물을 지킨다. 해외에서는 이런 농사 방법의 활용 가치를 인정하여 천적 곤충을 생산하는 회사도 있다.

(1) 농약 (   )   (2) 곤충 (   )   (3) 음악 (   )

주제 정리

1 생각주제와 관련된 앞의 두 글을 읽고 내용을 정리해 보세요.

유전자 조작 식물		친환경 농업	
1	더 튼튼하게 많이 생산하려고 유전자 조작 식물을 만들었다.	1	화학 비료와 농약을 사용한 농사법이 환경에 악영향을 준다.
2	유전자 조작 식물은 원래 식물의 ㅈㅈ 만을 취하여 만든다.	2	화학 비료나 ㄴ ㅇ 을 사용하지 않는 친환경 농법의 인기가 높아지고 있다.
3	하지만 유전자 조작 식물이 ㅅ ㅌ ㄱ 에 어떤 영향을 줄지 알 수 없다.	3	음악 활용 농법이나 오리, 지렁이, 참게 등 동물을 이용한 친환경 농법도 있다.
4	또 유전자 조작 식물을 먹는 것이 인간과 동물의 몸에 어떤 영향을 주는지도 밝혀지지 않았다.	4	하지만 친환경 농산물은 가격이 비싸고, 유통 기한이 짧다는 단점이 있다.
5	따라서 유전자 조작 식물에 대해 신중하게 따져 보는 태도를 가져야 한다.	5	안전한 먹거리를 제공해 주는 친환경 농업을 계속 발전시켜 나가야 한다.

2 다음 대화에 나온 두 사람의 공통 관심사로 알맞은 것에 ○표 하세요.

 유전자 조작 식물을 먹는 것이 우리에게 어떤 영향을 주는지 모르니 두려워. 꼼꼼하게 살펴보고 식품을 사야겠어.

 나는 값이 비싸더라도 되도록이면 친환경 농업 방식으로 키운 농작물을 먹고 싶어.

(1) 어떤 방식으로 키운 농작물을 먹을 것인가?

(2) 과학 기술이 농업에 끼친 영향은 무엇인가?

3 유전자 조작이나 친환경 농업으로 생산되는 농작물에 대해 자신의 생각을 써 보세요.

주제 어휘	조작	해충	교란	수확	비료

4 다음 주제 어휘와 뜻을 알맞게 연결하세요.

(1) 조작 •

(2) 해충 •

(3) 교란 •

(4) 수확 •

• ㉠ 익은 농작물을 거두어들임.

• ㉡ 실제와 다르게 꾸며서 만듦.

• ㉢ 뒤흔들어 어지럽게 하는 것.

• ㉣ 사람이나 농작물에 해를 끼치는 벌레를 통틀어 이르는 말.

5 다음 빈칸에 들어갈 낱말을 주제 어휘에서 찾아 쓰세요.

(1) 강의 흐름을 막는 댐 건설은 생태계 (　　　　　)을 불러올 수 있다.

(2) 이상 기온으로 인해 처음 보는 (　　　　　)이 나타나 농부들의 걱정이 크다.

(3) 올해는 태풍 때문에 피해를 입은 농가가 많아 (　　　　　)량이 크게 줄었다.

(4) 승부 (　　　　　)은 공정함을 최우선으로 내세우는 스포츠 정신에 어긋나는 일이다.

6 다음 밑줄 친 말과 바꿔 쓸 수 있는 낱말을 주제 어휘에서 찾아 쓰세요.

친환경 농업 체험 학습을 다녀와서

　　지난 9일, 6학년 학생들은 오리, 우렁이 등을 이용하여 친환경 농업을 하고 있는 ○○ 마을을 방문했다. 학생들은 1년 동안 농부들이 하는 일에 대한 수업을 듣고, 직접 논의 오리와 우렁이를 관찰했다. 6학년 2반의 신하람 학생은 "그동안 더럽게만 생각하던 오리의 배설물이 논에는 소중한 거름이 된다는 사실이 매우 흥미로웠다. 오리와 우렁이가 해충을 잡아먹는 모습이 농사일을 열심히 돕는 것으로 보여 귀여웠다."라고 체험 학습 소감을 밝혔다.

(　　　　　　　　　)

4장

2개의 글을 연결해 재미있게 읽어요~

아이, 로봇

아이, 로봇
글 아이작 아시모프
우리교육

웨스턴 부인은 2분 동안 차분하게, 그리고 2분 동안 초조하게 기다리다가 마침내 침묵을 깨뜨렸다.

"글로리아하고 저 끔찍한 기계 말이에요."

"끔찍한 기계?"

"모르는 척하지 말아요. 글로리아가 로비라고 부르는 로봇 말이에요. 로봇이 우리 애한테서 잠시도 떨어지질 않는다고요."

"그래요? 그게 어때서? 떨어지면 안 되는 거잖아요. 그리고 로비는 끔찍한 기계가 아니라 돈으로 살 수 있는 최상급 로봇이에요. 반년 치 수입을 고스란히 바쳐서 구한 거죠. 물론 그만한 가치도 있어요. 우리 사무실 직원들보다 훨씬 똑똑하고."

웨스턴이 다시 잡지를 집으려고 움직이자 부인이 낚아챘다.

"내 말 잘 들어요. 앞으로는 우리 딸을 기계한테 맡기지 않을 거예요. 그 기계가 아무리 똑똑해도 말이에요. 기계는 영혼도 없고, 속으로 무슨 생각을 하는지 아무도 모르잖아요. 아이는 금속 기계한테 맡겨지려고 태어난 게 아니에요."

웨스턴이 얼굴을 찌푸렸다.

"내 말 잘 들어 봐요. 로봇은 인간 **유모**[*]보다 훨씬 믿음직해요. 로비는 원래 딱 한 가지 목적으로 만든 거니까. 어린애하고 친구가 되는 것. 로비의 '정신 구조' 전체가 바로 그 목적에 충실하도록 만들어졌다고요. 그래서 아이한테 충직하고 사랑스럽고 다정할 수밖에 없어요. 로비는 그러라고 만들어 놓은 기계이고, 이건 인간은 절대 못 따라가는 장점이에요."

"하지만 잘못될 수도 있잖아요. 만에 하나…… 아주 조그만 부속 하나라도 풀려서 끔찍한 난동이라도 부리면…… 그러다 혹시라도……."

웨스턴 부인은 상상하는 것조차 끔찍하다는 듯 차마 뒷말을 잇지 못했다.

웨스턴은 자신도 모르게 짜증을 내면서 단호하게 말했다.

"말도 안 돼요. 정말 **얼토당토않은**[*] 얘기군. 로비를 살 때 '로봇 **공학**[*] 제1**원칙**[*]'에 대해 충분히 이야기했잖아요. 로봇이 인간에게 해를 입히는 건 불가능하다는 원칙! 제1원칙을 어길 가능성이 조금이라도 생기기 전에 로봇이 완전히 멈춰 버린다는 걸 당신도 잘 알 거예요. 잘못될 가능성은 수학적으로 있을 수가 없어요. 게다가 글로리아한테서 로비를 무슨 수로 떼어 낼 수 있겠어요?"

어휘사전

* **유모**(乳 젖 유, 母 어머니 모) 아이를 낳은 어머니 대신에 아이를 돌보는 사람.

* **얼토당토않다** 전혀 알맞지 않고 관계가 없다. '얼토당토아니하다'의 줄임말.

* **공학**(工 장인 공, 學 배울 학) 공업 기술이나 이론을 연구하는 학문.

* **원칙**(原 근원 원, 則 법 칙) 어떤 일을 할 때 한결같이 따라야 하는 규칙이나 법칙.

1 이 글의 내용과 일치하지 <u>않는</u> 것은 무엇인가요? (   )

내용
이해

① 로비와 글로리아는 잠시도 떨어지지 않는다.

② 웨스턴과 웨스턴 부인의 아들 이름은 로비이다.

③ 웨스턴은 웨스턴 부인의 주장이 지나치다고 생각한다.

④ 아이를 돌봐 주는 로봇인 로비는 가격이 비싼 최상급 로봇이다.

⑤ 로봇 공학 제1원칙은 로봇이 인간에게 해를 입히는 건 불가능하다는 것이다.

2 이 글에 나온 인물에 대한 설명으로 알맞지 <u>않은</u> 것은 무엇인가요? (   )

감상
하기

① 로비 – 글로리아를 충직하고 다정하게 돌보고 있다.

② 웨스턴 부인 – 로봇은 믿을 수 있는 존재가 아니라고 생각한다.

③ 웨스턴 – 로비가 아이를 돌보는 역할을 잘해 줄 것이라고 믿고 있다.

④ 글로리아 – 자신을 돌보는 로봇인 로비와 함께 있는 것을 무서워한다.

⑤ 웨스턴 – 로비가 자신이 일하는 사무실 직원보다 똑똑하다고 생각한다.

3 다음 **보기**의 신문 기사를 보고, 로봇에 대해 웨스턴 부인과 비슷한 생각을 말한 친구의 이름에 ○표 하세요.

적용
하기

┤ 보기 ├

　미래 의료 혁명! 의사를 대신하여 로봇이 수술하는 시대가 올까?

　로봇의 성능이 점점 좋아지면 언젠가는 사람 대신 로봇이 수술을 하는 시대가 올지도 모른다.

로봇은 정교하게 움직일 수 있기 때문에 사람보다 더 정확하고 빠르게 수술을 할 수 있을 거야.

태리

사람의 생명이 달린 일인데 로봇한테 맡길 수는 없어. 혹시 잘못 작동하기라도 하면 큰 사고가 날 거야.

민수

로봇이 수술을 할 수 있게 된다면, 의사 수가 부족한 낙후된 지역에도 큰 도움이 될 거야.

한솔

로봇 공학 3원칙

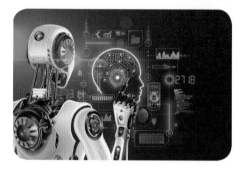

식당에서 로봇이 **서빙***을 하고, 음식을 만든다. 로봇은 사람들이 하기 힘든 일을 대신해 주며, 인간의 **편의***를 위해 다양한 서비스를 제공한다. 사람처럼 생각하고 자연스럽게 움직이는 로봇이 우리 삶 속에 등장할 날이 머지않았다.

이러한 로봇의 등장과 발전을 바라보는 사람들의 시각에는 기대와 **우려***가 섞여 있다. ㉠많은 사람들은 로봇이 인간의 삶을 더 풍요롭고 편리하게 해 줄 것으로 기대한다. 하지만 한편에서는 인공 지능 기술의 발달로 로봇이 인간처럼 생각한다면, ㉡로봇이 인간에게 반항하거나 인간을 지배하려 할 수도 있다고 우려한다. 이러한 시각을 가진 사람들은 인간보다 뛰어난 힘과 지능을 가진 로봇이 나쁜 마음을 가졌을 때 인간이 과연 통제할 수 있을지 의문을 던진다.

로봇에 대한 사람들의 우려를 잠재우기 위해 로봇의 행동에 관한 원칙이 생겨났다. 유명한 공상 과학 소설 작가 아이작 아시모프가 제안한 ㉢'로봇 공학 3원칙'은 다음과 같다.

제1원칙 – 로봇은 인간에게 해를 입혀서는 안 된다. 그리고 위험에 처한 인간을 모른 척해서도 안 된다. 제2원칙 – 제1원칙에 **위배***되지 않는 한, 로봇은 인간의 **명령***에 복종해야 한다. 제3원칙 – 제1원칙과 제2원칙에 위배되지 않는 한, 로봇은 로봇 자신을 지켜야 한다. 이를 통해 사람들은 로봇의 행동을 제한하여 나쁜 로봇이 되는 것을 막고자 했다. 로봇의 지능과 힘이 아무리 뛰어나도, 인간에게 반항하거나 인간을 위협하지 않는다면 괜찮을 것이라고 본 것이다.

하지만 로봇 공학 3원칙이 완벽한 것은 아니다. 나중에 아시모프는 '제0원칙'을 추가했다. 제0원칙은 '로봇은 인류가 위험에 처하도록 해서는 안 된다.'라는 것이다. 이는 로봇에게 인간 개개인을 넘어 인류 전체의 안전에 대한 기본 원칙을 심어 준 것이다. 가령 '개발을 위해 환경을 파괴하라'는 명령은 장기적으로 인류가 살아갈 환경을 위협하므로 로봇의 행동을 제한할 수 있다. 이처럼 로봇의 행동 원칙은 앞으로도 수정되거나 보완될 것이다. 또 로봇과 인간의 평화로운 **공존***을 위한 고민도 계속될 것이다.

어휘사전

* **서빙**(serving) 음식점이나 카페 등에서 음식을 나르며 손님의 시중을 드는 일.

* **편의**(便 편할 편, 宜 마땅할 의) 형편이나 조건 등이 편하고 좋음.

* **우려**(憂 근심할 우, 慮 생각할 려) 근심하거나 걱정하는 것.

* **위배**(違 어길 위, 背 등 배) 법률, 명령, 약속 등을 지키지 않고 어김.

* **명령**(命 목숨 명, 令 하여금 령) 윗사람이나 아랫사람에게 무엇을 하게 하는 것.

* **공존**(共 함께 공, 存 있을 존) 서로 도와서 함께 존재함.

내용요약

글의 중심 내용을 생각하며 빈칸의 낱말을 써 보세요.

로봇의 등장과 인공 지능 기술의 발전은 로봇이 인간처럼 생각하고 행동하게 될 것이라는 기대와 우려를 동시에 낳았다. 로봇이 인간을 지배할지도 모른다는 우려 때문에 로봇의 행동을 통제하기 위한 로봇 공학 3 [ㅇ] [ㅊ] 이 만들어졌다.

1 이 글을 읽고 알 수 있는 내용은 무엇인가요? ( )

내용 이해

① 로봇을 완전히 없애기 위한 계획이 진행되고 있다.

② 현실에서 인간을 위협하는 로봇을 흔히 볼 수 있다.

③ 로봇의 행동을 통제하기 위한 로봇의 행동 원칙이 존재한다.

④ 로봇이 일상생활에서 사용되는 일은 결코 일어나지 않을 것이다.

⑤ 모든 사람들이 로봇은 인간의 삶을 편리하게 해 줄 것이라고 기대한다.

2 ㉠과 ㉡ 중 로봇 3원칙이 생겨난 원인에 해당하는 것의 기호를 쓰세요.

추론 하기

( )

3 다음 **보기**에서 ㉢에 어긋나는 행동을 한 로봇을 골라 번호를 쓰세요.

적용 하기

┤ **보기** ├

(1) 사람과의 모든 바둑 시합에서 1등을 휩쓴 로봇 A

(2) 다른 인간을 공격하라는 명령에 복종하지 않은 로봇 B

(3) 자신을 지키기 위해 자신에게 총을 쏘는 인간을 공격한 로봇 C

(4) 자동차 사고로부터 인간을 구하기 위해 인간 대신 차와 충돌한 로봇 D

( )

4 다음 **보기**와 같은 인간의 명령을 로봇이 그대로 따른다면 몇 번째 원칙을 어긴 것인지 찾아 ○표 하세요.

비판 하기

┤ **보기** ├

아마존 밀림에 있는 나무를 모두 베어서 목재로 만들어.

(1) 제0원칙: 로봇은 인류가 위험에 처하도록 해서는 안 된다. ( )

(2) 제1원칙: 로봇은 인간에게 해를 입혀서는 안 된다. ( )

(3) 제2원칙: 로봇은 인간의 명령에 복종해야 한다. ( )

(4) 제3원칙: 로봇은 로봇 자신을 지켜야 한다. ( )

주제 정리 1 생각주제와 관련된 앞의 두 글을 읽고 내용을 정리해 보세요.

아이, 로봇	
1	웨스턴 부인은 딸을 돌보는 로봇을 끔찍한 ⬜ㄱ ㄱ⬜ 로 생각한다.
2	웨스턴은 웨스턴 부인의 말에 반박하며 로비가 최상급 로봇임을 이야기한다.
3	웨스턴 부인은 로비에게 딸을 맡기고 싶어 하지 않는다.
4	웨스턴은 로비가 충직하다고 이야기하지만, 웨스턴 부인은 여전히 걱정스럽다.
5	웨스턴은 로봇 공학 제1원칙을 이야기하며 로비가 안전하다고 설득한다.

로봇 공학 3원칙	
1	기술의 발전으로 사람처럼 생각하고 행동하는 로봇이 등장하고 있다.
2	로봇 기술의 발전에 대해 많은 사람들이 기대와 우려를 동시에 한다. 특히 로봇이 인간을 지배하려고 할지 모른다는 우려가 있다.
3	이러한 우려를 없애고 ⬜ㄹ ㅂ⬜ 의 행동을 통제하기 위해 아시모프는 로봇 공학 3원칙을 제안하였다.
4	3원칙에 더해 0원칙을 새로 만드는 등 로봇과 인간의 평화로운 공존을 위한 고민은 계속된다.

2 로봇 공학 3원칙에 대한 설명으로 알맞은 것에 ○표 하세요.

(1) 아시모프는 로봇의 행동을 통제하기 위해 로봇 공학 3원칙을 제시하였고, 나중에 제0원칙을 추가했다.

(2) 제1원칙은 인간과 로봇이 동시에 위험에 처하면 로봇은 위험에 처한 인간을 모른 척해도 된다는 것이다.

(3) 제2원칙은 어떠한 경우라도 로봇은 인간의 명령에 복종해야 한다는 것이다.

(4) 제3원칙에 따라 로봇은 자신을 지켜야 할 상황이 발생하면 인간을 해칠 수 있다.

3 세상에 나쁜 로봇이 있을 수 있는지에 대해 자신의 생각을 써 보세요.

_____

_____

_____

4 다음 주제 어휘와 뜻을 알맞게 연결하세요.

(1) 공학 •   • ㉠ 서로 도와서 함께 존재함.

(2) 공존 •   • ㉡ 공업 기술이나 이론을 연구하는 학문.

(3) 로봇 •   • ㉢ 어떤 일을 할 때 한결같이 따라야 하는 규칙이나 법칙.

(4) 원칙 •   • ㉣ 인간과 비슷한 형태를 가지고 걷기도 하고 말도 하는 기계 장치.

5 다음 빈칸에 들어갈 낱말을 주제 어휘에서 찾아 쓰세요.

(1) 사람들은 동물과 함께 (   )할 방법을 찾아야 한다.

(2) 상황이 바쁘게 돌아갈수록 기본 (   )을 지켜야 한다.

(3) 사람들은 (   )하듯 이래라저래라 하는 것을 싫어한다.

(4) 폭발물 처리와 같이 사람이 하기 위험한 일을 (   )이 대신해 준다.

6 다음 밑줄 친 말과 바꿔 쓸 수 있는 낱말을 주제 어휘에서 찾아 쓰세요.

드디어 서바이벌 게임이 시작되었다. 각 팀은 각자의 위치에서 출발하였다. 이번 게임은 도시처럼 꾸며진 세트장에서 상대 팀을 피해 숨겨진 폭탄을 빨리 제거하는 경기였다. 시간이 흐르면서 레드 팀은 블루 팀에게 뒤처지고 있었다. 위기를 느낀 레드 팀 팀장은 팀원들을 모아 놓고 새로운 작전에 따를 것을 <u>지시</u>하였다.

(   )

돈키호테

돈키호테
글 미겔 데 세르반테스
비룡소

이름까지는 기억하고 싶지 않은 라만차 지방의 어느 마을에, 오래된 방패와 삐쩍 마른 말과 달리기를 잘하는 사냥개를 가진 시골 귀족이 살았다.

일 년 중 가장 한가한 때면, ㉠우리의 시골 **기사***는 기사 소설을 읽는 재미에 푹 빠졌다. 어찌나 심하게 빠져드는지 사냥이나 재산을 관리하는 것도 잊어버릴 정도였다. 그리고 그의 **광기***는 그런 책들을 사기 위해 씨를 뿌려 놓은 땅을 팔기에 이르렀다. 세상은 기사 소설에서처럼 위험과 모험으로 가득 차 보였다. 그래서 그는 무기를 들고 말을 탄 채 세상 곳곳을 돌아다닐 기사가 필요하다고 생각했다. 자신이 그런 기사가 되어 모든 종류의 장애물을 쳐부수고 커다란 위험을 이겨 내고서 영원한 **명성***을 얻고 싶었다.

가장 먼저 한 일은 몇 세기 전부터 구석에 처박혀 있었던, 녹슬고 먼지로 뒤덮인 그의 증조할아버지의 갑옷을 청소하는 것이었다. 그리고 나서 얼굴을 보호하기 위해, 마분지로 만든 얼굴 가리개를 묶어서 **투구*** 덮개를 만들었다.

그런 후 가죽과 뼈밖에 남지 않은 자신의 말을 보러 갔는데, 그의 눈에는 엘시드가 타고 다니던 바비에카보다 더 훌륭해 보였다. 이미 뛰어난 말과 유명한 기사에 붙은 이름이 많기 때문에 이름을 뭐라고 지을까 고민하다 나흘이 지났다. ㉡이름을 지었다가, 지웠다가, 없앴다가, 더했다가, 없애고, 다시 만든 후, 마침내 말 이름을 '로시난테'라고 지었다.

그런 후 '돈키호테'라는 자신의 이름을 짓기까지 또 일주일 남짓이 걸렸다. 그는 아마디스가 유명해지기 위해 아마디스라고만 불리는 것에 만족하지 않고, 이름에다 자기 조국의 이름을 붙여서 '아마디스 데 가울라'라고 한 것이 생각났다. 그래서 그도 '돈키호테 데 라만차'라고 이름을 덧붙여 지었다. 그렇게 하는 것이 조국을 명확히 밝히고 명예롭게 하는 일이라 생각했다.

돈키호테는 세상이 그를 원한다고 생각했기 때문에 자기 생각을 곧바로 실행하기 위해 시간을 더 이상 **지체***하지 않으려 했다. 세상에는 바로잡아야 할 많은 **치욕***과 고쳐야 할 그릇된 일과 갚아야 할 빚이 있었다. 그래서 그는 아무도 알아채지 못하게 조용히 떠나기로 했다. 어느 날 아침 해가 밝기 전, 그는 모든 무기로 무장한 채 로시난테 위에 올라탔다. 그리고는 투구를 쓰고 양손에 방패와 창을 들고서 울타리의 뒷문을 통해 만족스러워하며 들판으로 나갔다.

어휘사전

* **기사**(騎 말 탈 기, 士 선비 사) 말을 타고 싸우는 무사.

* **광기**(狂 미칠 광, 氣 기운 기) 미칠 듯이 날뛰는 기질.

* **명성**(名 이름 명, 聲 소리 성) 이름이 세상에 널리 알려지고 칭찬을 받는 것.

* **투구** 옛날에 군인이 싸움에서 머리를 보호하기 위해 쓰던 두껍고 튼튼한 모자.

* **지체**(遲 늦을 지, 滯 막힐 체) 일이 제때에 되지 못하고 늦어지는 것.

* **치욕**(恥 부끄러워할 치, 辱 욕되게 할 욕) 몹시 창피하고 부끄러운 것.

1

감상
하기

㉠'우리의 시골 기사'의 우스운 모습을 보여 주기 위한 장치로 알맞지 <u>않은</u> 것은 무엇인가요? (   )

① 오래된 방패와 창

② 달리기를 잘하는 사냥개

③ 마분지로 만든 투구 덮개

④ 가죽과 뼈밖에 남지 않은 말

⑤ 녹슬고 먼지로 뒤덮인 증조할아버지의 갑옷

2

내용
이해

돈키호테가 ㉡과 같이 행동한 까닭으로 알맞지 <u>않은</u> 것에 ○표 하세요.

(1) 이름을 짓는 데 고민이 너무 많아서   (   )

(2) 말에게 좋은 이름을 지어 주고 싶어서   (   )

(3) '로시난테' 말고는 선택할 이름이 없어서   (   )

(4) 이미 뛰어난 말에 붙은 이름이 많이 있어서   (   )

3

추론
하기

이 글을 읽고 짐작한 내용으로 알맞은 것 두 가지를 고르세요.   (   )

① 기사들은 돈을 많이 버는 것을 가장 중시했다.

② 기사가 타는 말은 따로 이름을 정해 주지 않았다.

③ 기사의 복장은 갑옷을 입고 투구를 쓰는 것이었다.

④ 기사 소설에는 모험을 하는 기사들에 대한 이야기가 나온다.

⑤ 돈키호테는 유명한 기사의 이름을 따라 짓는 데 관심이 없었다.

4

감상
하기

다음 괄호 안에 들어갈 돈키호테의 성격으로 알맞은 것에 ○표 하세요.

> 돈키호테는 무기를 들고 말을 탄 채 세상 곳곳을 돌아다닐 기사가 필요하다고 생각하고, 자신이 그런 기사가 되려는 생각을 곧바로 실행한 것으로 보아 (머뭇거리고 망설이는 , 주저하지 않고 행동하는) 인물이다.

기사도 정신과 십자군 전쟁

'기사'는 원래 중세 유럽에서 직업적으로 활동하던 기마 무사를 일컫는다. 귀족들은 자신의 영토를 지키기 위해 기사를 고용하였으며, 기사는 작은 영주로서 농민과 귀족 사이의 중간 계층에 속했다. 귀족들은 영토와 재산을 늘리기 위해 기사들을 시켜 무분별한 약탈과 침략을 일삼았으며, 이는 큰 사회적 문제로 떠오르게 되었다.

이러한 기사들의 횡포를 다스리기 위해 귀족과 성직자들은 그리스도교의 교리를 이용하여 이들을 교화*시키고자 했다. 이 과정에서 기사들이 따라야 하는 규범 및 이상적인 행동 양식을 의미하는 '기사도'가 등장하였다. 기사도의 내용은 시대에 따라 조금씩 달라지기는 했으나 무용*, 성실, 명예, 예의, 경건, 겸양*, 약자 보호 등을 덕목으로 삼았다. 그러나 전투로 돈을 벌던 기사들은 기사도 때문에 전투가 줄어들자 불만이 커져 갔다.

▲ 십자군

그러한 기사들의 분노를 외부로 돌리기 위해 교황은 그리스도교들의 성지인 예루살렘을 되찾기 위한 전쟁에 기사들을 참여시켰다. 이것이 바로 십자군 전쟁이다. 신앙심이라는 명분*을 내세우기는 했지만 사실상 기사들은 용감함을 과시하고 큰 보상과 명예를 얻기 위해 전쟁에 참여했다. 때마침 유행한 기사도 문학에서 기사들을 용맹하고 사랑과 정의로움을 갖춘 인물로 그리면서, 폭력적이었던 기사의 이미지는 영웅으로 탈바꿈하게 되었다.

그러자 왕과 귀족들도 명예와 지위를 높이기 위해 기사의 좋은 이미지를 이용하고 싶어 했고 점차 기사 계급이 귀족 계급에 속하게 되었다. 귀족들은 기사 계급의 우두머리가 되었으며, 예전처럼 아무나 기사가 될 수 없도록 하였다. 나중에는 왕으로부터 증명서를 받은 사람만 기사가 되도록 했는데, 여성에 대한 배려, 정중함, 세련된 옷차림과 같이 귀족들만 누리던 '궁정 예절'이 기사도에 추가되었다. 그리고 이는 19세기 영국에서 '신사도' 정신으로 계승되었다.

어휘사전

* **교화**(教 가르칠 교, 化 될 화) 잘못을 저지른 사람을 가르치고 다독여 바르게 이끄는 것.
* **무용**(武 굳셀 무, 勇 날쌜 용) 싸움 등에서 날쌔고 용맹스러움.
* **겸양**(謙 겸손할 겸, 讓 사양할 양) 자기를 내세우지 않고 남에게 양보하는 것.
* **명분**(名 이름 명, 分 나눌 분) 각자 이름이나 신분에 따라 마땅히 지켜야 할 도리.

내용요약

글의 중심 내용을 생각하며 빈칸의 낱말을 써 보세요.

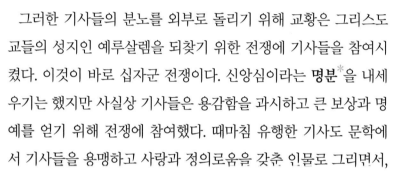

기사는 원래 중세 유럽에서 직업적으로 활동하던 기마 무사를 말한다. 귀족과 성직자들은 그리스도교의 교리를 이용하여 기사들을 교화시키고자 했는데 그 과정에서 기사들이 따라야 하는 규범 및 이상적인 행동 양식을 의미하는 ㄱ ㅅ ㄷ 가 등장했다.

1 교황이 기사들의 관심을 외부로 돌리기 위해 일으킨 전쟁의 이름은 무엇인가요?

내용 이해

(   ) 전쟁

2 이 글의 내용과 일치하는 것은 무엇인가요? (   )

내용 이해

① 기사들은 전투를 하면서 틈틈이 농사일도 했다.

② 기사들은 단지 명예만을 위해서 전투에 참여했다.

③ 신앙심이 매우 두터운 사람만 기사가 될 수 있었다.

④ 기사는 처음부터 귀족 계층의 사람들만 될 수 있었다.

⑤ 기사도 문학으로 인해 기사들은 좋은 이미지를 갖게 되었다.

3 이 글은 어떤 짜임으로 대상을 설명하였나요? (   )

글의 구조

① 나열 짜임   ② 시간 순서의 짜임

③ 공간 순서의 짜임   ④ 비교와 대조 짜임

⑤ 문제와 해결 짜임

4 다음 기사도 정신의 ㉠과 관련된 내용을 화랑도의 세속 오계에서 찾아 번호를 쓰세요.

적용 하기

중세 유럽의 기사도 정신	신라 시대 화랑도의 세속 오계
• 교회의 가르침을 믿고 준수하라. • 약자를 존중하고 지켜라. • 조국을 사랑하라. • ㉠적 앞에서 후퇴하지 마라. • 거짓말하지 말고 신뢰받게 하라. • 선과 정의의 투사가 돼라.	(1) 사군이충: 임금을 충성으로 섬긴다. (2) 사친이효: 어버이에게 효도를 다한다. (3) 교우이신: 벗을 사귈 때는 믿음을 가진다. (4) 임전무퇴: 싸움에 임해서는 물러서지 않는다. (5) 살생유택: 산 것을 죽일 때는 가려서 한다.

(   )

1 생각주제와 관련된 앞의 두 글을 읽고, 글의 흐름에 맞게 번호를 써 보세요.

돈키호테		기사도 정신과 십자군 전쟁
2	돈키호테는 증조할아버지의 녹슨 갑옷을 청소하고, 마분지로 투구 덮개를 만들고, 자신의 말 이름을 '로시난테'라고 지었다.	기사들의 횡포를 다스리기 위해 그리스도교의 교리를 이용하여 교화시키고자 하는 과정에서 기사도가 등장했다.
4	어느 날 아침 해가 밝기 전, 그는 모든 무기로 무장한 채 로시난테 위에 올라타고 길을 떠났다.	기사들은 큰 보상과 명예를 얻기 위해 십자군 전쟁에 참여했고, 기사도 문학으로 인해 영웅의 이미지를 갖게 되었다.
	그는 자신의 이름을 '돈키호테 데 라만차'라고 지었다. 그렇게 하는 것이 조국을 명확히 밝히고 명예롭게 하는 일이라 생각했다.	**1** 귀족들이 시키는 무분별한 약탈과 침략에 기사들이 가담하면서 큰 사회적 문제로 떠오르게 되었다.
	기사 소설을 많이 읽은 돈키호테는 자신도 그런 기사가 되어 온갖 장애물과 위험을 이겨 내고 영원한 명성을 얻고 싶었다.	왕과 귀족들도 명예와 지위를 높이기 위해 기사의 좋은 이미지를 이용하고 싶어 했고, 기사 계급이 귀족 계급에 속하게 되었다.

2 「돈키호테」에서 돈키호테가 이루고자 하는 것은 무엇인지 찾아 ○표 하세요.

(1) 기사들에게 성실과 명예 같은 기사도를 강요하는 교황과 귀족들에게 저항하는 것

(2) 기사 소설에 나온 기사처럼 기사도를 펼치며 모험을 하고 명예를 얻어 영웅이 되는 것

3 돈키호테의 기사도 정신에 대해 자신의 생각을 써 보세요.

| 주제 어휘 | 기사 | 명성 | 치욕 | 무용 | 겸양 | 명분 |

4 다음 주제 어휘와 뜻을 알맞게 연결하세요.

(1) [기사] •

(2) [명분] •

(3) [무용] •

(4) [겸양] •

• ㉠ 말을 타고 싸우는 무사.

• ㉡ 싸움 등에서 날쌔고 용맹스러움.

• ㉢ 자기를 내세우지 않고 남에게 양보하는 것.

• ㉣ 각자 이름이나 신분에 따라 마땅히 지켜야 할 도리.

5 다음 빈칸에 들어갈 낱말을 주제 어휘에서 찾아 쓰세요.

(1) 그 배우는 (   )에 비해 인성이 형편없었다.

(2) 그 사람은 평소에 자신을 낮출 줄 아는 (   )을 갖추고 있다.

(3) 일제에 주권을 빼앗겼던 (   )의 역사를 우리는 잊지 말아야 한다.

(4) 국회에서 특정한 법을 통과시키기 위해서는 국민을 설득할 수 있는 (   )이 필요하다.

6 다음 밑줄 친 부분에 담긴 글쓴이의 심정을 나타낼 수 있는 낱말을 주제 어휘에서 찾아 쓰세요.

저 개돼지만도 못한 소위 우리 정부의 대신이란 자들은 자신들의 이익이나 바라면서 위협에 겁먹어 머뭇대거나 벌벌 떨며 나라를 팔아먹는 도적이 되기를 감수했던 것이다. 아, 4천 년의 강토와 5백 년의 나라를 남에게 바치고 2천만 동포들을 남의 노예가 되게 하고도 그저 살아남고자 했으니, <u>그 무슨 면목으로 강경하신 황제 폐하를 뵐 것이며 그 무슨 면목으로 2천만 동포와 얼굴을 맞댈 것인가.</u>

— 장지연, 「시일야방성대곡」 중에서

(   )

소유에서 경험으로

▲ 공유 자전거

어휘사전

* **공유**(共 함께 공, 有 있을 유) 여럿이 함께 가지거나 나누어 쓰는 것.

* **경제**(經 지날 경, 濟 건널 제) 인간의 생활에 필요한 돈이나 일을 만들고, 나누고, 쓰는 것과 관련한 모든 활동.

* **소유**(所 바 소, 有 있을 유) 가지고 있음. 또는 그 물건.

* **접속**(接 이을 접, 續 이을 속) 서로 붙이거나 맞대어 잇는 것.

* **권리**(權 권세 권, 利 이로울 리) 어떤 일을 자기 뜻대로 할 수 있는 당연한 힘이나 자격.

필요한 물건이 있을 때 물건을 사지 않고 사용하는 방법이 있을까? 우리는 책을 사지 않고도 읽고 싶은 책을 도서관에서 빌려 볼 수 있다. 또, 자전거가 없어도 **공유*** 자전거를 빌려서 사용할 수 있다. 이처럼 빌려서 사용하는 방법이 과거에는 물건에만 해당했다면, 이제는 영화, 음악 같은 무형의 콘텐츠에도 적용된다. 이를 공유 **경제***라고 한다. 공유 경제란 제품을 여럿이 함께 나눠 쓰거나 서로 빌려 주는 등 협력하여 소비하는 경제 활동을 가리킨다. 즉 **소유***의 개념이 아닌 서로 대여해 쓰는 개념이다.

제러미 리프킨은 『소유의 종말』에서 더 이상 소유는 필요하지 않으며, 대신 **접속***의 시대가 오고 있다고 이야기한다. 접속은 소유의 반대 개념이다. 접속은 잠시 빌리는 것처럼 일시적으로 사용하는 **권리***를 말한다. 정수기나 공기 청정기처럼 가전 제품을 일정 기간 빌려 쓰는 것도 여기에 해당한다. 또 영상이나 음악 서비스같이 회원제로 운영되는 서비스도 포함된다. 과거에는 물건을 사서 소유했지만, 이제는 필요할 때마다 접속해서 사용하면 된다.

인터넷이 보편화되고, 스마트폰을 일상적으로 쓰면서 사람들은 접속 서비스에 더욱 익숙해졌다. 영화나 드라마가 보고 싶을 때 파일을 소유하지 않고도 영상 시청을 서비스하는 사이트나 앱에 접속하여 시청할 수 있다. 듣고 싶은 음악도 인터넷에 접속하여 실시간으로 들을 수 있다. 접속은 이제 일상이 되었다. 빠르게 변화하는 시대에 최신 제품을 매번 사기보다는 접속해서 사용하는 것이 경제적으로도 이익이다. 또 물건이나 데이터를 보관할 장소도 필요 없어져서 편리하다.

접속의 시대가 오면서 소유보다는 경험이 더 가치 있다고 생각하는 사람들이 늘어나고 있다. 이에 따라 사람들은 필요로 하는 서비스를 자신이 원하는 시간에 사용하고 경험하는 것을 원한다. ㉠이제 사람들은 '산 만큼' 대가를 지불하기보다는 '사용한 만큼' 대가를 지불하고 싶어 한다. 또 좋은 집이나 차를 소유하는 것보다 여행 같은 경험을 통해 삶을 더 풍요롭게 만들고 싶어 하는 사람들도 점점 늘고 있다.

내용요약

글의 중심 내용을 생각하며 빈칸의 낱말을 써 보세요.

소유의 시대가 가고 원하는 물건이나 서비스를 필요할 때만 사용하는 ㅈ ㅅ 의 시대가 오고 있다. 이에 따라 사람들은 물건의 소유보다 ㄱ ㅎ 이 가치 있다고 생각하게 되었으며, 필요로 하는 서비스를 원하는 시간에 사용하고 경험하는 것을 원하게 되었다.

1

내용
이해

이 글의 내용과 일치하지 <u>않는</u> 것은 무엇인가요? (   )

① 접속과 소유는 서로 상반되는 개념이 아니다.

② 제러미 리프킨은 더 이상 소유는 필요하지 않다고 이야기하였다.

③ 접속은 잠시 빌리는 것처럼 일시적으로 사용하는 권리를 말한다.

④ 물건을 구입하지 않고 대여하거나 접속하는 공유 경제가 확대되고 있다.

⑤ 접속의 시대가 오면서 사람들은 소유보다는 경험이 가치 있다고 생각한다.

2

내용
이해

이 글에 나온 접속의 사례가 <u>아닌</u> 것은 무엇인가요? (   )

① 영상 시청 서비스   ② 잡지 구독 서비스

③ 자전거 공유 서비스   ④ 정수기 대여 서비스

⑤ 음악 실시간 재생 서비스

3

추론
하기

㉠과 같이 변화한 까닭으로 알맞은 것 두 가지에 ○표 하세요.

(1) 어떤 제품을 자신만이 소유하기를 원하기 때문에 (   )

(2) 소유하기 위해 구입한 물건은 보관할 공간이 필요 없기 때문에 (   )

(3) 물건을 구입하여 소유하는 것보다 경제적으로 이익이기 때문에 (   )

(4) 언제 어디서든 편하게 필요한 물건과 서비스를 이용할 수 있기 때문에 (   )

4

적용
하기

다음 보기의 내용 중 '접속의 시대'에 알맞은 사례를 두 가지 골라 번호를 쓰세요.

┤ 보기 ├

(1) 유명 연예인들과 관련된 상품을 만들어 파는 A 회사

(2) 재택근무를 하는 사람들을 위해 가상 회의 공간을 제공하는 B 회사

(3) 회원들에게 최신 영화를 무제한으로 볼 수 있는 서비스를 선보인 C 회사

(4) 사람들이 필요한 부품을 가져오면 수리비만 받고 자동차를 고쳐 주는 D 회사

(   )

구독 경제

1 구독 경제가 새로운 추세로 떠오르고 있다. 구독 경제는 상품이나 서비스에 대해 일정 기간 단위로 비용을 내고 이용하는 경제 활동이다. 원래 '구독'이라는 표현은 잡지나 신문을 구입해 읽을 때 주로 사용했다. 하지만 정보 통신 기술이 발달하고 새로운 서비스가 등장하면서, 구독은 사전적 의미를 넘어 구독 경제로 확장되었다.

2 구독 경제는 다양한 모습으로 일상에 녹아들고 있다. OTT*나 음악 스트리밍* 서비스처럼 매달 일정 금액을 내고 무제한으로 서비스를 이용하는 방식이 있다. 또 침대나 정수기 대여처럼 물건을 구입하는 대신 일정 기간 동안 비용을 내고 그 물건을 사용하는 방법도 있다. 최근에는 **구독료***를 지불하면 고객의 성향에 맞춰 화장품, 식품, 꽃, 장난감 등을 정기적으로 **배송***해 주는 서비스도 있다.

3 이러한 구독 경제의 특징 세 가지를 살펴보자. 첫 번째 특징은 물건을 이용할 때 큰돈이 들지 않는다는 점이다. 텔레비전이나 게임기 등 고가의 제품을 구입하려면 초기 비용이 많이 든다. 하지만 물건을 소유하지 않고 구독하면 한꺼번에 지출되는 비용이 줄어든다. 이로 인해 소비자는 필요한 제품과 서비스를 부담 없이 이용할 수 있다.

4 두 번째는 항상 최신의 제품과 서비스를 이용할 수 있다는 것이다. 기업들은 하루가 다르게 신제품과 서비스를 출시한다. 또 날마다 새로운 영화나 음악이 쏟아진다. 그렇다고 해서 소비자는 새로운 제품과 서비스가 나올 때마다 모두 구입할 수는 없다. 하지만 이용료를 내면 새로운 제품과 서비스, 문화 콘텐츠를 마음껏 즐길 수 있어 편리하다.

5 세 번째 특징은 기업과 고객이 지속적으로 연결된다는 점이다. 물건을 사고파는 기존의 방식은 거래가 이루어지는 순간만 기업과 고객이 연결된다. 하지만 구독 경제에서는 구독하는 기간 동안 연결이 지속된다. 만약 영상 서비스를 구독하는 고객이 원하는 영상을 요청하거나 불편한 점을 제시하면, 기업은 의견을 듣고 더 나은 서비스를 제공할 수 있다. 결국 소비자는 더 좋은 서비스를 제공받고, 기업은 장기적이고 지속적인 이익을 얻을 수 있게 된다.

어휘사전

* **OTT**(Over The Top) 사용자가 원할 때 원하는 방송을 온라인에 접속하여 보는 서비스.

* **스트리밍**(streaming) 음성이나 영상을 인터넷을 통해 실시간으로 재생하는 것.

* **구독료**(購 살 구, 讀 읽을 독, 料 헤아릴 료) 정기적으로 신문이나 잡지를 받아 보기 위하여 지급하는 돈.

* **배송**(配 나눌 배, 送 보낼 송) 물자를 여러 곳에 나누어 보내 줌.

내용요약

글의 중심 내용을 생각하며 빈칸의 낱말을 써 보세요.

| ㄱ | ㄷ | 경제는 사용자가 일정한 금액을 내고 필요한 물건이나 서비스를 받아 쓰는 경제 활동을 의미하며, 소유보다는 제품이나 서비스를 | ㄱ | ㅎ | 하는 것에 중점을 둔다.

1

중심
내용

이 글의 중심 내용으로 알맞은 것은 무엇인가요? (   )

① 구독 경제의 단점   ② 구독 경제의 시작

③ 구독 경제의 의미와 특징   ④ 구독 경제의 이용자

⑤ 구독 경제와 관련된 기업

2

어휘
이해

이 글에서 '구입해 읽는다'라는 뜻을 가진 낱말을 찾아 두 글자로 쓰세요.

(   )

3

적용
하기

이 글의 **1**~**5** 중, **보기**의 ㉠, ㉡과 관련된 구독 경제의 특징이 나타난 문단을 찾아 각각 번호를 쓰세요.

┤ 보기 ├

주환: 유현아, 못 보던 노트북인데 새로 샀어?

유현: 아, 산 건 아니야. ㉠노트북이 필요한 과제가 있어서 엄마가 빌려다 주셨어. 엄마가 노트북을 새로 사기에는 비싸서 부담이었는데 빌려 쓰는 건 저렴하다고 좋아하셨어.

주환: 그렇구나, 노트북으로 재밌는 영상도 찾아봐. ㉡우리 가족은 OTT 서비스를 이용하니까 매번 새로 나온 드라마와 영화를 시청할 수 있어서 좋아.

유현: 그래. 나도 이번에 새로 나온 영화를 재밌게 봤어.

(1) ㉠: (   ) (2) ㉡: (   )

4

추론
하기

이 글의 내용을 바탕으로 다음 그래프를 해석한 것으로 알맞지 <u>않은</u> 것은 무엇인가요? (   )

(단위: 조 원)

25.9   31.9   40.1

2016년   2018년   2020년

자료: KT경제경영연구소

▲ 국내 구독 경제 시장 규모

① 앞으로 구독 경제의 시장 규모는 점점 줄어들 것이다.

② 구독 경제 서비스의 종류는 점점 더 다양해질 것이다.

③ 구독 경제를 이용하는 이용자 수는 계속 늘어날 것이다.

④ 기업은 구독 경제 서비스에 더 많은 관심을 가질 것이다.

⑤ 사람들은 점점 물건을 사기보다는 구독해서 사용할 것이다.

주제
정리

1 생각주제와 관련된 앞의 두 글을 읽고 내용을 정리해 보세요.

소유에서 경험으로	구독 경제
1 사람들은 물건을 사지 않고 필요할 때 빌려 쓰는 방식으로 사용하게 되었다. 이를 ㄱ ㅇ ㄱ ㅈ 라고 한다.	**1** 사용자가 일정한 금액을 내고 필요한 물건이나 서비스를 사용하는 경제 활동을 ㄱ ㄷ ㄱ ㅈ 라고 한다.
2 과거에는 물건을 소유하며 사용했지만, 이제는 필요할 때마다 접속해서 사용한다.	**2** 구독 경제는 매달 일정 금액을 내고 무제한 서비스를 이용하거나 대여하거나 배송을 받는 방식 등이 있다.
3 빠르게 변화하는 시대에, 접속해서 사용하는 것이 경제적으로도 이익이고 편리하다.	**3** 구독 경제는 물건을 이용할 때 큰돈이 들지 않는다.
4 접속의 시대가 오면서 소유보나는 경험이 더 가치 있다고 생각하는 사람들이 늘어나고 있다.	**4** 구독 경제를 활용하면 최신의 제품과 서비스를 이용할 수 있다.
	5 구독 경제는 기업과 고객을 지속적으로 연결시켜 준다.

2 구독 경제에 대한 설명으로 알맞은 것 두 가지를 찾아 ○표 하세요.

(1) 구독 경제는 기업과 고객을 지속적으로 연결시켜 준다.

(2) 구독 경제는 최신의 제품과 서비스를 원하는 사람에게 불리하다.

(3) 구독 경제는 추가 비용을 내지 않고 필요한 물건을 소유하기 위한 방법이다.

(4) 구독 경제로 인해 소비자들은 필요한 물건과 서비스를 큰 부담 없이 이용하게 되었다.

3 구독 경제를 이용해 본 경험에 대해 자신의 생각을 써 보세요.

_____

_____

_____

주제 어휘	공유	경제	소유	접속	경험	구독

4 다음 **주제 어휘**와 뜻을 알맞게 연결하세요.

(1) 구독 •   • ㉠ 어떤 일을 겪는 것.

(2) 소유 •   • ㉡ 가지고 있음. 또는 그 물건.

(3) 공유 •   • ㉢ 여럿이 함께 가지거나 나누어 쓰는 것.

(4) 경험 •   • ㉣ 신문이나 잡지를 일정 기간 동안 구입하여 보는 것.

5 다음 빈칸에 들어갈 낱말을 **주제 어휘**에서 찾아 쓰세요.

> (1) 나는 이 물건을 사용해 본 (   )이 있다.
>
> (2) 영수의 삼촌은 신문을 정기적으로 (   )하고 있다.
>
> (3) 요즘 우리나라의 (   ) 사정이 점점 나아지고 있다.
>
> (4) 내가 인터넷에 (   )하려고 하자 갑자기 연결이 끊어져서 곤란했다.

6 다음 밑줄 친 말과 바꿔 쓸 수 있는 낱말을 **주제 어휘**에서 찾아 쓰세요.

> 오늘 필요한 물건을 사러 엄마와 백화점에 들렀다. 백화점에는 여러 가지 물건들이 진열되어 있었다. 예쁜 옷들과 가방, 신발도 많았고 장난감도 실컷 구경했다. 사고 싶은 물건이 너무 많았지만 엄마가 그중에 딱 한 가지만 고르라고 하셨다. 나는 내가 좋아하는 캐릭터 인형 하나만 사 달라고 말씀드렸다. 그런데 엄마가 이미 가지고 있는 캐릭터 인형이 많으니까 이번에는 학용품을 사자고 말씀하셔서 좀 속상했다.

(   )한

이기적인 행동

이기적
유전자

글 리처드 도킨스
을유문화사

이제부터 논의하려는 것은, 성공한 **유전자**[*]에 대해 우리가 기대할 수 있는 성질 중 가장 중요한 것은 '**비정**[*]한 **이기주의**[*]'라는 것이다. 이러한 유전자의 이기주의는 보통 개체 행동에서도 이기성이 나타나는 원인이 된다.

이기적인 행동의 예

개체의 이기적인 행동의 예를 몇 가지 살펴보자.

㉠검은머리갈매기는 커다란 군락을 지어 둥지를 짓는데, 둥지와 둥지 사이는 불과 수 미터밖에 안 된다. 갓 부화한 새끼는 무방비 상태이기 때문에 **포식자**[*]에게 먹히기 쉽다. ㉡이웃이 먹이를 찾으러 집을 떠날 때까지 기다렸다가 그 둥지를 습격하여 어린 새끼를 삼켜 버리는 갈매기를 흔히 볼 수 있다. 그 갈매기는 먹이를 잡으러 나가는 수고를 할 필요도 없이 자기 둥지를 지키는 동시에 풍부한 영양을 섭취할 수 있는 것이다.

더 잘 알려진 예로, ㉢암사마귀는 동족을 잡아먹는 무시무시한 습성이 있다. 사마귀는 몸집이 큰 육식성 곤충으로 보통 파리와 같은 작은 곤충을 먹지만 움직이는 것은 무엇이든 공격한다. 짝짓기를 할 때 수컷은 조심스럽게 암컷에게 접근하여 암컷 위에 올라타고 **교미**[*]를 한다. 암컷은 기회가 되면 수컷을 잡아먹는다. 수컷이 접근할 때나 자신의 몸에 올라탄 직후, 혹은 떨어진 후에 머리부터 잘라 먹는다.

'이기적'이라는 말은 동족끼리 잡아먹는 것과 같은 극단적인 경우에 대해서는 상당히 **절제**[*]된 표현일지 모르겠으나, 다음의 예는 이기성의 정의에 잘 부합한다. 남극의 황제펭귄에서 보고된 비겁한 행동을 살펴보면 아마도 누구나 쉽게 동의할 수 있을 것이다. 황제펭귄은 바다표범에게 잡아먹힐 위험이 있기 때문에 물가에 서서 물에 뛰어들기를 주저하는 모습을 흔히 볼 수 있다. 그중 한 마리가 뛰어들면 나머지 펭귄은 바다표범이 있는지 없는지 알 수 있다. 당연히 어느 펭귄도 자기가 희생물이 되려고 하지 않기 때문에 황제펭귄들은 그저 누군가 뛰어들기만 기다린다. ㉣무리 중의 하나를 떠밀어 버리려고까지 한다.

어휘사전

[*] **유전자**(遺 남길 유, 傳 전할 전, 子 아들 자) 자손에게 물려줄 생김새, 성격, 체질 등의 특징을 담고 있는 성분.

[*] **비정**(非 아닐 비, 情 뜻 정) 따뜻한 정이 없음.

[*] **이기주의**(利 이로울 이, 己 몸 기, 主 주인 주, 義 옳을 의) 다른 사람을 생각하지 않고 자신의 이익만을 추구하는 태도.

[*] **포식자**(捕 사로잡을 포, 食 먹을 식, 者 사람 자) 다른 동물을 먹이로 하는 동물.

[*] **교미**(交 사귈 교, 尾 꼬리 미) 알이나 새끼를 낳기 위하여 동물의 암컷과 수컷이 관계를 맺는 일.

[*] **절제**(節 마디 절, 制 억제할 제) 정도가 지나치지 않게 조심하거나 삼가는 것.

▶ 황제펭귄

1 이 글에 나타난 설명 방법으로 알맞은 것은 무엇인가요? ( )

글의
구조

① 일이 일어난 원인과 결과를 밝혀 설명하였다.

② 시간의 흐름에 따른 사건의 변화를 설명하였다.

③ 주장을 뒷받침하는 여러 가지 통계 자료를 제시하였다.

④ 말하고자 하는 내용에 해당하는 사례를 들어 설명하였다.

⑤ 두 대상의 공통점과 차이점을 중심으로 비교·대조하여 설명하였다.

2 이 글의 내용으로 알맞지 <u>않은</u> 것은 무엇인가요? ( )

내용
이해

① 사마귀의 수컷은 기회가 되면 암컷을 잡아먹는다.

② 사마귀는 육식성 곤충으로 움직이는 것은 무엇이든 공격한다.

③ 검은머리갈매기는 이웃한 둥지의 어린 새끼를 삼켜 버리기도 한다.

④ 성공한 유전자에 대해 우리가 기대할 수 있는 성질은 이기적이라는 것이다.

⑤ 황제펭귄은 바다표범에게 희생되지 않기 위해 무리 중 하나를 밀어 버리기도 한다.

3 밑줄 친 ㉠~㉣ 중 이기적인 행동이 <u>아닌</u> 것의 기호를 쓰세요.

내용
이해

( )

4 다음은 이 글을 읽고 쓴 독서 감상문입니다. 내용을 <u>잘못</u> 이해하고 쓴 문장의 번호를 쓰세요.

감상
하기

> 오늘은 리처드 도킨스가 쓴 책『이기적 유전자』를 읽었다. 이 책에서 (1) 오랜 시간 살아남은 성공한 유전자는 이기적이라고 했다. (2) 유전자의 이기성은 동물들의 행동에서도 찾아볼 수 있는데, 그 예로 검은머리갈매기와 암사마귀, 황제펭귄을 제시하였다. (3) 검은머리갈매기가 이웃 둥지를 습격하여 어린 새끼를 먹는다는 것을 보고 진짜 이기적이라는 생각이 들었다. (4) 또 암사마귀가 동족인 수컷을 잡아먹는 것에서는 마음이 불편했다. (5) 귀엽기만 한 황제펭귄은 자기가 희생물이 되고 싶지 않다고 무리 중 하나를 떠밀어 버리는 행동을 하다니 정말 비겁한 모습이었다. (6) 자기만 살아남으려고 자기 동족에게 해를 끼친다니 이 세상의 모든 동물은 이기적이라는 것을 깨달았다.

( )

이타적인 행동

이기적
유전자

글 리처드 도킨스
을유문화사

▲ 침을 쏘고 간 벌의 흔적

어휘사전

＊ **이타주의**(利 이로울 이, 他 다를 타, 主 주인 주, 義 옳을 의) 남을 돕거나 행복하게 해 주려고 자기를 기꺼이 버리고자 하는 마음가짐.

＊ **생존**(生 날 생, 存 있을 존) 살아 있음. 또는 살아남음.

＊ **비약**(飛 날 비, 躍 뛸 약) 말이나 글이 그 차례나 단계를 따르지 않고 뛰어넘음.

＊ **영속**(永 길 영, 續 이을 속) 끝없이 이어지는 것.

개체 수준에 한정된 **이타주의**＊를 보임으로써 자신의 이기적 목표를 가장 잘 달성하는 특별한 유전자들도 있다.

이타적인 행동의 예

일벌이 침을 쏘는 행동은 꿀 도둑에 대한 아주 효과적인 방어 수단이다. 그러나 침을 쏘는 것과 동시에 생명 유지에 필수적인 내장이 보통 침과 함께 빠져 버리기 때문에 그 벌은 얼마 지나지 않아 죽게 된다. 벌의 자살 행위가 집단의 **생존**＊에 필요한 먹이 저장고를 지켜 냈을지 몰라도 일벌 자신은 그 이익을 누리지 못한다. 우리의 정의에 따르면 이것은 이타적인 행동이다.

친구를 위해서 생명을 버리는 것은 명백히 이타적인 행동이며, 위험을 감수하는 것도 마찬가지다. 대부분의 작은 새는 매와 같은 포식자가 날아가는 것을 보면 독특한 '경계음'을 내는데, 이 소리를 듣고 무리 전체가 위험을 피하게 된다. 경계음을 내는 새는 포식자의 주의를 자신에게 쏠리게 하므로 특히 위험에 처할 수 있다는 간접적인 증거도 있다.

동물의 이타적 행동 중에서 가장 흔하면서도 뚜렷한 것이 새끼에 대한 어미의 행동이다. 어미는 둥지에서나 체내에서 알을 품고, 엄청난 비용을 감수하면서도 새끼에게 먹이를 주며, 목숨을 걸고 포식자로부터 새끼를 지킨다. 일례로 지상에 둥지를 트는 새 대부분은 여우와 같은 포식자가 접근할 때 이른바 '주의 전환 과시 행동'을 한다. 어미 새는 한쪽 날개가 꺾인 양 몸짓을 하며 여우를 둥지로부터 먼 곳으로 유인한다. 포식자는 쉽게 잡을 수 있을 것처럼 보이는 먹이를 따라 새끼가 있는 둥지에서 멀어진다. 이 어미 새는 자기 새끼의 생명은 구했으나 자기 자신을 위험한 상태에 노출시킨다.

이 책에서 나는 유전자의 이기성이라는 기본 법칙으로 개체의 이기주의와 이타주의 모두가 어떻게 설명될 수 있는지 보이고자 한다.

동물의 생활은 대부분 번식에 대한 활동이며, 자연에서 볼 수 있는 대부분의 이타적 자기희생은 어미가 새끼에게 하는 것이다. 논리를 조금만 **비약**＊시키면 번식의 '기능'이 종을 **영속**＊시키기 '위한' 것이라는 추론도 가능하다. 그러나 이로부터 동물이 일반적으로 종의 영속에 유리한 방향으로 행동한다고 결론짓는 것은 잘못이다.

1 이 글의 내용으로 알맞은 것 두 가지에 ○표 하세요.

내용
이해

(1) 매는 스스로 경계음을 내며 주의를 자신에게 쏠리게 한다. (　　　　)

(2) 어미 새는 새끼를 지키기 위해 '주의 전환 과시 행동'을 한다. (　　　　)

(3) 일벌이 침을 쏘면 생명 유지에 필수인 내장이 침과 함께 빠져 버린다. (　　　　)

(4) 동물은 모두 종의 영속에 유리한 방향으로 행동한다고 결론지어야 한다. (　　　　)

2 이 글에 나타난 동물의 이타적인 행동이 <u>아닌</u> 것은 무엇인가요? (　　　　)

내용
이해

① 침을 쏘아 먹이 저장고를 지켜 내고 죽은 일벌

② 새끼 새를 잡아먹기 위해 지상에 있는 둥지를 습격하는 여우

③ 포식자가 나타났다는 것을 무리에 알리려고 경계음을 내는 작은 새

④ 새끼를 지키기 위해 포식자를 둥지에서 먼 곳으로 유인하는 어미 새

⑤ 둥지에서 알을 품고, 엄청난 비용을 감수하면서도 새끼에게 먹이를 주는 어미 새

3 글쓴이가 이 책을 쓴 목적으로 알맞은 것은 무엇인가요? (　　　　)

중심
내용

① 동물처럼 사람도 이타적으로 살아야 한다는 것을 주장하려고

② 동물의 이타적인 행동 사례를 통해 이타주의의 좋은 점을 설명하려고

③ 여러 동물에서 관찰되는 '주의 전환 과시 행동'이 무엇인지 설명하려고

④ 어미의 이타적 자기희생은 새끼에게 아무 도움이 되지 않는다는 것을 주장하려고

⑤ 유전자의 이기성이라는 법칙으로 개체의 이기주의와 이타주의 모두를 설명하려고

4 다음 보기와 같은 관점에서 동물의 행동을 알맞게 이해한 친구의 이름에 ○표 하세요.

적용
하기

┤ 보기 ├

　　리처드 도킨스는 동물의 이타적인 행동이 유전자를 더 많이 남기는 행동을 선택함으로써, 개체에게는 손해일지라도 유전자에는 더 큰 이익이 된다고 주장했다.

작은 새가 매를 보고 경계음을 내는 것은 혼자만 살아남고 싶은 마음에서 나오는 행동이야.

하율

일벌이 침을 쏘는 행동은 일벌 한 마리에게는 희생이지만 벌 전체를 보면 이익이야.

예나

자란디▶문해력

주제 정리

1 생각주제와 관련된 앞의 두 글을 읽고 내용을 정리해 보세요.

성공한 ⓞ ㅈ ㅈ 는 이기적이다.

이기적인 행동의 예		이타적인 행동의 예	
검은머리 갈매기	이웃 둥지를 습격하여 어린 새끼를 삼켜 버린다.	일벌	먹이 저장고를 지키기 위해 ㅊ 을 쏘고 죽는다.
암사마귀	암컷은 짝짓기를 할 때 기회가 되면 수컷을 잡아먹는다.	작은 새	포식자가 나타나면 무리에게 알리기 위해 독특한 경계음을 낸다.
황제펭귄	바다표범이 있는지 없는지 확인하기 위해 무리 중 하나를 떠밀어 버리려고까지 한다.	어미 새	알을 품고, 새끼에게 먹이를 주며, 목숨을 걸고 포식자로부터 새끼를 지킨다.

유전자의 ⓞ ㄱ ㅅ 이라는 기본 법칙으로 개체의 이기주의와 이타주의 모두를 설명할 수 있다. 하지만 동물이 일반적으로 종의 영속에 유리한 방향으로 행동한다고 결론 짓는 것은 잘못이다.

2 다음 사진에 나타난 동물의 행동은 무엇에 대한 예인지 알맞은 것에 각각 ○표 하세요.

(1)

▲ 침을 쏘고 간 벌의 흔적

(이기적 , 이타적) 행동

(2)

▲ 먼저 뛰어들지 않는 황제펭귄

(이기적 , 이타적) 행동

3 유전자가 이기적인 까닭에 대해 자신의 생각을 써 보세요.

주제 어휘	유전자	이기적	절제	이타적	생존	영속

4 다음 **주제 어휘**와 뜻을 알맞게 연결하세요.

(1) 유전자 •

(2) 이기적 •

(3) 절제 •

(4) 이타적 •

• ㉠ 자기 자신의 이익만을 꾀하는 것.

• ㉡ 정도가 지나치지 않게 조심하거나 삼가는 것.

• ㉢ 자손에게 물려줄 생김새, 성격, 체질 등의 특징을 담고 있는 성분.

• ㉣ 남을 돕거나 행복하게 해 주려고 자기를 기꺼이 버리고자 하는 것.

5 다음 빈칸에 들어갈 낱말을 **주제 어휘**에서 찾아 쓰세요.

(1) (   )으로 자기 것만 챙기면 친구들 사이에서 눈총을 받는다.

(2) 동물들은 자신의 (   )에 필요한 경우에만 다른 생명을 해친다고 한다.

(3) 살을 빼기 위해 운동을 하는 것보다 음식을 (   )하는 일이 더 힘들었다.

(4) 일본은 자신들의 지배가 (   )될 줄 알았겠지만, 결국 우리나라는 독립을 맞았다.

6 다음 밑줄 친 말과 바꿔 쓸 수 있는 낱말을 **주제 어휘**에서 찾아 쓰세요.

일개미는 집단을 위해 온몸을 바쳐 일한다. 여왕개미가 낳은 알을 돌보고, 어린 개미를 기르고, 집을 청소하고 보수하기도 하면서 온갖 허드렛일을 다 한다. 또 필요한 먹이를 구해 오고, 침입자로부터 집을 지키기 위해 싸우기도 한다. 그러다가 힘센 침입자에게 목숨을 잃으면서도 무리를 지키는 <u>희생적인</u> 모습을 보여 준다.

(   )

마키아벨리의 『군주론』

위대한 철학
고전 30권을
1권으로 읽는 책

글 이준형
빅피시

정치 지도자가 갖춰야 할 최우선 **덕목***은 무엇일까? 강력한 리더십? 뛰어난 경제 감각? 아마 꽤 많은 사람이 이런 것들과 함께 다음 조건을 이야기할 것이다. 바로 높은 도덕성, 겸손, 정직 말이다. 그리고 여기, 이와는 정반대의 이야기가 담긴 책이 한 권 있다. 바로 역사상 가장 많은 ㉠논란을 일으킨 정치 철학서인 『군주론』이다.

그렇다면 『군주론』에는 어떤 내용이 담겨 있을까? 본격적인 이야기를 시작하기 전, 마키아벨리는 인간이라는 존재의 특성을 정의한다. 그는 인간이 이타심보다는 이기심을 가진 존재이며, 외부의 압력과 자극에 쉽게 반응하고 자신보다 강한 힘에 쉽게 ㉡좌지우지된다고 설명한다. 두려워하는 상대보다는 의리와 정으로 연결된 상대를 쉽게 ㉢배반하며, **이해관계***에 따라 ㉣손바닥 뒤집듯 자신의 결정을 뒤바꿀 수 있는 존재가 바로 인간이라는 것이다.

마키아벨리는 **군주***가 인간의 이런 본성을 이해한 상태에서 국가를 운영해야 한다고 생각했다. 어설픈 동정이나 이타심에 기대어 정책을 결정하고 국가의 방향을 결정해서는 안 된다고 보았다. 마키아벨리가 생각하는 군주는 '착한 사람'이 되는 것이 아닌, 국민의 생명과 재산을 책임지는 것을 목표로 살아가는 사람이다. 군주는 가급적 자신의 ㉤본심을 드러내지 않아야 하며, 필요하다면 폭력을 행사하거나 **기만***을 행할 줄도 알아야 한다. 그는 이처럼 군주가 용기와 대범함을 보여 주는 근원적 힘을 ㉮비르투(virtu)라고 정의했다.

어휘사전

* **덕목**(德 덕 덕, 目 눈 목) 충, 효, 인, 의 등 사람이 지켜야 할 덕의 종류.

* **이해관계**(利 이로울 이, 害 해로울 해, 關 빗장 관, 係 걸릴 계) 서로 이익과 손해가 걸려 있는 관계.

* **군주**(君 임금 군, 主 주인 주) 왕위를 물려받아 나라를 다스리는 최고 지위에 있는 사람.

* **기만**(欺 속일 기, 瞞 속일 만) 남을 속여 넘김.

* **부강**(富 부유할 부, 强 강할 강) 부유하고 강함.

비르투를 갖춘 군주가 모두 나라를 **부강***하게 이끌거나 성공하는 것은 아니다. ㉯포르투나(fortuna), 즉 '운명의 힘'을 무시할 수 없기 때문이다. 하지만 그렇다고 포르투나에 굴복해 체념하거나 포기하는 것은 곤란하다. 결국 행운이란 끊임없이 노력하는 자가 적절한 시기를 포착해 냈을 때 얻어지는 것이다. 군주는 평온하고 일이 잘 풀려 가는 시기에 더욱더 긴장하고 준비해야 한다. 거센 폭풍우를 이겨내는 것은 결국 맑은 날에 쌓아 둔 제방과 둑의 힘이기 때문이다.

▲ 마키아벨리 동상

내용요약

글의 중심 내용을 생각하며 빈칸의 낱말을 써 보세요.

마키아벨리의 『ㄱㅈㄹ』은 인간이 이타심보다는 이기심을 가진 존재라는 전제 하에 군주가 가져야 할 덕목을 설명하였다. 이 책에 따르면 군주는 용기와 대범한 힘인 '비르투'와 운명의 힘인 '포르투나'를 둘 다 가져야 한다.

1

중심
내용

이 글에 의하면 『군주론』에 주로 담겨 있는 내용은 무엇인가요? (　　　　)

① 군주에게 필요한 교육

② 역사상 훌륭한 군주들

③ 군주가 가져야 할 자질

④ 군주에게 도움이 되는 친구

⑤ 군주가 필요하지 않은 까닭

2

내용
이해

마키아벨리가 바라본 인간의 특징으로 알맞지 <u>않은</u> 것은 무엇인가요? (　　　　)

① 이타심보다는 이기심을 가진 존재다.

② 외부의 압력과 자극에 쉽게 반응한다.

③ 자신보다 강한 힘에 쉽게 좌지우지된다.

④ 의리와 정으로 연결된 상대보다는 두려운 상대를 쉽게 배반한다.

⑤ 이해관계에 따라 손바닥 뒤집듯 자신의 결정을 뒤바꿀 수 있는 존재다.

3

어휘
이해

㉠~㉤과 바꿔 써도 뜻이 통하는 낱말을 알맞게 짝 짓지 <u>못한</u> 것은 무엇인가요?

(　　　　)

① ㉠논란 – 논쟁

② ㉡좌지우지된다고 – 휘둘린다고

③ ㉢배반 – 배신

④ ㉣손바닥 뒤집듯 – 신중하게

⑤ ㉤본심 – 속마음

4

추론
하기

이 글을 읽고 ㉮와 ㉯에 대해 짐작한 내용으로 알맞지 <u>않은</u> 것은 무엇인가요?

(　　　　)

① ㉮는 노력으로 기를 수 있는 개인의 능력이야.

② ㉮는 인간의 힘으로 극복할 수 없는 운명이야.

③ ㉮가 준비되어야 ㉯가 찾아왔을 때 성공할 수 있어.

④ ㉯는 노력만으로 얻기 힘든 것이고, 예측할 수 없어.

⑤ ㉯는 끊임없이 노력하다 보면 언젠가 올지도 모르는 행운이야.

착한 대통령에게 건네는 조언

어느 나라에 착하고 겸손해서 모두의 말에 귀를 기울이는 대통령이 있었다. 사람들마다 원하는 것이 다 제각각인데 착한 대통령은 모든 요구를 다 들어주려고 고민이 많았다. 그러다 보니, 나라에는 해결되지 않은 문제들이 쌓여 갔다. 결국 대통령을 칭찬하던 국민들도 그를 비난하며 새 지도자를 찾기 시작했다. 마키아벨리가 이를 본다면 1513년에 쓴 자신의 책『군주론』을 통해 지도자로서 다음과 같은 점을 갖추어야 한다고 조언해 줄 것이다.

첫째, 지도자는 이기적이고 자신의 이익을 추구하는 인간 **본성***을 이해하고 그것을 이용하는 방법을 찾아야 한다. 둘째, 지도자는 조용히 능력을 발휘하는 것보다는 빠르고 적극적인 태도를 가지고 행동해야 한다. 셋째, 지도자는 **권력***의 안정성을 확보해야 한다. 이를 위해서 지도자는 반드시 인기나 칭찬을 얻을 필요는 없고, 자신의 권위를 유지하며 견제와 대립을 통해 권력을 확장해 나가야 한다.

이렇게 마키아벨리는『군주론』을 통해 현실적인 분석과 **전략***을 제시하지만, 그것을 오늘날 우리가 맹목적으로 따르는 것은 위험하다.『군주론』은 인간적 가치나 도덕성을 무시하는 냉혹한 경향이 있다. 지도자가 윤리나 인간적 가치를 무시할 경우에는 문제가 생길 수 있다. 그러므로 지도자는 상황을 분석하고, 적절한 전략을 선택하는 한편, 윤리적인 가치를 고려해야 한다.

『군주론』이 고전의 반열에 오른 이유는 우리가 세상을 살아가면서 나아가야 할 방향을 제시하기 때문이다. 현대를 살아가는 우리는 마키아벨리가 주장한 다음의 말들을 귀담아들을 필요가 있다. "자신의 **역량***을 키워야 한다.", "끊임없이 도전하고, 부딪혀라!". 대부분 사람들이 어려움에 처하면 부딪혀 보지도 않고 실패를 두려워해 바로 포기하고 만다. 마키아벨리는 실패하더라도 운이 따라 주지 않았던 것일 뿐이니, 좌절하지 말고 계속 노력하라고 전한다. 그러다 보면 언젠가는 운명이 자기 편이 되어서 성공할 수 있다는 위로를 건넨다.

어휘사전
* **본성**(本 근본 본, 性 성품 성) 사람이 본디부터 가진 성질.
* **권력**(權 권세 권, 力 힘 력) 남을 복종시키거나 지배할 수 있는 공인된 권리와 힘.
* **전략**(戰 싸울 전, 略 다스릴 략) 정치, 경제 등의 사회적 활동을 하는 데 필요한 수단과 계획.
* **역량**(力 힘 력, 量 헤아릴 량) 어떤 일을 해낼 수 있는 힘.

내용요약

글의 중심 내용을 생각하며 빈칸의 낱말을 써 보세요.

마키아벨리는『군주론』을 통해 지도자가 가져야 할 역량을 강조하였는데, 지도자는 이기적이고 자신의 이익을 추구하는 인간 [ㅂ ㅅ]을 이해해야 하며, 바르고 적극적인 태도를 가져야 한다. 또 권력의 안정성을 확보하는 것이 중요하다고 보았다.

1 이 글이 『군주론』을 소개하는 관점으로 알맞은 것 두 가지를 고르세요. (   )

내용
이해

① 현대에도 그대로 적용하면 된다고 본다.

② 지도자로서 알아 두어야 할 내용이 있다고 본다.

③ 과거에는 잘 통했지만 현대에는 불필요하다고 본다.

④ 현대를 살아가는 우리에게 적용할 내용은 없다고 본다.

⑤ 오늘날 우리가 맹목적으로 따르는 것은 위험하다고 본다.

2 『군주론』을 삶에 적용하는 태도로 알맞은 것을 **보기**에서 두 가지 골라 번호를 쓰세요.

적용
하기

┤ **보기** ├

(1) 실패에 미리 겁먹지 않고 일단 부딪혀 보는 태도

(2) 힘의 논리를 이용해서 상대를 억누르려고 하는 태도

(3) 기회가 올 것에 대비해 끊임없이 실력을 키우는 태도

(4) 인간은 이기적이라고 생각하고 먼저 마음을 열지 않는 태도

(   )

3 다음 중 『군주론』을 올바르게 이해하지 <u>못한</u> 친구의 이름에 ○표 하세요.

비판
하기

『군주론』은 인간 본성에 대해 냉정하고 현실적인 시각을 담고 있으니 참고할 필요가 있어.

태리

『군주론』은 사회의 지도자 층이나 리더가 알아 둘 자질에 대한 거니까 나같이 평범한 사람이 알아 둘 필요는 없어.

민수

『군주론』에 담긴 통찰은 국가나 사회는 물론 단체 생활을 하는 학교에서도 적용할 수 있을 것 같아.

한솔

4 줄넘기 시합에서 계속 져서 포기하려는 친구에게 마키아벨리가 해 줄 수 있는 말로 알맞은 것에 ○표 하세요.

추론
하기

(1) 그동안은 운이 없었던 것뿐이야. 계속 열심히 연습해 보렴. 그러면 줄넘기 시합에서 멋지게 우승하는 날이 반드시 올 거야. (   )

(2) 줄넘기 시합에서 계속 진다면 줄넘기는 네가 잘할 수 있는 운동이 아닌 거야. 줄넘기는 그만두고 다른 운동을 해 보렴. (   )

생각주제 **20** # 자란디 문해력

정리 **1** 생각주제와 관련된 앞의 두 글을 읽고 내용을 정리해 보세요.

마키아벨리의 『군주론』

군주가 가져야 할 자질과 ㄷ ㅁ 을 담은 정치 철학서이다.

군주가 가져야 할 두 가지 힘

- 군주가 ㅇ ㄱ 와 대범함을 보여 주는 근원적 힘. (비르투)
- 모든 조건이 갖추어졌을 때 따라오는 운명의 힘. 행운. (포르투나)
→ 운명의 힘에 굴복해 체념하거나 포기하면 안 되고, 끊임없이 노력하는 자가 행운을 얻을 수 있다.

지도자가 갖추어야 할 세 가지 역량

- 이기적인 인간 본성을 이해하고 그것을 이용하는 방법을 찾을 것
- 조용히 역량을 발휘하는 것보다는 빠르고 적극적인 태도를 가지고 행동할 것
- 자신의 권위를 유지하며 견제와 대립을 통해 권력을 확장해 나갈 것

2 마키아벨리가 『군주론』을 집필한 까닭을 알맞게 짐작한 친구의 이름에 ○표 하세요.

마키아벨리는 강력한 지도자가 이탈리아를 통일하여 혼란을 끝내 주었으면 하는 마음에 『군주론』을 집필했어. 『군주론』의 주요 독자는 군주이기 때문이야.

도현

마키아벨리는 평범한 시민들이 널리 읽고 그중에서 훌륭한 지도자가 나왔으면 하는 마음에 『군주론』을 집필했어. 『군주론』의 주요 독자는 시민이기 때문이야.

하진

3 지도자가 갖추어야 할 자질과 덕목에 대해 자신의 생각을 써 보세요.

| 주제 어휘 | 군주 | 이해관계 | 덕목 | 부강 | 본성 | 권력 |

4 다음 주제 어휘와 뜻을 바르게 연결하세요.

(1) 덕목 •　　　• ㉠ 사람이 본디부터 가진 성질.

(2) 군주 •　　　• ㉡ 사람이 지켜야 할 덕의 종류.

(3) 본성 •　　　• ㉢ 남을 복종시키거나 지배할 수 있는 공인된 권리와 힘.

(4) 권력 •　　　• ㉣ 왕위를 물려받아 나라를 다스리는 최고 지위에 있는 사람.

5 다음 빈칸에 공통으로 들어갈 낱말을 주제 어휘에서 찾아 쓰세요.

- 그 둘은 　　　　로 엮인 사이이다.
- 개인적 　　　　에 따라 공적인 일을 처리하면 안 된다.
- 이 사건과 관련된 회사들 사이에 여러 가지 경제적인 　　　　가 얽혀 있어 서로 민감하게 반응했다.
- 어떤 일을 두고 관계된 사람이 서로 이익과 손해가 오갈 수 있는 일이라면, 이 일의 당사자들은 　　　　가 있는 것이다.

(　　　　　　　)

6 다음 밑줄 친 말과 바꿔 쓸 수 있는 낱말을 주제 어휘에서 찾아 쓰세요.

　　중국의 춘추 시대에는 100여 개 나라들이 각자 세력을 키우려고 했어. 그래서 나라들끼리 서로 싸우기도 하고, 반대로 서로 힘을 합치기도 했지. 힘이 센 나라의 지도자가 힘이 약한 지도자의 나라를 흡수하는 방법도 있었지. 이렇게 세력을 넓혀 으뜸의 자리를 차지하는 권력을 '패권'이라고 하고, 강한 군사력과 넓은 영토를 갖고 천하를 다스리는 자를 '패자'라고 불렀어. 제후들 중에 가장 우두머리라는 뜻이지.

(　　　　　　　)한

달곰한 문해력 기획진 소개

진짜 문해력을
키우는 독해 학습이 필요합니다.

문해력은 책을 읽고 문제를 푸는 기술이 아닙니다.
진짜 문해력은 글을 읽고 이해하는 것을 넘어
세상을 읽고 이해하는, '생각하고 표현하는 힘'입니다.
〈달곰한 문해력 독해〉는 문해력을
키우는 독해 학습이 가능합니다.
하나의 주제로 연결된 2개의 글을 읽으면 세상을 읽고
이해하는 지식과 관점의 변화가 나타날 것입니다.
〈달곰한 문해력 독해〉로 아이들에게 좋은 글을
달달 읽을 '기회'와 곰곰 생각하고 표현하는
'경험'을 선물해 주세요.

서울교육대학교 국어교육과 교수
초등 국어 교과서 기획위원
방은수

독서교육을 지도한 교사로서
최신 문학과 다양한 비문학을 교과와
연계하여 수록했습니다.

인제남초등학교 교사
독서교육 전문가
Yes24 한 학기 한 권 읽기 선정위원
최고봉

생각주제와 연결된 2개의 글을
읽으면 생각이 쌓이고 학습 효과가
두 배 이상입니다.

경희사이버대학교 한국어문화학부 교수
경인교육대학교 유아교육과 강사
전국교사교육마술연구회 스텝매직 대표
(전) 초등학교 교사
김택수

문해력을 완성하기 위해서는
자기 생각을 표현하는 단계까지
학습이 이어져야 합니다.

광명서초등학교 교사
참쌤스쿨 대표
경기실천교육 교사모임 회장
(전) 경기도교육청 장학사
김차명

아이들의 생각이 확장되도록
흥미를 가질 만한 생각주제로 구성하여
몰입할 수 있습니다.

서울시교육청 자문관
(독서토론 분야)
(전) 중학교 국어 교사
정미선

달달 읽고 곰곰 생각하는

NE
능률

주제
연결 X 독해
학습

달달 읽고 곰곰 생각하는

달곰한
문해력

초등 독해

5~6학년 추천

6단계 B

정답 및 해설

달달 읽고 **곰곰** 생각하는

**달곰한
문해력**

초등 독해

정답 및 해설

생각글 1 체리새우: 비밀글입니다

10~11쪽

신학기가 되어 '나'는 친한 친구들 사이에서 밉상 명단에 있는 노은유와 짝이 되어서 무척 곤란합니다. 그런데 노은유가 왜 밉상이 되었는지 진짜 이유는 잘 모르겠습니다. 처음에 누구 한 명이 그 애가 이상하다고 말하면 나중에는 어마어마한 이미지의 괴물이 돼 버립니다.

---

1 ①   2 ⑤   3 (1)② (2)① (3)③   4 ②

---

1   '시민중 밉상' 명단 3위부터는 그때그때 자주 바뀐다고 하였습니다.

오답풀이

② '나'는 노은유와 짝이 되었는데 그게 너무 싫었다고 했습니다.

③ '나'와 친구들이 노은유를 싫어하는 이유는 백만 가지가 넘는데 진짜 이유는 잘 모르겠다고 하였습니다.

④ '나'와 친구들이 황효정을 싫어하는 진짜 이유는 효정이가 출중하게 예뻐서라고 하였습니다.

⑤ 은유를 제일 먼저 미워한 사람은 아람이였다고 하였습니다.

2   '미운털'은 '안 좋은 선입관 때문에 어떤 짓을 하여도 밉게 보이는 것.'이라는 뜻입니다.

3   '씨앗을 뿌리면 싹을 틔우고 나무는 알아서 자란다.'라는 문장에는 비유법이 사용되었습니다. '씨앗'은 소문과 편견을 뜻하고, '싹을 틔운다'는 것은 소문이 나기 시작한다는 뜻입니다. '나무가 자란다'는 것은 소문이 점점 더 퍼진다는 의미입니다.

4   '나'와 친구들은 노은유를 이유 없이 싫어하고 있으며, 특별히 미안한 감정을 느끼고 있지 않습니다.

작품읽기

책 소개

체리새우: 비밀글입니다
글 황영미
문학동네

은따를 당한 경험이 있는 중학교 2학년 다현('나')은 다섯 명 친구들 무리에 속하게 되어 행운이라고 생각합니다. 자신의 속마음을 '체리새우'라는 비공개 블로그에만 올리던 다현은 자신과 친구들이 왕따시키던 노은유와 점점 가까워집니다. 청소년들의 친구 관계에 대해 생생하게 그려 내어 제9회 문학동네청소년문학상 대상을 수상한 작품입니다.

생각글 2 뒷담화의 순기능

12~13쪽

인류는 언어의 사용 덕분에 막대한 양의 정보를 받아들이고 소통할 수 있게 되었습니다. 언어 진화의 다른 원인은, 사회적 동물인 호모 사피엔스가 소문을 전하고 수다를 떨기 위해서라는 것입니다. 뒷담화는 나쁜 측면도 있지만, 인간이 서로 협동하기 위해 반드시 필요했던 능력이라는 관점이 재미있게 다가옵니다.

---

1 ⑤   2 (1)○ (4)○   3 뒷담화

---

1   녹색원숭이가 동료들에게 사자를 조심하라고 외칠 수 있다는 내용이 나오지만, 인간이 녹색원숭이와 대화하는 방법에 대한 내용은 나오지 않습니다.

오답풀이

① 뒷담화가 사람들이 협력하는 데 필요한 능력이라는 내용이 4문단에 나옵니다.

② 2문단에서는 인간의 언어가 유연하며, 제한된 개수의 소리와 기호를 가지고 무한한 문장을 만들 수 있다고 설명하고 있습니다.

③ 인간의 언어가 진화한 까닭은 세상에 대한 정보를 공유하는 수단이었기 때문이라는 내용이 3문단에 나옵니다.

④ 인간 언어는 복잡한 사실을 묘사할 수 있으며, 동물의 언어는 단순한 사실만 알릴 수 있다고 2문단에 나옵니다.

2   인간의 언어는 유연하며, 제한된 개수의 소리와 기호를 연결해 무한한 개수의 문장을 만들 수 있다고 설명하고 있습니다. (2)의 눈에 보이는 것에 대해서만 설명할 수 있다는 내용은 나오지 않았고, (3)의 위험 상황을 동료에게 알리는 것은 동물의 언어에도 해당합니다.

3   뒷담화는 그 사람이 없는 자리에서 험담을 하는 것을 뜻하며 사람들은 수다를 떨면서 흔히 뒷담화를 하게 됩니다. 이것은 나쁜 측면이 많지만, 과거 인류는 다른 사람의 정보를 파악하여 믿을 수 있는 사람을 선별해야 했기 때문에 인류의 진화에 필요한 기능이었다고 「사피엔스」의 저자는 이야기합니다.

14~15쪽

1

뒷담화란
당사자가 없는 자리에서 그 사람의 │험│담│을 하는 것을 말한다.

체리새우: 비밀글입니다	뒷담화의 순기능
'나'와 친구들에게는 '시민중 밉상' 명단이 있어 그 1, 2위에 대한 뒷담화를 한다. 황효정은 예뻐서 싫어하는데, 노은유를 싫어하는 진짜 이유는 잘 모르겠다. 그냥 친구 중 누군가가 싫어하면 이상한 애로 소문이 나고, 소문은 알아서 자란다. 결국 '나'는 진짜 이유도 모르고 친구들이 싫어하기 때문에 따라서 노은유를 싫어하는 것이다.	인류는 │언│어│를 통해 막대한 양의 정보를 이해하고 묘사할 수 있으며, 사람에 대한 정보를 서로 공유할 수 있다. 누가 누구를 미워하는지, 누가 정직하고 누가 속이는지 등의 정보를 공유하는 것은 인류 생존에 중요한 문제였다. 따라서 │뒷│담│화│는 악의적인 능력이지만, 사람들이 모여 협동하는 데에 긍정적인 영향을 주었다.

2 민기

3 (예시답안 1) 나는 뒷담화를 하는 것이 나쁘다고 생각한다. 사람들이 뒷담화를 하는 이유는 질투심 때문이거나 특별한 이유 없이 그 사람을 따돌리고 싶어서이기 때문이다. 뒷담화를 하지 말고 바라는 점을 그 사람 앞에서 말해 주는 것이 서로에게 좋다고 생각한다.

(예시답안 2) 나는 필요할 때는 뒷담화를 할 수도 있다고 생각한다. 적당한 뒷담화는 친구와 친해지는 데 도움이 되기 때문이다. 또 그 사람에 대해 잘 몰랐던 정보를 얻을 수 있는 방법이 되기도 한다.

(채점 Tip)
1) 뒷담화의 의미는 당사자가 없는 곳에서 그 사람의 험담을 하는 것입니다.
2) 뒷담화에는 안 좋은 기능이 많지만, 긍정적인 기능도 있을 수 있음을 알고 작성합시다.
3) 우리 주변에서 볼 수 있는 사례를 들어 주면 좋습니다.

4 (1) 과시 (2) 협력 (3) 일말 (4) 수다

5 (1) 일말 (2) 뒷담화

6 악의적
'악의적'은 '옳지 않거나 좋지 않은 의미나 의도를 가진'이라는 뜻이므로 '나쁜 마음이나 좋지 않은'과 바꾸어 쓸 수 있습니다.

생각글 **1** **가짜 뉴스의 전파**

16~17쪽

인터넷이 발달함에 따라 우리는 흘러넘치는 정보 속에 살고 있습니다. 그중에는 가짜 뉴스도 섞여 있는데, SNS 등을 통해 빠르게 전파됩니다. 가짜 뉴스는 당사자에게 큰 피해를 주며, 진실을 의심하게 만든다는 문제가 있습니다. 따라서 이를 진짜 뉴스와 잘 구별하고 가짜 뉴스를 퇴치하기 위한 노력이 필요합니다.

내용요약 가짜 뉴스
1 ③   2 악성 정보 전염병   3 ①   4 (1)

1 가짜 뉴스는 진실과 구별하기 어렵다는 내용이 5문단에 나와 있습니다.

(오답풀이)
① 가짜 뉴스는 식당에 피해를 입히는 등 실질적인 피해를 준다는 내용이 3문단에 나옵니다.
② 4문단에서 가짜 뉴스가 계속되면 진실이 무엇인지 모르게 되어, 진실마저 의심하게 된다고 했습니다.
④ 1문단에서 인터넷의 발달로 누구나 쉽게 정보를 생산하고 전달할 수 있게 되면서 가짜 뉴스가 많아졌다고 했습니다.
⑤ 코로나19 감염자를 쳐다보기만 해도 옮는다는 소문은 가짜 뉴스였다고 2문단에 나옵니다.

2 글의 끝부분에 정부에서도 가짜 뉴스를 '악성 정보 전염병'으로 규정하고 퇴치하기 위해 노력한다고 하였습니다.

3 '발 없는 말이 천 리 간다'는 말이란 순식간에 멀리까지 퍼진다는 뜻입니다. 이는 가짜 뉴스가 빠르게 퍼져 나가는 현상을 나타내기에 알맞습니다.

(오답풀이)
② '아닌 땐 굴뚝에 연기 날까'는 반드시 원인이 있어야 결과가 있다는 뜻입니다.
③ '아 해 다르고 어 해 다르다'는 같은 내용이라도 어떻게 말하느냐에 따라 다르다는 의미입니다.
④ '말 한마디에 천 냥 빚도 갚는다'는 말만 잘하면 아무리 어려운 일도 해결할 수 있다는 뜻입니다.
⑤ '낮말은 새가 듣고 밤말은 쥐가 듣는다'는 말은 늘 새어 나가게 마련이니 조심하라는 의미입니다.

4 (2)는 음주 운전을 했다는 보도가 나서 곤란했던 연예인, (3)은 반찬을 재사용한다는 미확인 기사가 나서 피해를 입은 식당, (4)는 캔 뚜껑을 모으면 휠체어로 바꾸어 준다는 뉴스를 믿은 중학생의 사례로, 모두 가짜 뉴스로 인한 피해 사례에 해당합니다.

2 미디어 문해력

디지털 미디어의 발달로 실시간으로 개인 미디어 등에 온갖 소식과 주장이 흘러넘치게 되면서 미디어 문해력이 필요하게 되었습니다. 기사를 볼 때는 출처와 근거를 확인하고, 본문 내용을 끝까지 읽고 판단해야 합니다. 또 사진, 그래프 등의 시각 자료를 해석하는 힘을 기르는 것도 중요합니다.

내용요약 문해력

1 ⑤   2 ④   3 민솔

1 이 글은 디지털 미디어의 발달로 개인이 생산하는 정보가 실시간으로 전파되면서 가짜 뉴스가 많아지고 있으며, 그에 따라 진짜 뉴스를 판별하는 미디어 문해력이 필요하다는 주장을 하고 있습니다.

오답풀이
① 디지털 미디어는 일반인 누구나 정보를 만들어 낼 수 있으므로 주의해야 합니다.
② 유명한 언론사의 기자가 쓰지 않았다고 모두 가짜 뉴스인 것은 아닙니다.
③ 제목만 보면 안 되고 본문 내용을 전부 읽고 판단해야 한다고 3문단에 나옵니다.
④ 출처가 없거나 신뢰할 수 없는 데에서 나온 정보는 가짜 뉴스인지 의심해 보아야 한다고 2문단에 나옵니다.

2 가짜 뉴스를 구별하기 위해서는 출처와 근거를 확인하고, 본문 내용을 끝까지 읽어야 한다고 했습니다. 또 사진, 그래프 등의 시각 자료를 분석하고, 신뢰할 만한 전문가의 의견인지 확인해야 합니다. 제목이 긍정적인 힘을 주는지는 진짜 뉴스 여부 판별과 관련이 없습니다.

3 해당 기사는 연예인 A씨가 드라마 속에서 거짓말을 하였다는 내용으로, 드라마 홍보를 위한 과장된 기사입니다. 따라서 민솔의 말이 알맞은 비판입니다.

자란다 문해력

1

가짜 뉴스의 전파

• 인터넷이 발달함에 따라 누구나 │정│보│를 생산하고 전달할 수 있게 되면서, 사실에 기반하지 않은 가짜 뉴스가 많아졌다.
• 가짜 뉴스는 당사자에게 실제로 피해를 준다.
• 가짜 뉴스는 진실마저 의심하게 만들고, 사회적 혼란까지 야기할 수 있다.

↓

미디어 문해력

• 디지털 시대를 살아가기 위해서는 미디어를 이해하고 해석하고 비판할 수 있는 능력인 '미디어 문해력'을 길러야 한다.
• 미디어에 흘러넘치는 정보의 옳고 그름을 구별하기 위한 방법은 다음과 같다.
 – │출│처│와 근거를 확인한다.
 – 제목뿐 아니라 본문 내용을 끝까지 읽어 보고 판단한다.
 – 시각 정보를 분석하는 힘을 기른다.

2 (1) ◯ (3) ◯

3 **예시답안** 내가 접한 가짜 뉴스는 연예인에 대한 것이 많다. 연예인의 개인 사생활에 대해 확실한 근거도 없으면서 기자의 추측만으로 기사를 쓰는 경우를 많이 보았다. 기자의 무책임한 기사가 해당 연예인에게는 얼마나 큰 피해를 주는지 생각해 보아야 한다. 우리도 미디어 문해력을 길러 무조건 믿고 읽을 것이 아니라 비판적인 시각으로 읽도록 노력해야 한다.

채점 Tip
1) 미디어 문해력이란 여러 가지 미디어에서 전하는 정보를 정확하게 읽어 내는 능력을 의미하며, 현대인에게 반드시 필요합니다.
2) 가짜 뉴스는 어떤 점에서 문제가 있는지 생각하여 적어 봅시다.
3) 가짜 뉴스를 구별하기 위해서는 어떤 노력이 필요한지도 고민해 봅시다.

4 (1) ㉠ (2) ㉢ (3) ㉣ (4) ㉡

5 (1) 불신 (2) 출처 (3) 야기 (4) 문해력

6 출처
한자어인 '출처'를 '나온 데'와 바꾸어 쓸 수 있습니다.

세상 모든 일에 이유가 있을까?

생각글 1 교통 정체와 나비 효과

22~23쪽

달리는 차의 숫자는 비슷한데 고속 도로 정체 현상이 일어나는 이유는 무엇일까요? 교통 정체를 설명하는 이론 중 나비 효과가 있습니다. 나비 효과란 나비의 날갯짓 같은 사소한 사건이 나중에 예상치도 못한 큰 변화로 이어지는 현상을 말합니다. 차 한 대가 급정거를 하면, 뒤따르던 차들이 줄줄이 속도를 줄이고, 전체 도로의 흐름이 느려지면서 정체가 발생하게 되는 것이지요.

내용요약 나비 효과

1 (3)○ (4)○ 2 ④ 3 소민, 지우

1 나비 효과라는 용어는 기상학자들에 의해 널리 사용하게 되었다고 2문단에 나와 있습니다. 또 교통 정체는 나비 효과처럼, 차 한 대의 작은 움직임에서 시작된다고 4문단에서 말하였습니다.

오답풀이
(1) 나비 효과는 기상 변화를 예측하거나, 교통 정체 현상을 설명하는 등 우리 생활과 밀접한 관련이 있습니다.
(2) 고속 도로 정체가 발생하는 원인을 이 글에서는 나비 효과로 설명하고 있습니다.
(5) 특정한 구간에서만 정체가 일어나는 것과 그 구간에 사람이 많이 사는 것은 관련이 없습니다.

2 도로에서 정체가 일어나는 이유는 일부 차들이 차선을 바꾸거나 급정거를 하면서 뒤에 오는 차들의 속도에 영향을 미치기 때문입니다. 따라서 굳이 차선을 바꾸거나 급정거를 하지 않는다는 내용이 알맞습니다.

3 나비 효과에 대한 예는 작은 사건이나 차이가 나중에 큰 차이나 변화로 나타나는 것을 들면 됩니다. 미국 신용 등급이 떨어지자 여러 나라의 경제가 흔들리고 그리스의 국가 부도로 이어졌다는 내용과 작은 도시에서 시작된 코로나19 바이러스가 전 세계에 큰 타격을 입혔다는 내용이 알맞습니다.

배경지식

스노볼(Snowball) 효과
나비 효과는 초기 조건의 사소한 변화가 전체에 막대한 영향을 미쳐 미래를 정확히 알 수 없을 때 사용하는 말입니다. 같이 알아 두면 좋은 용어로 스노볼 효과가 있습니다. 눈덩이 효과라고도 하는데, 눈덩이가 비탈을 구르며 주변의 눈들을 집어삼키고 불어나듯 최초의 작은 행동이 결과적으로 큰 현상을 만들어 내는 것을 뜻합니다.

생각글 2 미래를 예측하는 카오스 이론

24~25쪽

일상생활 속에서 무질서하게 보이는 현상, 불규칙적이어서 미래를 예측하기 어려운 현상을 카오스라고 합니다. 카오스 이론이 주목받은 것은 20세기 들어서인데, 여기서 중요한 것은 초기에 어떤 변수와 사건이 있었는지 파악하는 것입니다. 앞날에 대한 불확실성을 극복하고자 어떤 노력을 해 왔는지 알아보아요.

내용요약 카오스

1 ④ 2 (1)①, ③ (2)②, ④ 3 카오스 이론

1 카오스 이론은 초기에 어떤 변수와 사건이 있었는지 파악하면 미래에 어떤 일이 일어날지 예측도 가능하다고 봅니다. 전문가들은 카오스 이론을 통해 우리 앞날에 대한 불확실성을 극복하고자 한다고 4문단에서 말하였습니다.

오답풀이
① 카오스 이론은 얼핏 보면 혼돈스럽고 불규칙해 보이지만, 초기 조건을 파악하면 어느 정도 예측이 가능하다고 했습니다.
② 3문단에서 전문가들은 자연 현상이 무질서하게 일어나는 것이 아니라, 단지 예측하기 어려울 뿐이라고 하였습니다.
③ 과거에는 세상의 많은 현상을 설명하고 미래를 예측하는 데 뉴턴의 법칙같이 원인과 결과가 정해진 것을 주로 사용하였지만, 20세기 들어서 과학적 법칙으로 설명 불가능한 것이 많아졌습니다.
⑤ 카오스는 복잡하고 불규칙해서 예측하기 어려운 현상을 뜻하는 말입니다.

2 ① 멈춰 있는 축구공을 세게 차면 힘이 가해지는 방향으로 빠르게 날아가는 현상은 뉴턴의 법칙 중 '가속도의 법칙'이 적용됩니다. ③ 비행기가 엔진으로 공기를 연소시킨 뒤 나아가는 방향과 반대로 뿜어내는 현상은 뉴턴의 법칙 중에 '작용 반작용의 법칙'이 적용됩니다. ②와 ④는 작은 변수로 큰 변화가 일어나는 카오스 이론의 예들입니다.

3 주식 가격은 수많은 요인이 작용하여 빠르게 오르고 내립니다. 여기에는 규칙이 없는 것처럼 보이지만, 장기간의 데이터를 분석해 보면 앞으로의 변화를 예측할 수 있는 규칙을 찾을 수 있습니다. 이는 카오스 이론에 근거한 것입니다.

익힘학습 자란다 문해력

26~27쪽

1

카오스 이론

• 20세기 들어서 과학적 법칙으로 설명하고 예측할 수 없는 일들이 많다는 사실을 알게 되면서 카오스 이론이 주목받기 시작했다. 날씨, 기후, 주가, 교통 체증같이 불규칙한 현상을 설명하고자 하는 것이며, '**혼 돈** 이론'이라고 부르기도 한다.
• 카오스 이론에서 중요하게 여기는 것은 '초기 조건'이다. 초기 조건의 미세한 차이와 이어지는 현상을 주의 깊게 관찰하면 불확실성을 극복할 수 있다.

나비 효과

• 카오스 이론의 한 종류로, 나비의 **날 갯 짓** 과 같은 아주 작은 변화, 차이, 사소한 사건이 나중에 예상치도 못한 큰 변화와 사건으로 이어지게 되는 현상을 말한다.
• 나비 효과 이론에서 보면 교통 정체의 시작은 교통 흐름을 거스르는 자동차 한 대의 작은 움직임 때문이다.

2 (1) ◯

레이 브래드버리의 소설 「천둥소리」의 내용을 보면, 과거로 시간 여행을 떠난 한 관광객이 실수로 나비를 죽인 사건이, 미래에 독재자가 대통령이 되는 예측 불가능한 결과로 나타났습니다. 따라서 원인과 결과가 정해져 있는 뉴턴의 법칙이 아닌, 초기 조건으로 인해 결과가 크게 달라지는 나비 효과로 설명 가능합니다.

3 (예시답안) 차가 막히는 까닭이 정말 궁금했는데, 한 사람의 급정거가 연쇄적으로 이어져 심각한 교통 정체를 만들어 낸다는 것을 설명한 나비 효과가 뚜렷하게 기억에 남는다. 앞으로 고속 도로를 달릴 때는 굳이 차선을 바꾸거나 급정거를 하지 말라고 부모님께 알려 드려야겠다. 그리고 지금 나의 작은 행동이 나중에 어떤 큰 변화로 이어질지 생각해 보는 기회가 되었다.

(채점 Tip)
1) 나비 효과, 혹은 카오스 이론의 정확한 개념을 알고 있어야 합니다.
2) 아주 작은 차이나 사건이 나중에 어떤 결과로 나타날지 모른다는 것을 예로 들면 좋습니다.

4 (1) ㉠ (2) ㉡ (3) ㉢ (4) ㉣

5 (1) 연쇄적 (2) 정체 (3) 혼돈 (4) 미미하다

6 정체
'정체'는 '앞으로 나아가지 못하고 그 자리에 머물러 막히는 것.'이라는 뜻이고, '침체'는 '일이 진행되어 발전하지 못하고 제자리에 머무름.'이라는 뜻으로 서로 바꾸어 쓸 수 있습니다.

생각주제 04
벽에 그림을 그리는 이유는?

생각글 1 그라피티 아트

28~29쪽

사람들은 벽이나 공공장소에 낙서를 함으로써 자신의 생각을 드러내는데, 이것이 점점 예술로 인정받게 되면서 '그라피티'라는 말이 생겨났습니다. '거리의 낙서'로 불리는 그라피티는 표현의 자유를 상징하는 예술이 되었는데, 민감한 사회 문제에 대한 메시지를 전달하기도 합니다.

(내용요약) 그라피티
1 ⑤   **2** (1) ◯   **3** (1), (3)

1 '타키'라는 소년은 1971년 뉴욕의 거리에 암호 같은 낙서를 하였는데, 이것이 많은 사람들의 궁금증을 일으켰고 그라피티의 시초가 되었습니다. 따라서 타키가 암호 같은 낙서로 길거리를 어지럽히면서 금지되었다는 것은 알맞지 않습니다.

(오답풀이)
① 그라피티의 대표 작가로 뱅크시, 키스 해링을 소개하였습니다.
② 뱅크시와 키스 해링은 환경 오염, 인종 차별, 난민, 기아 등 사회적으로 민감한 주제를 다루기도 한다고 하였습니다.
③ 그라피티는 길거리의 벽에 낙서처럼 자유롭게 그리는 그림을 의미합니다.
④ 처음에는 단지 낙서에 불과했던 것이 점차 표현의 자유를 상징하는 예술이 되었다고 3문단에 나옵니다.

2 뱅크시의 작품 「눈 먹는 소년」은 한쪽 벽면에 그려진 그림을 보면 소년이 하늘에서 내리는 눈을 먹는 평화로운 모습으로 보입니다. 하지만 옆의 벽면에는 쓰레기를 불태우는 그림이 그려져 있습니다. 이 둘을 연결하면 소년이 쓰레기를 태우는 재 가루를 먹고 있는 것으로 보이므로 환경 오염 문제를 고발하는 것으로 해석할 수 있습니다.

3 키스 해링 작품의 특징은 간결한 선과 강렬한 원색, 재치와 유머라고 하였으므로 (1)과 (3)이 알맞습니다. (1)은 1987년 작품인 「무제(Untitled)」로, 붉은 하트는 두 사람 간의 우정과 믿음을 표현하고 있습니다. (3)은 1990년에 발표된 「짖는 개(Barking Dog)」로 강렬한 붉은색 배경에 간결한 선으로 표현한 것이 특징입니다.

(오답풀이)
(2)의 그림은 뱅크시가 2005년에 발표한 「사랑은 공중에(Love is in the Air)」입니다.

도시 속 공공 미술

30~31쪽

공공 미술은 공원, 광장같이 공개된 장소에 설치하여 시민들이 함께 즐길 수 있는 미술입니다. 시간이 지나면서 공공 미술은 작품뿐 아니라, 예술을 접목해 주변 경관을 새롭게 하여 지역의 이미지를 개선하는 것까지 포함하게 되었습니다. 우리나라 곳곳의 벽화 마을이나 광화문 네거리의 해머링 맨이 대표적인 공공 미술 작품입니다. 공공 미술은 도시에 활력을 불어넣는 역할을 합니다.

내용요약 대중

1 ④ **2** (2) ○ (3) ○ **3** (1) ② (2) ① (3) ③ (4) ④

4 ②

1 공공 미술의 종류에는 건물 앞 조형물, 공원의 조각상, 벽화, 거리의 낙서로 불리는 그라피티도 포함된다고 1문단에 나와 있습니다.

오답풀이

① 공공 미술이라는 용어를 처음 사용한 것은 존 윌렛이라고 2문단에 나옵니다.

② 공공 미술은 마을을 특색 있게 만들어 관광객이 많이 찾는 관광 명소로 만들기도 합니다.

③ 공공 미술은 특정한 사람이 아니라 시민들이 함께 즐기는 미술입니다.

⑤ 광화문 네거리에 설치된 조형물 '해머링 맨'은 망치를 든 거인의 모습으로, 우리나라에 설치 미술을 알렸습니다.

2 벽화 마을은 삭막한 회색 벽에 아름다운 그림을 그려서 마을 전체가 하나의 미술관인 듯한 느낌을 줍니다. 마을을 특색 있게 만들어 주고 분위기를 밝게 해 주어 범죄율을 감소시키기도 한다고 3, 5문단에 나와 있습니다.

3 '각자의 망치'는 '성실하게 일하는 사람'이 가지고 일하는 도구나 수단을 의미합니다. 따라서 화가는 붓을, 목수는 망치를, 미용사는 가위를, 구조대원은 구조 장비를 가지고 일한다고 연결할 수 있습니다.

4 공공 미술은 공원, 거리, 광장처럼 모든 시민에게 공개된 장소에 설치하는 미술 작품을 의미합니다. 따라서 루브르 박물관에 입장해야 볼 수 있는 작품인 「모나리자」는 해당되지 않습니다.

32~33쪽

1
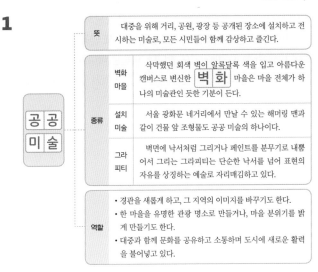

뜻	대중을 위해 거리, 공원, 광장 등 공개된 장소에 설치하고 전시하는 미술로, 모든 시민들이 함께 감상하고 즐긴다.
벽화 마을	삭막했던 회색 벽이 알록달록 색을 입고 아름다운 캔버스로 변신한 **벽화** 마을은 마을 전체가 하나의 미술관인 듯한 기분이 든다.
설치 미술	서울 광화문 네거리에서 만날 수 있는 해머링 맨과 같이 건물 앞 조형물도 공공 미술의 하나이다.
그라피티	벽면에 낙서처럼 그리거나 페인트를 분무기로 내뿜어서 그리는 그라피티는 단순한 낙서를 넘어 표현의 자유를 상징하는 예술로 자리매김하고 있다.
역할	• 경관을 새롭게 하고, 그 지역의 이미지를 바꾸기도 한다. • 한 마을을 유명한 관광 명소로 만들거나, 마을 분위기를 밝게 만들기도 한다. • 대중과 함께 문화를 공유하고 소통하며 도시에 새로운 활력을 불어넣고 있다.

2 (2) ○

「세븐매직마운틴스」는 미국 라스베이거스의 사막 한가운데 설치되었으며, 「우산들」은 그리스의 테살로니키 해변에 설치된 작품으로, 둘 다 공개된 장소에 설치된 공공 미술에 해당합니다.

3 **예시답안** 나는 그라피티를 보면 힙합 가수나 래퍼들이 연상되는데, 아마도 자유롭고 개성 넘치는 표현 때문인 것 같다. 미술 작품을 감상하기 위해 전시관에 가야 한다고 하면 왠지 거창하고 부담스러웠는데, 내가 다니는 길거리가 모두 전시관이 될 수 있다고 생각하니 미술 작품이 한결 가깝게 느껴졌다. 공공 미술이 대중의 사랑을 많이 받으며 발전해서 좋은 작품을 쉽게 접할 수 있으면 좋겠다.

채점 Tip

1) 공공 미술의 종류에는 벽화 마을, 설치 미술, 그라피티 등이 있음을 알고 공공 미술에 대한 경험을 떠올려 봅니다.

2) 공개된 장소에 있어서 누구나 즐기며 감상할 수 있는 공공 미술의 장점이 잘 드러나게 쓰면 좋습니다.

4 (1) 표출 (2) 직면 (3) 조형물 (4) 접목

5 (1) 표출 (2) 접목

6 자리매김

'자리매김하다'는 '사회나 사람들의 인식 따위에 어느 정도의 고정된 위치를 차지하다.'라는 의미를 가지고 있습니다.

인공 지능이 예술을 창작할 수 있을까?

생각글 1 인공 지능이 만든 작품

34~35쪽

인공 지능 프로그램이 렘브란트의 작품을 모방하기도 하고, 로봇 작가 아이다는 그림 전시회를 열기도 했습니다. 또 인공 지능이 그린 그림들이 비싼 가격에 판매되기도 합니다. 미술뿐 아니라 음악, 소설, 영화 분야로까지 확산되고 있는 인공 지능이 과연 어떤 영역까지 넘볼 것인지 궁금해집니다.

> **내용요약** 인공 지능
> 1 ①   2 딥 드림   3 ②   4 (3)

1 이 글에 소개된 '넥스트 렘브란트'나 '아이다'가 최초의 인공 지능 화가인지 알 수 없습니다.

> **오답풀이**
> ② '모차르트 vs 인공 지능' 음악회가 열린 곳은 경기도 문화의 전당입니다.
> ③ 인공 지능 로봇 작가 아이디가 런던에서 두 번째 전시회를 열었다는 내용이 2문단에 나옵니다.
> ④ 3문단에는 만들고 싶은 음악을 설명하면 그대로 만들어 주는 인공 지능 프로그램에 대한 내용이 나옵니다.
> ⑤ 2문단에서 '넥스트 렘브란트'라는 인공 지능이 렘브란트의 작품 데이터를 분석하여 렘브란트 특유의 화풍을 모방한 그림을 그렸다고 하였습니다.

2 2문단에서는 인공 지능이 그림을 창작하는 여러 가지 사례를 소개하고 있습니다. 그중에서 구글의 '딥 드림'을 활용하면 일반인도 누구나 멋진 그림을 만들어 낼 수 있다고 설명하였습니다.

3 인공 지능의 창작은 미술, 음악에 국한되지 않고 소설, 영화 등으로 확산되고 있다고 말하였습니다. 그 예로 적합한 것은 인공 지능이 장편 소설을 창작한 사례입니다.

4 "어떤 곡이 실제 모차르트 교향곡인지 구분하기 어려웠다.", "두 연주 모두 아름다웠다.", "인공 지능이 만든 음악이 모차르트 음악과 비슷해서 놀랐다." 등 학생들의 대답은 인공 지능이 만든 곡과 모차르트의 음악을 함께 듣고 난 소감을 말한 것임을 알 수 있습니다.

생각글 2 인공 지능의 창작에 대한 논쟁

36~37쪽

2022년 인공 지능이 그린 그림이 미술 대회에서 우승하는 일이 일어났습니다. 이 작품을 인간이 만든 작품과 같은 의미의 예술로 인정할 수 있을까요? 인공 지능이 만든 작품은 예술로 보기 어렵다는 측에서는 예술이 아닌 기술일 뿐이라고 주장합니다. 반면 인공 지능의 작품성을 인정하는 측에서는 새로운 예술로 확대하여 생각하여야 한다고 말합니다. 여기에 한 가지 더해 저작권의 문제까지 함께 고민해 보아요.

> **내용요약** 예술, 저작권
> 1 ⑤   2 (1) ② (2) ①   3 예원

1 인공 지능이 그린 그림도 비싼 가격에 팔린 사례가 있기는 하지만, 모든 작품이 인간이 만든 작품보다 비싼 가격에 팔린다는 말은 알맞지 않습니다.

> **오답풀이**
> ① 1문단에서 인공 지능이 그린 그림이 우승한 미술 대회의 사례를 예로 들었습니다.
> ② 「스페이스 오페라 극장」은 제이슨 앨런이 '미드저니'라는 프로그램에 명령어를 입력하여 창작한 작품입니다.
> ③ 사진기가 처음 발명되었을 당시, 사진은 예술이 아니라는 의견이 있었지만 점차 사진 작품도 예술로 인정받게 되었습니다.
> ④ 이 글에서는 인공 지능이 만든 작품을 예술로 볼 것인지, 아닌지에 대한 입장 차이를 주로 설명하고 있습니다.

2 인공 지능이 만든 작품을 예술이라고 보는 측에서는 과학 기술의 발전에 따라 새로운 영역으로 확장하여 생각하여야 한다고 주장합니다. 또 예술이 아니라고 보는 입장에서는 이미 존재하는 작품들을 분석하여 표절한 것일 뿐이라고 주장합니다.

3 인공 지능 오비어스가 그린 초상화를 보고 나눈 대화 중에, '여러 작가의 그림을 짜깁기해서 그린 것이라고 생각하니 어디서 본 듯한 느낌'이라고 한 예원의 말이 인공 지능이 만든 작품은 예술로 보기 어렵다는 입장에 해당됩니다.

익힘학습 자란다 문해력

1

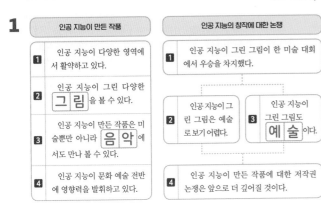

인공 지능이 만든 작품	인공 지능의 창작에 대한 논쟁
1 인공 지능이 다양한 영역에서 활약하고 있다.	**1** 인공 지능이 그린 그림이 한 미술 대회에서 우승을 차지했다.
2 인공 지능이 그린 다양한 **그림** 을 볼 수 있다.	**2** 인공 지능이 그린 그림은 예술로 보기 어렵다. / **3** 인공 지능이 그린 그림도 **예술** 이다.
3 인공 지능이 만든 작품은 미술뿐만 아니라 **음악** 에서도 만나 볼 수 있다.	
4 인공 지능이 문화 예술 전반에 영향력을 발휘하고 있다.	**4** 인공 지능이 만든 작품에 대한 저작권 논쟁은 앞으로 더 깊어질 것이다.

2 (3) ○

3 예시답안 1 사진도 같은 풍경을 어떻게 담느냐에 따라 전혀 다른 작품이 나오듯이 인공 지능이 만든 작품도 마찬가지라고 생각한다. 프로그램을 만든 사람, 거기에 독창적인 명령어를 입력한 사람, 그리고 작품을 만들어 낸 인공 지능, 모두가 힘을 합쳐 새롭게 만들어 낸 창작물이기 때문에 예술 작품으로 인정해야 한다.

예시답안 2 인공 지능이 만든 작품은 예술로 보기 어렵다고 생각한다. 인공 지능이 창의적으로 자신의 생각을 담아 표현한 것이 아니라 이미 존재하는 예술 작품들을 분석해서 얻은 데이터로 짜깁기한 것에 불과하기 때문이다.

채점 Tip ▶
1) 인공 지능이 그린 그림을 예술로 인정할 수 있는지에 대한 두 가지 상반된 입장을 이해해 보아요.
2) 인공 지능으로 그린 그림에 대한 실제 경험이나, 인터넷이나 뉴스 기사에서 보았던 내용을 예로 들어 설명해도 좋습니다.

4 (1) ㉡ (2) ㉢ (3) ㉠ (4) ㉣

5 (1) 표절 (2) 예술 (3) 논쟁 (4) 창의적

6 논쟁
'논쟁'은 '서로 다른 의견을 가진 사람들이 각각 자기의 주장을 말이나 글로 논하여 다툼.'이라는 뜻입니다. '말다툼'이나 '논란' 등과 바꾸어 쓸 수 있습니다.

생각글 1 5번 레인

강나루는 한강초등학교 수영부의 에이스로 선생님과 친구들의 기대를 한몸에 받으며 전국소년체전 수영 대회에 출전합니다. 경쟁 관계인 김초희가 예선에서 1등을 하여 4번 레인에 서고, 자신이 5번 레인에 서게 된 것이 신경 쓰입니다. 결국 김초희가 대회 신기록을 세우며 1위를 하고, 자신은 4위로 들어와 굴욕적인 패배를 하는데, 모든 게 다 초희 때문인 것만 같습니다. 우리는 왜 이렇게 1등에 집착하게 될까요?

1 ④	2 ④	3 2위(2등)	4 ①

1 수영부 에이스인 나루는 수영을 한 지 8년이 되었고, 이번 대회에서 4위를 하는 굴욕적인 패배의 순간을 맞이합니다. 원래부터 라이벌이던 김초희는 대회 신기록을 세우며 1위를 해서 더 속상한 마음이 듭니다.

2 '나루는 이미 29초대를 깬 지가 오래였다.'라는 말은 과거에 다른 대회에서 나루가 29초대의 기록을 깬 적이 있었다는 의미입니다. 나루는 이번 대회에서 평소보다 안 좋은 성적을 내며 4위로 밀려난 상황입니다.

3 이 글의 내용으로 보아 예선에서 1위를 한 김초희는 가장 중앙에 해당하는 4번 레인에 서고, 나루는 5번 레인에 섰으므로 '5번 레인'은 1위가 아닌 2위(2등)의 자리를 의미하는 것을 짐작할 수 있습니다.

4 나루가 수영 대회에서 안 좋은 성적을 거둔 뒤에 갈등을 겪으며 깨닫게 되는 내용으로, '결과보다 과정이 중요하다'는 말이 나루는 잘 납득이 안 되었다가 생각이 바뀌게 됩니다.

작품읽기

5번 레인
글 은소홀
문학동네

책 소개
한강초등학교 수영부 에이스 열세 살 강나루는 라이벌인 김초희 때문에 4번 레인에서 밀려나자 신경이 쓰입니다. 나루는 초희에 대한 질투와 실수를 겪으며 이전보다 한 단계 성장하여 결국 자신의 부족한 모습과 정면으로 마주합니다. 청소년기의 빛나는 성장을 담은 제21회 문학동네어린이문학상 대상 수상작입니다.

사회에서 돈과 권력, 자원이나 기회 등을 승자에게만 유리하게 나누는 것을 '승자 독식주의'라고 합니다. 미국 대통령 선거 제도나 교실 회장 선거에서도 찾아볼 수 있습니다. 그동안 승자 독식주의가 심했던 스포츠 분야에서는 이제 1등이 아니더라도 최선을 다하는 선수에게 진심 어린 박수를 보내는 변화가 나타나고 있습니다.

내용요약 독식주의

1 ④, ⑤   **2** (2), (1), (3)   **3** (1), (4)   **4** 다희

1 '독식'은 '성과나 이익 따위를 혼자서 다 차지함.'을 비유적으로 이르는 말입니다. '독점'이나 '독차지' 등의 낱말과 바꾸어 쓸 수 있습니다.

2 3문단에서 올림픽 대회에서는 아무리 메달 수가 많아도 금메달의 수로만 종합 순위를 정한다고 하였습니다. 따라서 금메달 수가 6개로 가장 많은 △나라가 1위, 5개인 ○나라가 2위, 1개인 □나라가 3위입니다.

3 승자 독식 주의는 1위를 한 승자가 모든 것을 차지하는 현상을 의미합니다. 따라서 (1)의 대회에서 1위를 한 팀에게만 상금을 준다는 내용과, (4)의 가장 유명한 메신저 애플리케이션에 모든 이용자와 광고가 몰린다는 내용이 예로 알맞습니다.

오답풀이

⑵ 학교에서 제비뽑기를 하여 자리를 정해 앉는 것은 운에 따른 것이기 때문에 승자 독식주의라고 볼 수 없습니다.

⑶ 정부에서 경제적으로 어려운 사람들에게 보조금을 지급하는 것은 사회 복지 제도의 하나입니다.

⑸ 회의를 통해 다양한 의견을 골고루 들은 뒤에 학급의 일을 결정하는 것은 민주적 의사 결정 방법입니다.

4 승자 독식주의는 과정보다는 결과를 중시하여 경쟁이 과열될 수 있다고 말한 유솔, 모든 게 1등에게만 몰리면 사회의 불평등이나 불안정으로 이어질 수 있다고 말한 태건의 주장이 알맞은 비판에 해당합니다.

1

승자 독식주의	사회에서 돈과 권력, 자원이나 기회 등을 나누어 가질 때 **승자**에게만 유리하게 나누어 주는 경향

⑩ 미국 대통령 선거	⑩ 학교 교실	⑩ 스포츠
어느 지역 선거인단 10명이 A후보에게 6표, B후보에게 4표를 줬다면 A후보와 B후보 간 2표 차가 아니라 A후보 10표, B후보는 0표가 된다.	회장 선거에서 이겼다고 생각한 학생은 모든 권력을 차지하는 것이 당연하다고 생각하고 자기에게만 유리하게 교실 규칙을 정할 것이다.	올림픽의 성과를 오로지 **금메달** 수로만 평가하고, 금메달을 딴 선수만 과도한 보상과 사회적 관심을 받았다.

스포츠에서 사람들 인식의 변화	금메달 획득 여부가 아니라 선수들의 활약에 집중하고 있다. 이제는 '1등만' 기억하는 것이 아닌 '1등도' 기억하는 시대로 가고 있다.

2 승자 독식주의

3 **예시답안1** 2등도 1등 못지않게 최선을 다해 경기를 준비했을 텐데 「5번 레인」에 나온 나루의 상황이 무척 공감이 되었다. 1등만 인정하는 승자 독식주의가 사람들을 경쟁으로 몰아넣은 것 같다. 경쟁자를 서로 응원하고 자극을 주고받으며 성장하는 것이 진정한 선의의 경쟁이라고 생각한다. 최선을 다한 모든 사람들이 박수를 받는 그날이 꼭 왔으면 좋겠다.

예시답안2 스포츠 대회에서는 정말 1초도 안 되는 기록 차이로 메달 색깔이 바뀌는 모습을 자주 접한다. 그렇기 때문에 모든 메달이 의미가 있고 값진 것이라고 생각한다. 선수들이 그 자리에 오기까지 노력해 온 과정 자체가 아름다운 것이라고 인정해 주어야 할 것이다.

채점 Tip

1) 승자 독식주의는 1등이 모든 성과를 차지하게 되는 것을 의미하며, 이를 비판적으로 바라볼 수 있어야 합니다.

2) 최근에는 스포츠 분야에서도 승자 독식의 경향이 점차 사라져 가고 있는데, 이러한 점을 고려하여 적는 것도 좋습니다.

4 (1) ⓒ (2) ⓒ (3) ⓔ (4) ㉠

5 (1) 활약 (2) 독식 (3) 수습 (4) 굴욕적

6 들러리

'들러리'란 중심인물의 주변에서 그를 돕거나 그를 돋보이게 하는 인물을 이르는 말입니다. 또 결혼식에서 신랑이나 신부를 도와주는 사람을 이르기도 합니다.

생각글 1 법의 종류

48~49쪽

법은 오래전부터 있어 왔으며 우리나라 최초의 국가인 고조선에도 사회 질서 유지를 위한 8조법이 있었습니다. 법은 강제성을 지니며, 지키지 않은 사람은 제재를 받습니다. 법률, 명령, 조례, 규칙 등 수많은 법 중에 가장 위에 있는 법은 헌법이며, 모든 법 제정의 기준이 됩니다.

> 내용요약 헌법
> 1 ② 2 (1) ② (2) ③ (3) ① 3 ②, ⑤

1 헌법은 모든 법의 근간이 되며, 모든 법의 위에 존재하는 법입니다. 5문단에서 어떤 법이 헌법에 어긋나면, 그 법은 헌법 재판소에서 위헌 판결이 내려진다고 하였으므로, 바로 삭제된다는 말은 잘못되었습니다.

> 오답풀이
> ① 사회법은 사회적 약자를 보호하기 위한 법으로, 노동법과 사회 보장법이 있다고 4문단에 나옵니다.
> ③ 공법에는 헌법과, 어떤 행동이 범죄가 되는지 정해 놓은 형법이 있습니다.
> ④ 3문단에서 법률은 입법부인 국회에서 만들고, 그 아래인 명령, 조례, 규칙은 행정부에서 제정한다고 하였습니다.
> ⑤ 헌법은 모든 법의 기준이 되기 때문에, '법 중의 왕'이라고 부른다는 내용이 2문단에 나옵니다.

2 독거노인들에게 더운 여름을 보내기 위한 쉼터를 제공할 것을 법으로 제정한 것은 사회법에 해당합니다. 다른 사람에게 상해를 입히는 것은 범죄라고 정해 놓은 것은 형법, 즉 공법에 해당합니다. 또 개인과 개인 사이에 발생한 문제에 대해서는 사법에서 규정하고 있습니다.

3 공무원 시험에 응시할 수 있는 나이를 제한한 국가 공무원법이 헌법의 평등권을 침해한다는 이유로 개정하였다고 하였습니다. 이는 국가 공무원법도 헌법을 따라야 한다는 내용과, 헌법에 위배되면 법률을 수정해야 한다는 내용과 관련 있습니다.

생각글 2 헌법 제1조

50~51쪽

세계 여러 나라의 헌법 제1조는 국가의 성격을 규정하기도 하고, 그 나라가 가장 소중하게 여기는 가치를 담기도 합니다. 프랑스, 그리스, 우리나라는 헌법 제1조에서 나라의 성격에 대해 규정하고 있습니다. 우리나라의 헌법은 '대한민국은 민주공화국이다.'라고 시작합니다. 독일, 미국, 프랑스는 각각 그 나라가 추구하는 가치를 담고 있습니다.

> 내용요약 성격, 가치
> 1 ⑤ 2 (3) ○ (5) ○ 3 유솔

1 우리나라는 헌법 제1조에서 대한민국이 민주공화국이며, 주권은 국민에게 있음을 명시하고 있습니다. 그리스도 의회주의 공화국임을 밝히고 있습니다.

> 오답풀이
> ① 대한민국 헌법이 만들어진 시기는 일제로부터 광복한 후입니다.
> ② 세계 각국이 헌법 제1조에서 추구하는 가치는 서로 다릅니다. 어떤 나라는 자유를, 어떤 나라는 평등을 강조합니다.
> ③ 헌법 제1조에는 우리나라나 그리스처럼 그 국가의 정치 형태가 나타나는 경우도 있지만, 그렇지 않은 경우도 많습니다.
> ④ 우리나라 헌법 제1조를 통해서 대통령이 아닌 국민이 대한민국의 주인임을 알 수 있습니다.

2 제헌절은 우리나라가 헌법을 제정하고 공포한 7월 17일을 매년 기념하는 것입니다. 프랑스는 헌법 제1조에서 '모든 시민이 출신, 인종, 종교에 따른 차별 없이 법 앞에서 평등하다'고 하였으므로 평등을 중요한 가치로 추구함을 알 수 있습니다.

> 오답풀이
> (1) 각국의 헌법 제2조가 어떤 내용인지는 알 수 없습니다.
> (2) 우리나라 헌법의 내용을 바꿀 수 있는지 여부는 이 글에 나타나 있지 않습니다.
> (4) 미국이 자유를 중요한 가치로 추구한다는 것은 알 수 있으나, 왜 강조하는지는 알 수 없습니다.

3 하진의 말처럼 일본은 천황 제도를 아직도 가지고 있는 나라임을 알 수 있습니다. 또 태우의 말처럼 스웨덴은 모든 공권력이 국민으로부터 나온다고 하였으므로 우리나라와 비슷함을 알 수 있습니다. 뉴질랜드, 영국, 이스라엘은 문서화되지 않았을 뿐 '관습 헌법'이 있기 때문에 헌법이 아예 없다는 유솔의 말이 잘못되었습니다.

자란디 문해력

52~53쪽

1
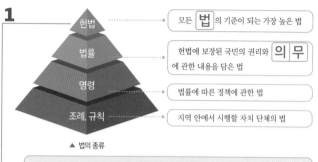

헌법	모든 **법**의 기준이 되는 가장 높은 법
법률	헌법에 보장된 국민의 권리와 **의 무**에 관한 내용을 담은 법
명령	법률에 따른 정책에 관한 법
조례, 규칙	지역 안에서 시행할 자치 단체의 법

▲ 법의 종류

여러 나라의 헌법 제1조

나라에 따라 헌법에서 국가의 성격을 밝히거나 가장 중요하게 생각하는 가치를 규정한다.
• 대한민국: 제1항 – 대한민국은 민주공화국이다.
    제2항 – 대한민국의 주권은 국민에게 있고, 모든 권력은 국민으로부터 나온다.
• 프랑스: 프랑스는 분리될 수 없고, 정치와 종교가 나누어져 있는, 민주 그리고 사회적 공화국이다. 모든 시민이 출신, 인종, 종교에 따른 차별 없이 법 앞에서 평등하다.
• 미국: 연방 의회가 종교나 자유, 집회, 청원 등의 권리를 제한할 수 없다.

2 (3) ○

3 (예시답안) 헌법은 모든 법 중에 가장 위에 있는 중요한 법이다. 그중에서도 헌법 제1조는 그 나라에서 가장 중요하게 내세우는 가치를 담고 있다. 우리나라 헌법 제1조의 내용을 보면 민주주의를 추구하며, 모든 주권이 국민에게 있음을 알 수 있다. 그런데 미국은 자유를, 프랑스는 평등을 가장 중요한 가치로 여긴다는 점이 새롭게 느껴져서 그렇게 정한 까닭도 조사해 보고 싶다.

(채점 Tip)
1) 헌법이 여러 법 중에서 가장 근간이 되며, 가장 위에 있는 법임을 이해하고 있어야 합니다.
2) 헌법 중에서도 제1조는 국가의 성격이나 가장 중요한 가치를 규정하는 내용을 담고 있습니다. 헌법 제1조에는 그 나라의 역사가 녹아 있기 때문에 그 나라를 이해하는 데에 도움이 됩니다.

4 (1) ② (2) ① (3) ⓒ (4) ⓒ

5 (1) ③ (2) ②

6 제재
'제재'는 '법이나 규정을 어겼을 때 국가가 처벌이나 금지 따위를 행함. 또는 그런 일.'이라는 의미를 지닙니다. 이는 '일정한 한도를 정하거나 그 한도를 넘지 못하게 막음.'이라는 뜻의 '제한'과 바꾸어 쓸 수 있습니다.

우리는 왜 중독될까?

게임 중독 현상

54~55쪽

부모들은 자녀가 숙제를 하지 않고 게임만 하면 게임에 중독되었다고 말합니다. 하지만 글쓴이는 단지 게임에 시간을 많이 쓴다고 해서 중독인 것이 아니라고 주장합니다. 그로 인해 성적이 떨어지거나 일상생활을 제대로 하지 못하고, 문제가 있다고 생각하면서도 행동을 바꾸지 못하면 중독이라고 하였습니다. 여러분은 어떻게 생각하나요?

| **1** ④ | **2** ⓜ | **3** (3) | **4** 하진 |

1 이 글에 따르면 어떤 행위에 소모되는 시간의 양이 중독 여부를 판단하는 기준이 될 수 없다고 하였습니다. 그보다는 어떤 행위로 인해 원래 해야 하는 다른 일(학교 공부 등)에 간섭을 받으면 중독으로 봅니다.

(오답풀이)
① 2문단에서 게임 플레이는 도박과 마찬가지로 중독적일 수 있다고 하였습니다.
② 마지막 문단에서 하나의 취미에 집중하는 것이 반드시 중독의 신호는 아니라고 하였습니다.
③ 12살 소년 호세는 하루에 네다섯 시간, 주말에는 더 오래 플레이하고, 13세 소녀 아만다는 매일 약 2~3시간 정도 플레이한다고 하였습니다.

2 숙제, 잔디 깎기, 학교 공부, 출근 등은 우리가 일상을 살아가면서 의무적으로 해야 하는 일들입니다. 그와 달리 비디오 게임은 재미를 위해 취미로 하는 일이므로 성격이 다릅니다.

3 (3)은 (1), (2)보다 게임을 하는 시간은 가장 적지만, 게임 때문에 수업에 집중하지 못하였으므로 게임이 일상생활에 지장을 준 사례입니다.

(오답풀이)
(1) 매일 5시간씩 게임을 하지만, 회사에 지각한 적이 없으므로 중독이 아닙니다.
(2) 주말마다 하루 종일 게임을 하지만, 평일에 대학 생활에 충실하다고 하였으므로 중독에 해당되지 않습니다.

4 **보기**에서 일본의 뇌 과학자는 많은 시간 게임을 하는 사람의 뇌파가 치매 환자의 뇌파와 비슷하다고 주장하였습니다. 이에 따라 알맞은 반박 의견을 제시한 것은 게임을 하는 시간도 중독에 영향을 주는 중요한 요소로 봐야 한다는 하진의 의견입니다.

도파민 중독

생각글 2

56~57쪽

신경 과학자들이 쥐 실험을 하던 중, 쥐의 뇌 속에 쾌락 중추 영역이 있음을 발견했습니다. 중독은 쾌락 중추와 관련이 깊은데, 쾌락 중추에 자극이 가해지면 뇌에서 쾌락을 유발하는 도파민이 분비됩니다. 도파민이 과해도, 부족해도 문제가 될 수 있습니다. 자극에 중독되지 말고 우리 스스로가 스스로를 통제할 수 있어야 한다는 것을 기억합시다.

내용요약 중독
1 쾌락 중추 **2** (2)○ (3)○ **3** ② **4** ①

1 제임스 올즈와 피터 밀너는 쥐를 이용한 실험을 했는데, 쥐가 뇌와 연결된 전기 스위치를 누르면 쾌락을 느낀다는 사실을 알고 계속 누르는 것을 관찰했습니다. 이를 통해 쥐의 뇌 속에 '쾌락 중추'가 있다는 사실을 발견하였습니다.

2 3문단에서 우리 뇌는 도파민이 폭발적으로 분비되는 쾌감의 순간을 기억한다고 하였습니다. 또 5문단에서 중독으로 인해 뇌가 자극에 익숙해져 손상되면 되돌리기 어렵다고 하였습니다.

오답풀이

(1) 중독은 쥐뿐만 아니라 인간에게서도 찾을 수 있는 현상입니다.
(4) 중독된 이후의 행동은 더 큰 쾌락을 느끼기 위해 쾌락을 주는 행동에 몰두한 것이므로 도파민이 과도하게 분비됩니다.

3 중독이 이루어지는 과정은, 먼저 어떤 행동을 해서 뇌 속의 쾌락 중추를 자극하면 기분이 좋아지는 도파민이 분비됩니다. 그러면 쾌감을 느끼게 되고, 이러한 쾌감을 얻기 위해 같은 행동을 반복하게 됩니다.

4 **보기**의 내용은 중독과 관련하여, 환경이 나쁜 곳에 있던 쥐들이 쾌적한 환경에 있던 쥐들보다 스트레스를 훨씬 더 많이 받아서 마약에 중독되기 쉬웠다는 내용입니다. 따라서 중독을 예방하려면 스트레스를 받지 않는 환경에 있어야 한다는 내용이 알맞습니다.

58~59쪽

1

도파민 중독
1 제임스 올즈와 피터 밀너는 쥐 실험을 통해 뇌 속에 있는 쾌락 중추를 발견했다.
2 │중│독│은 쾌락 중추에서 분비되는 도파민과 밀접한 관련이 있다.
3 계속해서 강한 쾌감을 얻고 싶은 충동 때문에 쾌감을 얻는 행동을 반복하면서 중독이 된다.
4 게임이나 스마트폰에 중독되는 이유도 뇌가 더 강렬한 쾌락을 느끼기 위해 더 몰두하기 때문이다.
5 손상된 뇌는 되돌리기 어렵기 때문에 중독은 예방이 중요하다.

어떤 행위에 중독되었다는 것은, 그로 인해 해야 하는 다른 일에 │간│섭│을 받는다는 의미다.

게임 중독

12살 호세는 하루에 네다섯 시간, 주말에는 더 오래 게임을 한다. 하지만 학교에서 좋은 성적을 유지하고, 다양한 친구들과 온라인에서 함께 게임을 한다.

13세 아만다는 매일 2~3시간 정도 게임을 하지만, 학교 숙제에 집중하지 못하고 성적이 떨어져서 유급할 처지에 놓였다.

행위에 소모하는 │시│간│의 양은 중독 여부 판단의 결정적인 지표가 아니다.

2 (1)○ (3)○

3 〔예시답안 1〕 우리 집은 가족 모두가 하루 한 시간만 게임이나 스마트폰을 하자는 약속을 정해 두었다. 그것도 자기 할 일을 모두 하고 나서 해야 한다. 사실 이런 약속이 없다면 할 일도 미루게 되고, 스스로 통제가 안 될 것 같다.

〔예시답안 2〕 게임이나 스마트폰을 하고 있으면 지금 당장 해야 할 일에서 벗어나 재미에 몰두할 수 있어서 좋다. 그래서 한번 시작하면 쉽게 그만두지 못하고 계속하게 되는 것 같다. 아직은 제시간에 일어나 학교에 가고 친구들과 학교생활하는 것도 재미있기 때문에 중독은 아니지만, 더 빠져들지 않도록 조심해야겠다.

채점 Tip

1) 중독 현상은 일상생활에 지장을 주는지 아닌지로 판단할 수 있습니다.
2) 중독 현상에 대해 주변의 사례를 들고, 중독을 예방할 수 있는 방법을 제시하는 것이 좋습니다.

4 (1) ② (2) ⓒ (3) ⓛ (4) ㉠

5 (1) 지표 (2) 간섭 (3) 자제력 (4) 충동

6 중독

생각글 1 백자 항아리의 아름다움

60~61쪽

조각의 아름다움은 물체성에 있는데, 딱딱할수록 그리고 둥근 구체에 가깝고 표면이 매끄러울수록 물체성이 높아집니다. 한국의 백자 항아리는 딱딱하고 둥글고 매끄럽고 무색이어서 물체성을 최대한으로 살린 조각 예술의 원형입니다. 그래서 단순히 무엇인가를 담는 용기 이상으로 많은 사람들의 사랑을 받아 왔습니다.

내용요약 항아리

1 ③ **2** (2)○ (3)○ **3** (3), (4) **4** ①, ②

1 이 글에서 한국의 백자 항아리는 딱딱하고 둥글고 매끄럽고 무색이라서 물체성을 최대한 살리고 있다고 하였습니다. 2문단에서 물체성은 바로 형태성에 있다고 했으며, 4문단에서 응집성이 높고 불투명성이 강조되어 있다고 했습니다. 하지만 2문단에서 벽처럼 계속되어 있는 연속체는 물체라고 부르기 어렵다고 보았습니다.

2 물체성은 딱딱하면 딱딱할수록 높아진다고 1문단에 나왔으며, 둥근 구체에 가까우면 가까울수록 보다 물체적이라고 2문단에 나왔습니다.

3 백자 항아리는 단순한 용기 이상으로 뭇사람들의 미적 대상으로 사랑받아 왔다고 하였습니다. 그러한 사례로 알맞은 것은 (3)의 김환기 화백 등 많은 예술가들에게 예술적 영감을 주었다는 내용과 (4)의 아이돌 가수가 백자 항아리를 구입한 것을 SNS에 올리자, 젊은 세대에게도 그 매력이 전파되고 있다는 내용이 알맞습니다.

4 은유법은 'A는 B이다'와 같이 표현하는 것으로, 어떤 대상의 특징을 비슷한 성질을 가진 다른 대상에 빗대어 표현하는 문학적 표현법입니다. '시간은 금이다'는 시간이 금처럼 가치가 높고 소중하다는 의미로 쓰였고, '내 마음은 호수요'는 마음이 호수처럼 잔잔하다는 것을 비유적으로 표현하였습니다.

오답풀이
③ '내 누님같이'에서 꽃을 누님에 비유한 직유법이 사용되었습니다.
④ '햇살같이'에 직유법이 사용되었습니다.
⑤ 무생물을 사람처럼 표현한 의인법이 사용되었습니다.

생각글 2 고려 청자와 조선 백자

62~63쪽

우리 조상들은 세계에서 가장 뛰어난 중국의 자기 기술을 받아들여 더욱 독자적으로 발전시켰습니다. 푸른 비색이 아름다운 고려 청자와 순수하고 고상한 멋을 지닌 조선 백자의 서로 다른 기법과 특징을 비교하며 어떤 자기에 더 매력을 느끼는지 감상을 정리해 보세요.

내용요약 백자

1 ③ **2** (1)②, ④ (2)①, ③ **3** ⑤

1 이 글에서는 청자와 백자의 아름다움과 유약을 바르고 굽는 방식, 그리고 무늬를 입히는 방법에 대해 설명한 후, 각기 고려의 귀족 문화와 조선의 선비 정신을 상징한다고 설명하였습니다. 따라서 청자와 백자의 서로 다른 특징을 비교하여 설명한 글입니다.

2 백자는 겉면에 투명한 유약을 발라서 굽고, 청자는 철분이 들어간 유약을 발라서 굽는다는 내용이 3문단에 나옵니다. 또 청자는 푸른빛 도는 비색과 상감 기법이 특징이라고 4문단에서 말하였고, 백자는 소박한 아름다움이 선비의 청렴한 삶을 보여 준다고 5문단에서 말하였습니다.

3 백자 끈무늬 병은 상감 기법이 사용되지 않았고, 자기의 표면에 붉은색 염료로 무늬를 그려 넣은 것임을 4문단의 내용에서 짐작할 수 있습니다.

▲ 분청사기 조화
연꽃 물고기무늬 병
[출처] 국립중앙박물관

분청사기
분청사기는 고려 청자와 조선 백자를 만들었던 시대 사이에 존재했던 자기입니다. 회색이나 회흑색 흙으로 그릇을 만든 뒤 흰 흙을 겉면에 바르고 유약을 입힌 도자기를 말합니다. 청자의 청색에서 백자의 백색으로 넘어가는 사이에 위치한 양식으로 볼 수 있습니다.

자란다▶문해력

64~65쪽

1

우리나라의 자기
고려 시대의 **청자**와 조선 시대의 백자는 중국의 자기 기술을 독자적으로 발전시켰다.

고려 청자	조선 백자	백자 항아리의 아름다움
• 철분이 들어간 유약을 발라 구워 푸른빛 도는 아름다운 비색이 특징이다. • **상감** 기법을 사용해 화려하고 섬세한 조형미를 보여 준다. • 귀족 문화를 상징한다.	• 투명한 유약을 발라 높은 온도에서 구워 표면이 매끄럽고 희다. • 푸른색이나 붉은색 염료로 무늬를 그려 넣어 순수하고 고상한 느낌을 준다. • 선비 정신을 상징한다.	• 백자 항아리는 물체성과 형태성을 지닌다. • 딱딱하고 둥글고 매끄럽고 무색인 **백자** 항아리는 물체성을 최대한 살린 조각 예술의 원형이다.

2 (1) ○ (2) ○
청자는 고려 시대의 화려한 귀족 문화를, 백자는 조선 시대의 소박한 선비 정신을 상징하는 예술 문화입니다.

3 (예시답안 1) 지난번 국립 중앙 박물관에 가서 고려 시대의 청자와 조선 시대의 백자를 직접 감상할 수 있는 기회가 있었다. 나는 원래 화려한 것을 좀 더 선호하는데, 막상 가서 감상해 보니 백자에 더 끌렸다. 아무 무늬가 없는 유려한 곡선의 백자는 한참을 들여다보아도 질리지 않고 마음이 편안했다. 왜 달을 바라보는 느낌이라고 하였는지 알 것 같았다.
(예시답안 2) 다들 백자를 더 소박하고 아름답다고 하고 경매 가격도 더 높다고 한다. 하지만 박물관에 가서 보니 나는 복잡한 무늬가 정교하게 새겨진 청자의 기술이 더 놀랍게 느껴졌다. 푸른빛도 아름답고 화려한 청자가 좀 더 멋지다는 생각이 들었다.

(채점 Tip ▶)
1) 청자와 백자의 제작 기법과 아름다움의 특징에 대해서 각각 알고 있어야 합니다.
2) 청자와 백자의 아름다움에 대한 선호도를 말하고, 그 까닭을 알맞은 문장으로 설명해 보세요.

4 (1) ㉡ (2) ㉠ (3) ㉢ (4) ㉣

5 (1) 기법 (2) 구비

6 조형미
'조형미'는 어떤 모습을 입체감 있게 예술적으로 형상하여 표현하는 아름다움을 뜻하는 말입니다. 주로 조각과 같은 입체적인 예술 작품에 대해 설명할 때 사용합니다.

생각글 1 소크라테스의 문답법

66~67쪽

서양 철학은 소크라테스 이전과 이후로 나뉜다는 이야기가 있을 정도로 그 영향력이 대단합니다. "나는 아는 것이 없다."는 소크라테스의 철학을 잘 보여 주는 말입니다. 소크라테스는 자신이 아는 것이 없다는 것을 인정하고, 그것을 바탕으로 지식과 진리를 탐구했습니다. 우리도 소크라테스처럼 항상 겸손하고 열린 마음으로 지식과 진리를 탐구해 봅시다.

1 ⑤   **2** (1) **2** (2) **3**   **3** 문답법

1 이 글에서는 소크라테스가 문답법을 통해 상대방에게 질문을 던지고 스스로 답을 찾아가도록 했다고 하였습니다. 하지만 이를 소크라테스가 최초로 시도한 것은 아니고, 이 방식을 적극 사용하고 발전시켰다고 말하였습니다.

(오답풀이)
① 소크라테스는 사람들에게 늘 아는 것이 없다고 말했습니다.
② 소크라테스가 인간의 무지를 인정한 자세는 후대 철학자들에게로 이어졌다고 하였습니다.
③ 소크라테스는 앎을 중시하여, 옳은 것을 알았을 때 행동으로 이어진다고 믿었습니다.
④ 소크라테스의 철학은 플라톤에게로 이어져 이후 서양 철학사에 큰 영향을 미쳤습니다.

2 (1)에서 소크라테스는 "너 자신을 알라."라고 말하며 우리가 아무것도 모른다는 사실을 깨닫는 것이 중요하다고 하였습니다. 이는 **2**의 '무지에 대한 자각'과 관련이 있습니다.
(2)에서 지혜는 협동의 필요성에 대해 배우고 그 가치를 깨달은 후 이를 실천하게 되었다고 했습니다. 이는 **3**의 옳은 것을 알았을 때 올바른 행동을 할 수 있다는 내용에 알맞습니다.

3 **보기**에서 소크라테스는 트라시마코스의 기분에 대해 물어보고 우울하다는 것, 침울하다는 것, 그리고 기분이 더럽다는 것에 대해 말을 이어 가면서 트라시마코스가 '모른다는 사실을 알고 있다'는 결론에 도달합니다. 이는 소크라테스 특유의 철학적 사고 방법인 '문답법'에 해당합니다.

생각글 2 그리스의 철학자들

68~69쪽

소크라테스의 제자 플라톤, 플라톤의 제자 아리스토텔레스를 거치며 고대 그리스는 철학의 전성기를 맞이합니다. 플라톤은 진정한 진리가 존재하며, 사물이나 존재의 본모습인 이데아를 파악해야 한다고 주장하였습니다. 그는 철학자가 나라를 다스리는 철인 정치를 강조했습니다. 아리스토텔레스는 사물이나 물체 속에 진리가 있다고 생각했으며, 인생의 목적이 '행복'이라고 보고, 중용의 덕을 강조했습니다.

내용요약 이데아, 중용

1 (1)○ (3)○ **2** (1)②, ④ (2)①, ③ **3** (4)

1 이 글은 소크라테스의 제자인 플라톤과 그 뒤를 이은 아리스토텔레스의 철학 사상의 특징에 대해 설명하고 있습니다.
(1)의 플라톤이 생각한 이상적인 나라는 진정한 진리를 인식할 수 있는 지혜의 덕을 갖춘 철학자가 다스리는 나라입니다.
(3)에서 플라톤이 진리를 보는 관점은 사물이나 존재의 본모습이 '이데아'이며 그 본질을 파악하는 것이 중요하다고 하였습니다. 플라톤이 현실 세계와 별개로 진리의 세계가 존재한다고 믿은 반면, 아리스토텔레스는 사물이나 물체 속에 진리가 있다고 생각했습니다.

2 플라톤은 사물이나 존재의 본질인 이데아를 중시하여, 인간은 동굴 안에 묶인 채 한 면만을 바라보는데 동굴 밖의 진짜 세계(이데아)를 파악해야 한다고 보았습니다. 또 철인 정치를 강조했습니다. 아리스토텔레스는 인생의 목적을 행복에 두어야 한다고 보고 중용의 덕을 강조하였습니다.

3 인생의 목적이 행복이라고 생각한 것은 아리스토텔레스이기 때문에 (4)를 플라톤이 말하는 것은 어울리지 않습니다. (1)은 소크라테스의 문답법, (2)는 플라톤의 철인 정치, (3)은 아리스토텔레스의 중용의 덕에 대한 내용이어서 각 철학자들이 할 수 있는 말로 잘 어울립니다.

70~71쪽

1

고대 그리스의 철학자와 철학 사상

 소크라테스는 문답법을 통해 질 문 을 던지는 방식으로 철학을 했다. 또한 아무것도 알지 못한다는 무지를 깨달아야 한다고 했으며, 옳은 것을 알았을 때 올바른 행동을 할 수 있다고 믿어 덕과 앎을 동일시하였다.

↓

 플라톤은 현실의 세계와 별개로 진 리 의 세계가 존재한다고 믿어 이를 이데아론으로 설명하였다. 또한 진정한 진리를 인식할 수 있는 지혜의 덕을 갖춘 철학자가 다스리는 철인 정치를 주장하였다.

↓

 아리스토텔레스는 사물이나 물체 속에 진리가 있다고 생각하여 현실 세계를 중시하였다. 또한 인생의 목적이 행 복 이라고 보고, 중용의 덕을 강조하였다. 중용이란 어느 한쪽으로 치우치지 않도록 적절하게 행동하는 것을 의미한다.

2 (1) 아리스토텔레스 (2) 소크라테스 (3) 플라톤

3 **예시답안** 고대 그리스의 철학자 세 사람에 대해 알게 되었는데 나는 아리스토텔레스의 철학이 가장 마음에 든다. 소크라테스의 '너 자신을 알라'라는 무지에 대한 자각도 훌륭하고, 문답법도 멋지지만 이해하기 좀 어렵다. 플라톤의 동굴 비유나 이데아도 잘 와닿지 않는 것 같다. 반면 아리스토텔레스는 현실 속에서 진리를 찾으려고 했고, 인생에서 행복을 가장 중요한 가치로 여겼다고 하니까 공감이 간다. 인생의 가장 중요한 가치는 역시 일상의 행복인 것 같다.

채점 Tip
1) 소크라테스, 플라톤, 아리스토텔레스는 그리스 철학을 시작하고 완성한 중요한 철학자들입니다. 각 철학자들의 핵심적인 주장과 사상 전개 방식을 알아 둡시다.
2) 어떤 철학자의 생각에 공감하는지 적은 뒤 뒷받침하는 내용을 구체적으로 적는 것이 좋습니다.

4 (1) ⓒ (2) ㉠ (3) ⓛ (4) ㉣

5 (1) 무지 (2) 진리

6 중용
'극단'은 중용을 잃고 한쪽으로 크게 치우친다는 의미로, '중용'과 반대의 뜻을 가지고 있습니다.

가자에 띄운 편지

74~75쪽

전쟁을 겪고 있는 '나'는 집 바로 옆에서 테러가 일어나자 사망자가 몇 명이며 그들이 누구인지 알고 싶지 않습니다. 두려움에 사로잡힌 '나'는 가슴에 품고 있는 말들을 저쪽 편의 누군가가 읽어 주길 바라며 편지를 쓰기로 마음먹습니다. 테러와 복수가 일상이 되어 공포로 물든 하루하루를 살아야 하는 소녀의 마음을 상상해 보아요.

---

1 ④   2 (1)○ (2)○   3 ③

---

1 '나'는 우리 동네에 테러가 발생했다고 말하면 내일은 학교를 늦게 가거나 아예 결석을 해도 아무도 뭐라 하지 않을 것이라고 생각하였습니다.

2 테러가 일어난 후 '나'의 가족들이 한 일로 보아 가족들이 항상 테러에 대비하고 있었음을 짐작할 수 있습니다. 그리고 '내'가 우리 집 바로 옆에서 테러가 일어나 사망자가 누구인지 알고 싶지 않다고 한 것으로 보아 '나'의 이웃들이 죽거나 다쳤다는 것을 짐작할 수 있습니다.

오답풀이

(3) 구급차가 내는 끔찍한 소리를 하드 록 공연에나 어울리는 소리라고 표현한 것입니다.

(4) '나'는 지금 주변에서 일어나는 사건에 대해 마음 아파하고, 많은 영향을 받고 있으며, 관심이 많습니다.

(5) '나'는 두려움에 사로잡힐 때면 우리 모두는 우리가 누구인지를 잊어버리는 것 같고, '내'가 누구인지, 어떤 존재인지 알고 싶어서 글을 쓰기로 마음먹었다고 하였습니다.

3 **보기**에서 「안네의 일기」를 쓴 안네 프랑크는 나치의 유대인 학살 정책의 피해자로, 2년 동안 은신처에 숨어 살면서도 희망을 잃지 않고 미래의 꿈을 키웠다고 하였습니다. 안네는 일기를 쓰면서 두려움을 이겨 냈고, 「가자에 띄운 편지」의 '나'는 글쓰기를 통해 전쟁의 괴로움과 두려움을 극복하려고 합니다.

작품읽기

가자에 띄운 편지

글 발레리 제나티
바람의아이들

책 소개

이스라엘과 팔레스타인의 분쟁 지역인 가자 지구를 배경으로 한 소설입니다. 이스라엘 소녀 탈은 집 근처 자주 가는 카페에 폭탄이 떨어진 사건을 보며 자신이 그 시간에 그곳에 있지 않았기 때문에 우연히 죽음에서 벗어났다는 것을 실감합니다. 탈은 절망에 빠지지 않기 위해 편지를 쓰고, 그것을 넣은 희망의 유리병을 가자 지구의 해변에 띄웁니다.

전쟁의 참혹한 현실

76~77쪽

전쟁은 여러 가지 이유로 세계 곳곳에서 끊임없이 일어나고 있습니다. 전쟁으로 인해 가장 큰 피해를 입는 것은 민간인이며, 이산가족과 전쟁고아, 난민 등이 생겨납니다. 전쟁이 끝나도 사람들은 오래도록 정신적 고통을 겪으며 전쟁의 흔적을 갖고 살아야 합니다. 전쟁에 이겼다고 해서 그것이 과연 진정한 승리인지 생각해 보아요.

내용요약 전쟁

1 ⑤   2 (1)○   3 ㉡

---

1 전쟁이 끝나도 사람들은 오래도록 전쟁의 흔적을 갖고 살아간다는 내용이 4문단에 나와 있습니다. 특히 신체적·물리적 고통보다 정신적인 상처가 더 깊다고 하였습니다.

오답풀이

① 4문단에서 전쟁은 사람들에게 깊은 정신적 상처를 남긴다고 하였습니다.

② 2문단에서 전쟁은 종교나 이념의 차이가 있을 때나 국내의 위기를 극복하기 위해 일어나기도 한다고 하였습니다.

③ 전쟁에서 승리하는 쪽도 이득을 쟁취하는 것이 아니며, 승패와 관계없이 삶을 송두리째 빼앗기는 평범한 사람들이 있다고 5문단에 나옵니다.

④ 전쟁은 여러 가지 이유로 끊임없이 일어나고 있다고 2문단에 나옵니다.

2 이 글은 전쟁이 일어나는 여러 가지 이유를 설명한 후, 전쟁으로 인해 가장 큰 피해를 입는 것은 민간인이며, 오래도록 전쟁의 흔적을 안고 살아가야 한다고 말합니다. 특히 가족과의 이별, 죽음을 목격한 충격, 폭격에 대한 두려움 등 심리적인 트라우마에 시달린다고 하였습니다. 따라서 전쟁과 관련된 캠페인 문구로 알맞은 것은 '전쟁으로 고통받는 아이들의 목소리에 귀 기울여 달라'는 내용입니다.

3 **보기**의 비문(비석에 새긴 글)은 전쟁으로 인해 어머니와 헤어져 그립고 슬픈 마음을 담고 있습니다. '백두산맥', '이산', '살아만 계시라요, 나의 오마니시여' 등을 통해 글쓴이는 6·25 전쟁 때문에 북쪽에서 남쪽으로 피난을 오는 과정에서 어머니와 헤어지게 된 이산가족이라는 것을 알 수 있습니다.

익힘학습 자란다 문해력

78~79쪽

1

가자에 띄운 편지	
1	'나'는 곧 우리 집 바로 옆에서 **폭발**이 일어났다는 것을 깨달았다.
2	어쩌면 내일은 학교를 늦게 가거나, 아예 결석을 한다 해도 아무도 뭐라 하지 않을 것이다.
3	'내' 눈에 보이고 '내' 귀로 들려오는 신문과 라디오는 사방에서 비극을 얘기하고 있었다.
4	요즘처럼 두려움에 사로잡힐 때면 우리가 누구인지 잊어버린다. '나'는 '내'가 어떤 존재인지 알기 위해 글을 쓰기로 맘먹었다.

전쟁의 참혹한 현실	
1	전쟁은 여러 가지 이유로 세계 곳곳에서 끊임없이 일어나고 있다.
2	전쟁이 일어나면 가장 큰 **피해**를 입는 사람은 민간인으로 그 피해는 엄청나다.
3	전쟁이 끝나더라도 사람들은 오래도록 **전쟁**의 흔적을 갖고 살아간다.
4	우리는 전쟁의 승패와 관계없이 그 과정에서 삶을 송두리째 빼앗긴 수많은 평범한 사람들의 이야기를 결코 잊어서는 안 될 것이다.

2 난민
'난민'은 '전쟁이나 재난 따위를 당하여 곤경에 빠진 사람'을 의미하며, 또는 '종교나 이념, 정치적 박해 때문에 원래 자신의 국가로 돌아갈 수 없거나 돌아가기를 원하지 않는 사람'을 의미하기도 합니다.

3 예시답안 전쟁은 정말 상상만 해도 끔찍하다. 전쟁에서 이긴 나라도 진 나라도 그 피해는 이루 말할 수 없다. 가족, 친구, 이웃이 죽거나 다치고, 삶의 터전이 모두 폐허가 될 뿐만 아니라 평생 안고 가야 할 정신적 상처 또한 엄청날 것이다. 어떤 이유에서든 전쟁이 일어나서는 안 된다. 전쟁이 영원히 사라졌으면 좋겠다.

채점 Tip
1) 전쟁은 어떤 이유로 일어나며, 그 피해가 얼마나 심각한지 알고 있어야 합니다.
2) 전쟁에 대해 찬성 혹은 반대하는 입장을 정하고, 그렇게 생각한 까닭을 설득력 있게 쓰는 것이 좋습니다.

4 (1) ㉣ (2) ㉠ (3) ㉡ (4) ㉢

5 (1) 고립 (2) 신변 (3) 몰입 (4) 재건

6 (1) 구호 (2) 폐허 (3) 재건

생각글 1 왕자와 거지

80~81쪽

왕자는 피로와 허기에 지쳐 보이는 거지 소년 톰을 왕궁 안으로 불러들여 맛있는 음식을 대접합니다. 왕자는 톰이 식사하는 동안 가족에 대해 여러 가지 질문을 던집니다. 톰은 자신을 때리는 할머니, 쌍둥이 누이들, 부모님과 함께 산다고 답합니다. 왕자는 톰의 누이들에게 몸종이 없다는 것과 톰에게 옷이 하나밖에 없다는 사실에 놀랍니다.

1 ③	**2** (1) ① (2) ③	**3** (2) ○

1 왕자는 거지 소년 톰이 편하게 식사할 수 있도록 배려하여 시종들을 밖으로 내보냈습니다.

오답풀이
① 거지 소년은 할머니가 밥 먹듯이 자신을 두들겨 팬다고 말하였습니다.
② 왕자는 거지 소년이 난생처음 먹어 보는 음식을 대접하였습니다.
④ 거지 소년이 할머니, 부모님, 쌍둥이 누이와 함께 살고 있다는 것이 왕자와의 대화에 나타나 있습니다.
⑤ 왕자가 자신의 누이들은 웃음이 정신을 좀먹는다며 몸종들을 웃지 못하게 한다고 말하였습니다.

2 왕자는 자신의 생활과 다른 거지 소년의 모습이나 거지 소년이 하는 여러 가지 말이 신기하고 재미있게 느껴집니다. 거지 소년은 왕궁에 들어가 처음 보는 맛있는 음식을 먹으면서 꿈만 같고 행복할 것입니다.

3 「왕자와 거지」 이야기는 신분 차이로 인한 현실을 비판한 것으로, 누구나 신분 차이를 극복할 수 있다는 내용과는 거리가 멉니다.

작품읽기

왕자와 거지
글 마크 트웨인
시공주니어

책 소개
이 이야기는 궁전에 사는 왕자와 빈민가에 사는 거지의 신분을 통해 16세기 영국의 신분 제도와 현실을 비판합니다. 왕자와 거지는 우연히 서로 옷을 바꿔 입었다가 전혀 다른 신분의 삶을 살게 되고 둘 다 여러 가지 곤혹을 치르게 됩니다. 다시 각자의 원래 자리로 돌아가기까지 두 소년이 겪는 모험이 흥미진진한 고전 명작입니다.

생각글 2 신분 제도

82~83쪽

오늘날에는 신분 제도가 거의 사라졌지만, 과거에는 어느 나라에나 태어날 때부터 출신에 따라 계급이 정해지는 신분 제도가 있었습니다. 신분 제도가 생긴 이유는 지배 계급이 노동력을 통제하기 위해서, 그리고 사회적 안정과 질서를 유지하기 위해서였습니다. 신라 시대의 골품제와 인도의 카스트 제도가 대표적인 신분 제도입니다.

내용요약 신분 제도

1 ②　2 ④　3 ②　4 (1)○ (3)○

1 이 글은 신라 시대의 골품제, 인도의 카스트 제도라는 두 가지 예를 들어 신분 제도를 설명하고 있습니다.

2 신분에 따라 권리와 의무가 정해져 있어서 사람들은 자신의 위치를 인정하고 받아들였다고 4문단에 나타나 있습니다.

오답풀이

① 신분 제도는 태어날 때부터 그 출신에 따라 계급이 정해지는 제도를 말합니다.

② 신라 시대의 골품제와 인도의 카스트 제도를 가장 대표적인 신분 제도로 소개하였습니다.

③ 아무리 개인의 능력이 뛰어나도 신분을 바꿀 수 없었다고 한 것으로 보아, 계층 간 이동이 불가능했음을 알 수 있습니다.

⑤ 과거 지배 계급은 노동력을 효율적으로 통제하기 위해 신분 제도를 활용했다는 내용이 4문단에 나옵니다.

3 사람들이 점점 정의롭고 평등한 사회를 지향하면서 신분 제도는 대부분의 나라에서 법적으로 사라졌다고 5문단에 나옵니다.

4 출신이나 계급이 드러나는 사례를 찾아봅니다. (1)에서 고조선의 8조법에 있는 '노비'라는 낱말을 통해 고조선에도 신분 제도가 있었음을 알 수 있습니다. (3)에서는 '양반'인 아버지와 '노비'인 어머니 사이에서 태어난 '천한 몸'이라는 내용을 통해 홍길동의 신분을 알 수 있습니다.

84~85쪽

1

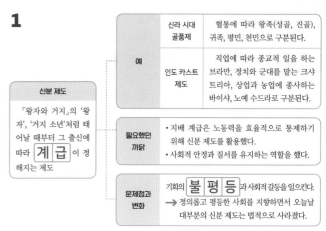

예	신라 시대 골품제	혈통에 따라 왕족(성골, 진골), 귀족, 평민, 천민으로 구분된다.
	인도 카스트 제도	직업에 따라 종교적 일을 하는 브라만, 정치와 군대를 맡는 크샤트리아, 상업과 농업에 종사하는 바이샤, 노예 수드라로 구분된다.

신분 제도

「왕자와 거지」의 '왕자', '거지 소년'처럼 태어날 때부터 그 출신에 따라 **계급**이 정해지는 제도

필요했던 까닭	• 지배 계급은 노동력을 효율적으로 통제하기 위해 신분 제도를 활용했다. • 사회적 안정과 질서를 유지하는 역할을 했다.
문제점과 변화	기회의 **불평등**과 사회적 갈등을 일으킨다. → 정의롭고 평등한 사회를 지향하면서 오늘날 대부분의 신분 제도는 법적으로 사라졌다.

2 (3)○ (4)○

3 (예시답안) 태어날 때부터 출신에 따라 계급이 나누어져 있다니 생각만 해도 끔찍한 일이다. 지배 계급의 사람들이 아무런 노력 없이 자신들의 부와 권력을 대대로 유지하고 싶어서 만든 불합리한 제도라는 생각이 든다. 나는 신분 제도가 없는 요즘 시대에 태어나서 정말 다행이다. 개인의 능력이나 노력에 따라 원하는 것을 얻을 수 있는 정의롭고 평등한 사회가 지금처럼 계속 유지되었으면 좋겠다.

채점 Tip

1) 신분 제도는 부모의 신분을 태어나면서부터 물려받으며, 신분 간의 이동이 불가능한 것이 특징입니다. 이로 인해 많은 제약이 따른다는 것을 알아 두세요.

2) 지금은 법적으로 사라진 신분 제도의 문제점을 중심으로 살펴보는 것이 좋습니다.

4 (1) ㉡ (2) ㉣ (3) ㉠ (4) ㉢

5 (1) 시중 (2) 순응

6 차별

'평등'은 '권리, 의무, 자격 등이 차별 없이 고르고 한결같음.'이라는 뜻이고, '차별'은 '둘 이상의 대상을 각각 등급이나 수준 따위의 차이를 두어서 구별함.'이라는 뜻입니다. 서로 반대되는 의미를 지닌 낱말입니다.

19

전쟁으로 탄생한 운동

86~87쪽

제1차 세계 대전은 여러 나라가 국력을 총동원해 싸운 매우 참혹한 전쟁이었습니다. 기관총, 탱크, 독가스, 전투기, 잠수함 등 수많은 신무기가 전쟁에 동원되었습니다. 솜 전투에서는 처음 탱크가 등장했고, 독가스 공격을 막기 위해 방독면이 개발되었습니다. 방수 기능을 갖춘 트렌치코트와 전쟁 때문에 후유증을 겪는 병사들을 위한 필라테스도 등장하였습니다.

> 내용요약 신무기, 필라테스
> 1 제1차 세계 대전　2 ①　3 ③　4 ④

1 이 글은 제1차 세계 대전이 여러 나라가 국력을 총동원해 대적한 참혹한 전쟁이었다는 것과, 이때 발명된 여러 가지 무기나 신기술에 대해 설명하고 있습니다.

2 전쟁으로 인해 탄생한 여러 가지를 소개하였는데, 2문단에서는 탱크를, 3문단에서는 방독면과 U-보트를, 4문단에서는 트렌치코트를, 5문단에서는 필라테스 운동의 탄생을 설명하였습니다.

> **오답풀이**
> 보트는 '노를 젓거나 모터에 의해 물 위를 움직이면서 떠다닐 수 있는 작은 배.'를 뜻하는 것으로, 아주 오랜 옛날부터 있었습니다. 전쟁으로 인해 탄생한 'U-보트'는 독일의 공격용 잠수함 이름으로 'U'는 독일어 'Untersea(물속)'를 뜻합니다.

3 전쟁에 참가한 사람들은 부상이나 외상 같은 신체적 고통과 불안한 심리 상태 등의 심리적 고통 모두를 겪었음을 5문단에서 알 수 있습니다.

4 **보기**의 내용에서 필라테스를 개발한 사람과 필라테스가 포로들의 운동 부족과 재활, 정신 수련을 위해 만들어졌으며, 침대와 매트리스 등 간단한 기구만으로 운동할 수 있다는 것을 알 수 있습니다.

> **오답풀이**
> ① 필라테스는 몸과 정신 모두를 위한 운동입니다.
> ② '근육 강화 운동법'이라고 했으므로 근력을 키우는 데 도움이 될 것입니다.
> ③ 요제프 필라테스라는 독일인이 개발한 운동으로, '필라테스'라는 이름은 만든 사람 이름을 따서 지었음을 알 수 있습니다.
> ⑤ 포로들의 재활 치료를 위해서였다는 점, 그리고 침대와 매트리스만으로 운동할 수 있다는 내용에서 부상으로 움직이기 힘든 사람들도 운동할 수 있었다는 것을 알 수 있습니다.

잠수함의 원리

88~89쪽

잠수를 위한 인류의 도전은 계속되어 왔습니다. 잠수함보다 크기가 작은 잠수정은 바다 밑을 탐험하며 카메라로 찍을 수 있고, 해양 표본을 수집합니다. 주로 군사 목적으로 사용되는 거대한 잠수함은 어떤 원리로 물속에서 자유자재로 움직이는 것인지 그 원리를 이해해 봅시다.

> 내용요약 잠수함
> 1 ④　2 원자력 잠수함　3 (1) ○　4 (1), (4)

1 이 글을 통해 답을 알 수 없는 것은 우리나라 잠수함의 종류입니다.

> **오답풀이**
> ① 3문단에서 잠수함의 선체 구조는 이중벽으로 되어 있으며, 그 이중벽 사이에 물탱크가 설치되어 있다고 설명하였습니다.
> ② 2문단에서 초기 잠수함은 공기 공급과 추진 장치가 문제였다고 하였습니다.
> ③ 잠수함은 주로 군사 목적으로 이용된다고 하였습니다.
> ⑤ 잠수함의 부력을 조절하는 원리는 4문단에서 설명하고 있습니다.

2 2문단에 초기 잠수함의 문제점이 나타나 있으며, 그것을 보완한 원자력 잠수함이 만들어졌나는 것을 알 수 있습니다.

3 ㉠의 '열쇠'는 어떤 일을 해결하는 데 필요한 가장 중요한 방법을 이르는 말로 쓰였습니다.

4 '부력의 원리'는 물체가 물이나 공기 중에서 뜰 수 있게 해 주는 힘을 말합니다. 수영장에서 튜브를 이용해 몸이 물에 뜨는 것, 물고기나 무거운 배가 바다에 뜰 수 있는 것도 모두 부력 때문입니다.

> **오답풀이**
> ⑵ 물속에서 걷는 것이 물 밖에서 걷는 것보다 힘이 많이 드는 것은 물의 저항력 때문입니다.
> ⑶ 깃털과 야구공이 떨어지는 것은 중력 때문이고, 가벼운 깃털은 공기의 저항을 많이 받기 때문에 무거운 야구공이 빨리 떨어집니다.

자란다 문해력

90~91쪽

1

전 쟁 으로 인해 생겨난 것들	
수랭식 기관총, 탱크	• 연발 사격으로 뜨거워진 총구를 물로 식혀 가며 계속 사격할 수 있도록 한 무기인 수랭식 기관총 • 어니스트 스윈튼이라는 영국 종군 기자가 발명한 탱크
방독면, 전투기, 잠수함	• 독일의 독가스 살포로 인하여 개발된 방독면 • 최초로 사용된 전투기 • 세계 최강 해군 국가인 영국 때문에 독일이 개발한 공격용 잠수함
트렌치코트, 심리학, 성형 수술, 필라테스	• 방수 기능을 갖춘 트렌치코트 • 불안한 심리 상태를 안정시키기 위한 심리학 • 부상을 치료하기 위한 성형 수술 • 후유증 치료와 재활을 위한 필 라 테 스

2 (2) ○

3 예시답안 1 전쟁으로 인해 생겨난 것들 중에 독가스가 살상 무기로 사용되고 나서 바로 방독면이 만들어졌다는 것을 알고 사람의 능력이 대단한 것 같아서 흥미로웠다. 또 엄마가 입으시는 트렌치코트가 전쟁 때문에 만들어졌다니, 방수가 잘 돼서 편하다고 하셨는데 엄마는 이 사실을 알고 계실지 궁금하다.

예시답안 2 전쟁은 절대 일어나지 말아야 할 일이지만, 그동안 축적한 과학 기술이 전쟁을 치르는 데 총동원되면서 새로운 발명품들이 많이 생겨났다는 것을 알게 되었다. 그중 필라테스라는 운동이 후유증 치료와 재활을 위해 만들어졌다는 것이 무척 신기했다. 필라테스의 동작들을 사진으로 찾아보았는데 좀 힘들어 보여서 근육 강화 운동이라는 말이 와닿았다.

채점 Tip ▶
1) 전쟁으로 인해 생겨난 여러 가지 무기나 기술, 물건에 대해서 파악해 봅시다.
2) 전쟁으로 인해 생겨난 것들 중에 가장 흥미로운 것을 골라서 이야기하고 그 이유를 적어 봅시다.

4 (1) ㉠ (2) ㉢ (3) ㉣ (4) ㉡

5 (1) 대적 (2) 재활 (3) 종군 (4) 발명

6 (4) ○
보기의 '옷'은 '트렌치코트'를 포함하는 낱말입니다. 이와 같은 관계에 있는 낱말은 '신무기'와 '잠수함'입니다.
(1) '승 - 패'와 (2) '방어 - 공격'은 반대말이고, (3) '발명 - 개발'은 비슷한말입니다.

생각글 **1** **화폐의 역사**

92~93쪽

최초의 화폐는 조개껍데기, 볍씨, 옷감 같은 물품 화폐였습니다. 하지만 이와 같은 물품 화폐가 시간이 지나면 깨지거나 썩어서 못 쓰게 되는 문제점을 보완하기 위해 금속 화폐와 지폐가 등장했습니다. 그리고 상업과 무역의 발달로 신용 화폐가 등장하였습니다. 현대에는 현금 대신 신용 카드가 대중화되었습니다.

내용요약 화폐, 지폐
1 ② **2** ②, ④, ①, ③ **3** (1) ② (2) ③

1 2문단에서 물품 화폐에 대해 설명하면서, 얼음같이 계절에 따라 물건의 가치가 변하는 것은 사용하기 어렵다고 하였습니다. 주로 가벼워서 지니기 쉽고 일정한 가치를 지닌 조개껍데기, 볍씨, 옷감, 쌀, 소금 등이 사용되었습니다.

오답풀이
① 이 글은 시대가 변하고 사람들의 필요와 생활 모습이 달라지면서 화폐가 어떻게 발전했는지 설명하고 있습니다.
③ 화폐의 중요한 조건은 그 가치가 쉽게 변하지 않는 것입니다. 그래야 다른 물건이나 서비스의 가치를 매길 수 있기 때문입니다.
④ 신용 화폐는 수표나 어음으로, 미래의 어느 시점에 돈을 지불하겠다는 신용을 담은 것입니다.
⑤ 현재 전해 오는 화폐 중 가장 오래된 금속 화폐는 중국의 '포전'과 '도전'이라고 3문단에 나와 있습니다.

2 처음에는 ②처럼 사람들끼리 서로 물건을 교환하는 형태였습니다. 그러다가 ④같이 물건과 교환할 수 있는 물품 화폐가 사용되었습니다. 그다음으로 ①의 금속 화폐가 등장하였고, 무역과 상업의 발달로 ③처럼 신용 화폐가 나타나게 되었습니다.

3 물품 화폐의 예로 알맞은 것은 ②에서 아이돌 가수의 팬 카페에서 포토 카드라는 물품을 가지고 굿즈로 교환할 수 있는 것입니다. 신용 화폐의 예로 알맞은 것은 ③의 한 회사가 다른 회사의 물건을 사면서, 나중에 돈을 준다는 증서, 즉 어음을 발행한 것입니다.

생각글
2 가상 화폐

94~95쪽

가상 화폐는 동전이나 지폐 같은 실물 화폐 없이 가상 공간에서 거래되는 디지털 화폐를 뜻합니다. 최근 주목받는 가상 화폐인 비트코인은 이용자들이 컴퓨터를 이용해 복잡한 수학 문제를 풀면, 직접 돈을 만들어 낼 수 있습니다. 가상 화폐는 보안 기능이 우수하고 전 세계 어디서든 자유롭게 사용할 수 있다는 장점이 있는 반면, 그 가치가 불안정하다는 단점이 있습니다.

내용요약 가상 화폐

1 ④   **2** ③   **3** (4) ○   **4** (1) ② (2) ③

1 이 글에서는 가상 화폐의 정의, 그리고 가상 화폐를 만들어 내는 방법, 여러 가지 장점과 단점에 대해서 설명하고 있습니다.

2 기존 화폐는 어떤 해커가 은행 컴퓨터에 침입하여 정보를 지워 버릴 수 있기 때문에 보안에 취약한 편입니다. 그에 비해 가상 화폐는 여러 대의 컴퓨터에 정보가 저장되는 블록체인 기술을 사용하여 보안성이 높다고 3문단에서 설명하였습니다.

오답풀이

①, ② 기존 화폐는 국가나 중앙 관리 기구에서 돈을 찍어 내고, 가상 화폐는 이용자가 복잡한 수학 문제를 풀어서 발행에 참여합니다.

④ 가상 화폐 가치의 불안정성 때문에 지금 사용하는 지폐나 동전을 가상 화폐가 대체하기는 어려울 것이라고 하였습니다.

⑤ 가상 화폐는 가치가 급변하여 안정성이 부족하다고 5문단에서 말하였습니다.

3 실물 화폐와 가상 화폐의 공통점은 어떤 물건을 일정한 가치로 교환하는 기능입니다.

4 디지털 화폐의 예로는 ②의 메신저에서 이모티콘 구입을 위해 가상의 '초코'라는 화폐를 사용해야 한다는 내용이 알맞습니다. 블록체인 기술의 예로는 ③의 모바일 신분증 정보가 여러 대의 기기에 나누어 저장된다는 내용이 알맞습니다.

익힘학습 **자란다 문해력**

96~97쪽

1

화폐	물건을 거래하는 데 사용되는, 일정한 가치를 지닌 것

물품 화폐	금속 화폐와 지폐	신용 화폐와 카드	가상 화폐
• 먼 옛날 인류는 물물 **교환**의 불편함을 없애기 위해 특정한 물품을 화폐로 사용함. • 옷감, 쌀, 소금처럼 가치가 일정하고 지니고 다니기 좋은 것을 사용함.	• 시간이 지나면 못 쓰게 되는 물품 화폐의 단점을 보완하기 위해 만들어짐. • 변하지 않는 성질의 금, 은, 철, 청동 등으로 만든 금속 화폐와 종이로 된 지폐가 등장함.	• 신뢰를 바탕으로 교환하는 수표, 어음 같은 **신용** 화폐가 등장함. • 현대 사회로 오면서 현금 대신 신용 카드를 많이 사용함.	• 실물 화폐 없이 **가상** 공간에서 거래되는 디지털 화폐임. • 비트코인이 대표적이며, 누구나 만들 수 있고 보안성이 높음. 단 가치가 빠르게 변해 안정성이 부족함.

2 (2) ○

베네수엘라에서는 인플레이션, 즉 돈의 가치에 비해 물건 가격이 끝없이 올라가는 현상으로 인해 국민들이 큰 고통을 겪었다고 했습니다. 따라서 화폐의 가치는 일정해야 한다는 조건을 알 수 있습니다.

3 **(예시답안)** 우리 부모님 세대만 해도 지갑에 현금을 넣어서 다니셨다고 하는데, 나는 체크카드를 들고 다니면서 버스를 타거나 간식을 사 먹는 데 사용한다. 그리고 스마트폰에서 사용이 가능한 가상 화폐에도 무척 익숙한 편이다. 미래에는 이보다 더 발전한 화폐가 나올 것 같다. 실물 신용 카드는 사라지고 생체 인식으로 결제하는 세상이 올 것 같다.

채점 Tip

1) 미래의 화폐의 모습을 짐작하기 위해서는 과거에 어떤 화폐들이 있었는지, 어떻게 변화해 왔고 각 화폐들의 특징이 무엇인지 알고 있어야 합니다.

2) 현재는 신용 카드를 현금보다 많이 쓰고 있으며, 더 먼 미래에는 더 첨단 기술이 나올 것으로 예측해 볼 수 있습니다.

4 (1) ㉢ (2) ㉡ (3) ㉣ (4) ㉠

5 (1) 가상 (2) 교환 (3) 신용 (4) 지불 (5) 가치

6 교환

생각글 1 유전자 조작 식물

98~99쪽

유전자 조작 식물은 더 튼튼한 식물을 만들거나 생산량을 늘리기 위해 식물의 세포 속 유전자를 조작하여 만든 것입니다. 이렇게 만들어진 식물은 해충에 강하고 한 식물에서 두 종류의 채소를 얻을 수도 있습니다. 하지만 어떤 부작용이 따라올지 정확히 알 수 없기 때문에 환경과 우리 삶에 어떤 영향을 끼칠지 신중하게 따져 볼 필요가 있습니다.

내용요약 유전자 조작
1 ③ **2** (2), (3) **3** 민기

1 유전자 조작 식물이 생태계에 끼칠 수 있는 영향 중 하나인 슈퍼 해충이 나타나는 것은 생태계를 교란시키는 일입니다.

오답풀이

① 2문단에서 유전자 조작 식물은 여러 식물의 유전자를 이어 붙여서 장점만을 취하기도 한다고 하였습니다.
② 2문단에서 유전자를 조작하여 원래 식물이 가지고 있던 단점을 없앨 수 있다고 하였습니다.
④ 5문단에서 유전자 조작이 우리 삶에 어떤 영향을 줄지 신중하게 따져 보아야 한다고 하였습니다.
⑤ 4문단에서 우리나라에서는 유전자 조작 식물이 3퍼센트 이상 들어간 식품에 표시를 한다고 밝혔습니다.

2 (2)의 유전자를 조절하여 해충의 영향을 받지 않는 콩, (3)의 후추 향이 나게 만들기 위해 유전자를 편집한 겨자가 유전자를 조작한 사례에 해당합니다.

오답풀이

(1) 비닐하우스에서 재배하여 겨울에 나온 수박은 재배 환경을 인공적으로 만들어 준 것이므로 유전자 조작이 아닙니다.
(4) 단맛이 많이 나는 딸기의 씨만 골라 심어 자란 딸기는, 씨를 골라서 심은 것일 뿐 유전자 조작과 거리가 멉니다.

3 **보기**의 내용은 우리나라 법에는 유전자 조작 식물을 포함한 비율이 3퍼센트가 넘어야 표시하게 되어 있어서 이를 모르고 먹을 가능성이 있다고 하였습니다. 또 몰래 유전자 조작 씨앗을 들여온 사례도 있다고 하였습니다. 따라서 유전자 조작 식물을 모르고 먹을 수 있으니 좀 더 철저히 관리하고 소비자에게 정확한 정보를 주어야 한다는 서율, 태건, 지수의 말이 알맞습니다.

생각글 2 친환경 농업

100~101쪽

우리나라는 1960년대부터 화학 비료와 농약을 적극 사용하여, 농작물이 더 튼튼하고 크게 자라게 되었고 해충을 방지할 수 있었습니다. 하지만 비료와 농약의 부작용이 알려지고 건강과 환경에 대한 관심이 증가하면서 친환경 농법의 인기가 높아지고 있습니다. 우리나라는 다양한 친환경 농법을 도입하고 있으며, 안전한 먹거리에 대해 지속적으로 관심을 가져야겠습니다.

내용요약 친환경
1 ④ **2** ③ **3** (2) ○

1 이 글에서 글쓴이가 말하고자 하는 것은 안전한 먹거리를 제공해 주는 친환경 농업을 적극적으로 더 많이 도입해야 한다는 것입니다. 특히 4문단에 이러한 주장이 잘 나타나 있습니다.

오답풀이

① 화학 비료와 농약의 부작용으로 친환경 농업이 도입되었음을 설명하였습니다.
② 화학 비료와 농약을 사용하여 농작물 수확량이 늘어났다는 내용은 있으나, 화학 비료와 농약을 쓰는 것이 좋다는 내용은 없습니다.
③ 농약은 아직도 많이 사용되고 있으며, 과학 기술의 발전으로 농약 없이 농사를 지을 수 있게 되었다는 내용은 찾아볼 수 없습니다.
⑤ 친환경 농산물은 생산 비용이 높아 가격이 비싸다는 단점이 있습니다. 하지만 미래 세대만을 위한 것이라는 한계가 있다는 내용은 잘못되었습니다.

2 **보기**에서 서영이가 내일 실과 시간에 사용할 채소를 구입하면서, 특별히 농약과 화학 비료를 전혀 사용하지 않은 농산물을 골랐다고 하였습니다. 그 인증 표시에 해당하는 것은 '유기 농산물'입니다. '무농약 농산물'은 농약은 쓰지 않고 화학 비료를 권장량의 3분의 1 이내로 사용한 것을 뜻합니다.

3 검색한 자료는 친환경 농사법의 종류에 대한 것인데, 농작물에 피해를 주는 해충을 없애기 위해 곤충을 이용하는 방법이라고 했습니다. '농약을 치는 대신 해충을 잡아먹는 천적인 곤충을 풀어'라고 하였으므로 곤충을 이용한 농사법임을 알 수 있습니다.

자란다 문해력

102~103쪽

1

유전자 조작 식물	
1	더 튼튼하게 많이 생산하려고 유전자 조작 식물을 만들었다.
2	유전자 조작 식물은 원래 식물의 **장 점** 만을 취하여 만든다.
3	하지만 유전자 조작 식물이 **생 태 계** 에 어떤 영향을 줄지 알 수 없다.
4	또 유전자 조작 식물을 먹는 것이 인간과 동물의 몸에 어떤 영향을 주는지도 밝혀지지 않았다.
5	따라서 유전자 조작 식물에 대해 신중하게 따져 보는 태도를 가져야 한다.

친환경 농업	
1	화학 비료와 농약을 사용한 농사법이 환경에 악영향을 준다.
2	화학 비료나 **농 약** 을 사용하지 않는 친환경 농법의 인기가 높아지고 있다.
3	음악 활용 농법이나 오리, 지렁이, 참게 등 동물을 이용한 친환경 농법도 있다.
4	하지만 친환경 농산물은 가격이 비싸고, 유통 기한이 짧다는 단점이 있다.
5	안전한 먹거리를 제공해 주는 친환경 농업을 계속 발전시켜 나가야 한다.

2 (1) ◯

3 (예시답안) 유전자 조작 옥수수에 대해서 들어본 적이 있는데, 그냥 먹어도 된다는 사람도 있고 혹시 몸에 어떤 영향을 줄지 모르니 먹으면 안 된다는 사람도 있었다. 엄마가 유기 농산물을 가끔 사 오시는데, 일반 채소나 과일보다 크기가 좀 더 작고 벌레가 먹어 있기도 해서 좀 의아했다. 하지만 몸에 훨씬 좋다고 하니 앞으로 친환경 농산물에 관심을 갖고 많이 먹어야겠다.

(채점 Tip)
1) 유전자 조작 식물이 무엇을 의미하는지, 그리고 어떤 장단점이 있는지 파악하고 있어야 합니다.
2) 친환경 농업 방법과 유기 농산물, 무농약 농산물의 정의와 장단점에 대해서 알고, 평소에 먹는 음식을 떠올려 적으면 됩니다.

4 (1) ㉡ (2) ㉣ (3) ㉢ (4) ㉠

5 (1) **교란** (2) **해충** (3) **수확** (4) **조작**

6 비료
'거름'은 '식물이 잘 자라도록 땅을 기름지게 하기 위하여 주는 물질'로 똥, 썩은 동식물 등이 있습니다. '비료'는 '땅의 생산력을 높이고 식물을 잘 자라게 하기 위해 경작지에 뿌리는 영양 물질'이라는 뜻으로 서로 바꾸어 쓸 수 있습니다.

생각글 1 아이, 로봇

106~107쪽

웨스턴 씨 집에서는 로비라는 첨단 로봇이 딸 글로리아를 돌보고 있었습니다. 웨스턴 부인은 기계는 영혼도 없고 속으로 무슨 생각을 하는지도 모르겠으니 딸을 맡기는 것은 위험하다며 반대합니다. 하지만 웨스턴 씨는 기계가 사무실 직원들보다 똑똑하고, 인간 유모보다 믿음직하다고 부인을 설득합니다. 특히 로봇 공학 제1원칙에 따르면 로봇이 인간에게 해를 입히는 건 불가능하다고 믿고 있습니다.

1 ②	2 ④	3 민수

1 웨스턴과 웨스턴 부인의 딸 이름은 글로리아입니다. 로비는 글로리아가 부르는 로봇의 이름입니다.

(오답풀이)
① "로봇이 우리 애한테서 잠시도 떨어지지 않는다고요."라는 웨스턴 부인의 말에서 알 수 있습니다.
③ 웨스턴 씨는 웨스턴 부인의 주장이 억지라고 생각합니다. 마지막 부분에서 기계를 못 믿겠다는 부인의 말에 '자신도 모르게 짜증을 내면서 단호하게' 말하였다고 했습니다.
④ 아이를 돌봐 주는 로봇인 로비는 반년 치 수입을 바쳐서 산 최상급 로봇이라고 웨스턴 씨가 말하였습니다.
⑤ 로봇 공학 제1원칙에 따르면 로봇이 인간에게 해를 입히는 건 불가능하다고 하였습니다.

2 딸 글로리아가 자신을 돌보는 로봇인 로비와 함께 있는 것을 무서워한다는 내용은 어디에도 나와 있지 않습니다. 글로리아와 로비가 서로 떨어지지 않는다고 말한 것에서 별 문제 없이 잘 지내고 있다고 짐작할 수 있습니다.

3 **보기**의 내용은 미래에는 의사를 대신하여 로봇이 수술하는 시대가 올지도 모른다면서 이를 의료 혁명이라고 표현하였습니다. 웨스턴 부인이 이 기사를 보았다면 로봇에게 수술을 맡기는 것은 위험하다고 걱정했을 것이므로, '로봇이 잘못 작동하기라도 하면 큰 사고가 날 것'이라는 민수의 말이 가장 알맞습니다.

로봇 공학 3원칙

108~109쪽

110~111쪽

로봇은 사람들이 하기 힘든 일을 대신해 주며 다양한 서비스를 제공합니다. 이제 사람과 똑같이 생각하고 움직이는 로봇이 등장할 날이 머지않았습니다. 로봇의 발전에 대해 사람들은 기대하기도 하고 우려하기도 합니다. 우려하는 입장에서는 로봇이 인간에게 반항하거나 인간을 지배하려 할 수 있다고 생각하는데, 이러한 우려를 잠재우기 위해 '로봇 공학 3원칙'이 생겼습니다. 로봇과 인간의 평화로운 공존을 위해 함께 고민해 봅시다.

내용요약 원칙

1 ③ **2** ㉢ **3** (3) **4** (1) ○

1 이 글에서 설명한 '로봇 공학 3원칙'의 내용을 통해 로봇의 행동을 통제하기 위한 원칙이 존재하는 것을 알 수 있습니다.

오답풀이

①, ②의 내용은 글에서 찾을 수 없습니다. 사람들은 로봇과 인간의 평화로운 공존을 위한 고민을 계속하고 있습니다.

④ 1문단에서 로봇이 인간의 편의를 위해 다양한 서비스를 제공한다고 하였습니다.

⑤ 많은 사람들이 로봇이 인간의 삶을 편리하게 해 줄 것이라고 기대하고 있지만, 우려가 섞인 시각도 있습니다.

2 로봇이 우리 생활을 더 편리하게 해 줄 것이라고 기대하는 입장과, 로봇이 인간에게 반항하거나 인간을 지배하려 할지 모른다고 우려하는 두 가지 상반된 입장이 있습니다. 이 중에서 로봇 공학 3원칙이 생겨난 원인은 우려하는 입장 때문입니다.

3 로봇 공학 3원칙을 요약하면, 로봇은 인간에게 해를 입힐 수 없다는 것을 바탕으로, 인간의 명령에 무조건 복종해야 하고, 그런 뒤에 로봇 자신을 지킬 수 있다는 것입니다. 따라서 (3)의 총을 쏘는 사람으로부터 자신을 지키기 위해 인간을 공격한 로봇이 '로봇 공학 3원칙'에 위배됩니다.

4 인간의 명령은 아마존 밀림의 나무를 모두 베라는 것인데, 이는 장기적으로 환경을 파괴시켜 인류를 위험에 빠뜨릴 수 있으므로 제0원칙을 위반한 것입니다.

1

	아이, 로봇
1	웨스턴 부인은 딸을 돌보는 로봇을 끔찍한 **기계**로 생각한다.
2	웨스턴은 웨스턴 부인의 말에 반박하며 로비가 최상급 로봇임을 이야기한다.
3	웨스턴 부인은 로비에게 딸을 맡기고 싶어 하지 않는다.
4	웨스턴은 로비가 충직하다고 이야기하지만, 웨스턴 부인은 여전히 걱정스럽다.
5	웨스턴은 로봇 공학 제1원칙을 이야기하며 로비가 안전하다고 설득한다.

	로봇 공학 3원칙
1	기술의 발전으로 사람처럼 생각하고 행동하는 로봇이 등장하고 있다.
2	로봇 기술의 발전에 대해 많은 사람들이 기대와 우려를 동시에 한다. 특히 로봇이 인간을 지배하려 할지 모른다는 우려가 있다.
3	이러한 우려를 없애고 **로봇**의 행동을 통제하기 위해 아시모프는 로봇 공학 3원칙을 제안하였다.
4	3원칙에 더해 0원칙을 새로 만드는 등 로봇과 인간의 평화로운 공존을 위한 고민은 계속된다.

2 (1) ○

3 예시답안 로봇이 나오는 영화를 보면, 아주 지능이 뛰어난 로봇들이 단합하여 인간에 대적하는 장면이 나올 때가 있다. 그럴 때마다 힘도 강하고 머리도 좋은 로봇들에게 인간이 질 것 같은데, 영화이기 때문에 위기를 넘기고 인간의 승리로 끝나는 것 같다. 만약 로봇이 나쁜 마음을 먹는다면 충분히 인류를 지배하고 우리의 삶을 위협할 수 있을 것 같다. 이런 일이 일어날 수 있다는 것을 항상 염두에 두고 과학자들과 함께 대책을 마련해 가야 한다.

채점 Tip

1) 로봇 기술이 발달할수록 로봇이 인간에 대적하거나 인간에게 반항할 수도 있기 때문에 인간은 이를 막기 위해 사전 장치나 예방책을 마련해야 한다는 것을 알고 작성합니다.

2) 로봇 공학 3원칙 중에 생각나는 원칙을 예로 들어도 좋습니다.

4 (1) ㉢ (2) ㉠ (3) ㉣ (4) ㉡

5 (1) 공존 (2) 원칙 (3) 명령 (4) 로봇

6 명령

생각주제 17
기사도 정신이란 무엇인가?

생각글 1 돈키호테

112~113쪽

라만차 지방 어느 마을에 시골 귀족이 살았는데 기사 소설을 읽는 재미에 푹 빠져서 소설 속 이야기를 사실이라고 믿게 되었습니다. 그는 기사가 되어 커다란 위험을 이겨 내고서 명성을 얻고 싶어서 갑옷과 투구를 갖추고, 뼈밖에 안 남은 자신의 말에 '로시난테'라는 이름을 붙였습니다. 그리고 자신의 이름은 '돈키호테 데 라만차'라고 짓고 세상을 바로잡기 위해 어느 날 길을 떠났습니다.

> 1 ②   2 (3) ○   3 ③, ④   4 주저하지 않고 행동하는

1 이 글은 시골 기사 돈키호테가 세상을 구하는 기사가 되겠다는 착각에 길을 떠나는 장면입니다. 다른 장치들은 주인공의 오래되고 녹슬고 우스꽝스러운 면을 보여 주는데, '달리기를 잘하는 사냥개'는 그런 장치로 보기 힘듭니다.

2 돈키호테가 말의 '이름을 뭐라고 지을까 고민하다 나흘이 지났다'는 내용에서 이름을 짓는 데 고민이 많고 좋은 이름을 지어 주고 싶어서라는 것을 짐작할 수 있습니다.

3 돈키호테가 기사가 되어 길을 떠나기로 결심한 후 가장 먼저 한 일이 증조할아버지의 갑옷을 청소하고, 마분지로 투구 덮개를 만든 것에서 기사의 복장을 알 수 있습니다. 또 그가 읽은 기사 소설에는 위험과 모험으로 가득 찬 세상 이야기가 나옴을 알 수 있습니다.

오답풀이
① 기사들이 돈을 많이 버는 것을 중시했다는 내용은 나오지 않습니다.
② '이미 뛰어난 말과 유명한 기사에 붙은 이름이 많기 때문에'라는 문장에서 기사가 타는 말에도 이름을 붙여 줌을 알 수 있습니다.
⑤ 돈키호테는 유명한 기사의 이름 짓는 방식을 참고했습니다.

4 돈키호테는 기사 소설에 푹 빠져, 자신이 기사가 되어 명성을 얻고 싶은 생각을 바로 실행에 옮겨 비쩍 마른 말을 타고 길을 떠나는 것입니다.

작품읽기

돈키호테
글 미겔 데 세르반테스
비룡소

책 소개
돈키호테는 기사 소설에 심하게 빠져들어 결국은 자기가 기사가 되겠다고 나섭니다. 세상의 모든 일을 기사 소설에 빗대어 생각하며 현실과 상상 속 세계를 혼동하지만 돈키호테의 기사도 정신만은 정의롭습니다. 당시 거짓으로 가득 찬 기사도 정신을 비판하는 풍자 문학의 대표작입니다.

생각글 2 기사도 정신과 십자군 전쟁

114~115쪽

기사는 중세 유럽에서 영주에 고용되어 활동하던 무사로, 원래 농민과 귀족 사이의 중간 계층에 속해 있었습니다. 귀족들은 영토를 넓히기 위해 기사들을 약탈에 동원했고, 이러한 횡포를 다스리기 위해 성직자들이 '기사도'를 규범으로 만들었습니다. 16~17세기에 유행하던 기사도 정신은 19세기 영국에서 부활해 신사도로 이어지게 됩니다.

> **내용요약** 기사도
> 1 십자군   2 ⑤   3 ②   4 (4)

1 교황이 기사들의 불만을 잠재우고 관심을 외부로 돌리기 위해 일으킨 전쟁은, 그리스도교들의 성지인 예루살렘을 되찾기 위한 십자군 전쟁입니다.

2 기사도 문학이 기사들을 용맹하고 사랑과 정의로움을 갖춘 인물로 그리면서 기사의 이미지가 영웅으로 바뀌었다고 3문단에서 설명하였습니다.

오답풀이
① 기사들은 전투를 주로 하였고, 농사를 지었다는 내용은 나와 있지 않습니다.
② 3문단에서 기사들이 큰 보상과 명예를 위해 전쟁에 참여했다는 내용이 나옵니다.
③ 기사가 되기 위한 조건으로 신앙심이 있어야 한다는 내용은 없습니다.
④ 십자군 전쟁이 끝나고 나서 왕과 귀족들이 자신들의 명예와 지위를 높이기 위해 기사의 좋은 이미지를 이용하고 싶어 했으며, 아무나 기사가 될 수 없도록 하였다는 내용이 나옵니다. 하지만 1문단을 보면 원래 기사는 농민과 귀족 사이의 중간 계층에 속했다고 하였습니다.

3 이 글은 중세 유럽에서 기사들이 어떤 일을 했고 어떤 지위를 가지고 있었는지, 기사도 정신은 왜 생겨났으며, 십자군 전쟁에 참가한 이후 기사에 대한 이미지는 어떻게 바뀌었는지를 시간 순서대로 설명하고 있습니다.

4 '적 앞에서 후퇴하지 마라.'라는 기사도 정신은 전쟁에 나갔을 때 물러나지 말고 용감히 싸우라는 의미를 담고 있습니다. 이는 화랑도의 '임전무퇴' 정신과 비슷한 내용입니다.

생각주제 18
왜 경험이 소유보다 중요해졌을까?

익힘학습 자란다 문해력

116~117쪽

1

돈키호테		기사도 정신과 십자군 전쟁	
2	돈키호테는 증조할아버지의 녹슨 갑옷을 청소하고, 마분지로 투구 덮개를 만들고, 자신의 말 이름을 '로시난테'라고 지었다.	**2**	기사들의 횡포를 다스리기 위해 그리스도교의 교리를 이용하여 교화시키고자 하는 과정에서 기사도가 등장했다.
4	어느 날 아침 해가 밝기 전, 그는 모든 무기로 무장한 채 로시난테 위에 올라타고 길을 떠났다.	**3**	기사들은 큰 보상과 명예를 얻기 위해 십자군 전쟁에 참여했고, 기사도 문학으로 인해 영웅의 이미지를 갖게 되었다.
3	그는 자신의 이름을 '돈키호테 데 라만차'라고 지었다. 그렇게 하는 것이 조국을 명확히 밝히고 명예롭게 하는 일이라 생각했다.	**1**	귀족들이 시키는 무분별한 약탈과 침략에 기사들이 가담하면서 큰 사회적 문제로 떠오르게 되었다.
1	기사 소설을 많이 읽은 돈키호테는 자신도 그런 기사가 되어 온갖 장애물과 위험을 이겨 내고 영원한 명성을 얻고 싶었다.	**4**	왕과 귀족들도 명예와 지위를 높이기 위해 기사의 좋은 이미지를 이용하고 싶어 했고, 기사 계급이 귀족 계급에 속하게 되었다.

2 (2) ◯

돈키호테가 읽었던 기사 소설은 기사들을 용맹하고 사랑과 정의로움을 갖춘 영웅의 이미지로 묘사하였을 것임을 짐작할 수 있습니다. 돈키호테는 그런 기사 소설에 나온 기사처럼 기사도를 펼치고 싶어서 길을 떠난 것입니다.

3 (예시답안) 돈키호테는 기사 소설을 너무 많이 읽은 탓에 기사도에 대한 환상으로 가득 차 있다고 하였다. 하지만 돈키호테가 생각하는 기사도 정신은 약자를 돕고, 악과 부정을 물리치고 정의를 바로잡는 것이었다. 비록 소설에서는 돈키호테의 행동을 허황되고 우스꽝스럽게 그렸지만, 그가 추구하고자 한 기사도 정신만큼은 멋지다고 생각한다.

(채점 Tip)
1) 「돈키호테」의 대략적인 내용이나 소설이 쓰여진 배경 등을 파악하고 있으면 좋습니다.
2) 돈키호테는 우스꽝스러운 인물이지만, 자신의 생각을 행동으로 옮기는 모습을 보이며, 기사도 정신을 실천하고자 노력하는 인물입니다.

4 (1) ㉠ (2) ㉣ (3) ㉡ (4) ㉢

5 (1) 명성 (2) 겸양 (3) 치욕 (4) 명분

6 치욕

생각글 1 소유에서 경험으로

118~119쪽

공유 경제란 제품을 여럿이 함께 나눠 사용하거나 서로 빌려주는 등 협력하여 소비하는 경제 활동을 가리킵니다. 제러미 리프킨은 『소유의 종말』에서 소유 대신 접속의 시대가 오고 있다고 이야기합니다. 인터넷과 스마트폰의 보급으로 접속 서비스가 확대되었는데, 최신 제품을 매번 살 필요가 없어서 경제적이고, 물건이나 데이터를 보관할 장소도 필요 없다는 장점이 있습니다. 사람들은 이제 소유보다 경험을 중시하게 되었습니다.

(내용요약) 접속, 경험

1 ① **2** ② **3** (3) ◯ (4) ◯ **4** (2), (3)

1 이 글에서는 소유의 시대가 가고, 여럿이 제품이나 서비스를 공유하는 공유 경제, 즉 접속의 시대가 오고 있다고 하였습니다. 2문단에 소유와 접속은 상반되는 개념이라고 나옵니다.

2 이 글에서는 여러 가지 접속의 사례를 다루고 있는데, 1문단에서 자전거 공유 서비스, 2문단에서 정수기나 공기 청정기 대여, 3문단에서 영상 시청과 음악 실시간 재생 서비스를 예로 들었습니다. 잡지 구독 서비스에 대한 언급은 없습니다.

3 이제 사람들은 '산 만큼'이 아니라 '사용한 만큼' 대가를 지불하고 싶어 한다고 하였습니다. 그 의미는 물건을 소유할 필요성을 굳이 느끼지 않고, 적당한 대가를 지불하고 나눠 쓰거나 빌려 쓰고 싶어 한다는 의미입니다. 그 이유는 매번 살 필요가 없어서 경제적으로 이익이고, 언제 어디서든 편하게 필요한 물건과 서비스를 이용할 수 있다는 장점 때문입니다.

4 '접속의 시대'에 알맞은 사례는 (2)의 재택근무자를 위해 가상 회의 공간을 제공하는 회사(공간 대여)와 (3)의 회원들에게 최신 영화를 무제한으로 볼 수 있는 서비스를 제공하는 회사(영상 시청 서비스)입니다.

2 구독 경제

120~121쪽

상품이나 서비스에 대해 일정 기간 단위로 비용을 지불하며 이용하는 경제 활동인 '구독 경제'가 새로운 추세로 떠오르고 있습니다. 구독 경제는 OTT, 침대 대여, 식품이나 꽃 구독 등 다양합니다. 하나를 구매해서 소유하는 것보다 구독을 통해 여러 상품과 서비스를 골고루 경험하는 것이 이익이 되는 구독 경제의 장점을 자세히 알아봅니다.

내용요약 구독, 경험

1 ③   2 구독   3 (1) **3** (2) **4**   4 ①

1 이 글은 구독 경제의 정의에 대해 먼저 설명하고, 다양한 형태의 서비스들이 존재한다고 예를 든 뒤에, 구독 경제의 세 가지 특징에 대해 설명하였습니다.

2 원래 '잡지나 신문을 구입해 읽는다'는 뜻의 '구독'이라는 말의 뜻이 확대되어 구독 경제가 되었다고 1문단에서 말하였습니다.

3 **보기**에 나타난 주환과 유현의 대화에서 구독 경제의 특징을 찾아볼 수 있습니다. ㉠에서 노트북을 빌려 쓰면 저렴하다는 내용은 글 **3**에 나타난 첫 번째 특징과 관계가 있습니다. ㉡에서 OTT 서비스를 이용하면 매번 새로 나온 드라마와 영화를 시청할 수 있어서 좋다는 내용은 글 **4**에 나타난 두 번째 특징과 관계가 있습니다.

4 제시된 그래프를 보면 연도가 지나면서 구독 경제 시장의 규모가 점점 커지는 것을 알 수 있습니다. 따라서 구독 경제 서비스의 종류가 점점 더 다양해지고, 이용자 수도 늘어날 것임을 짐작할 수 있습니다. 이렇게 되면 기업도 구독 경제 서비스에 더 많은 관심을 가질 것입니다.

배경지식

OTT(Over The Top)

OTT는 드라마나 영화 등 다양한 미디어 콘텐츠를 인터넷으로 제공하는 서비스를 말합니다. 정해진 방송 전용망으로 정해진 시간에 콘텐츠를 전송하는 기존의 방송 서비스와 달리 OTT는 인터넷으로 콘텐츠를 전송하기 때문에 이용 시간이 자유롭고, 스마트폰이나 태블릿 PC 등 다양한 기기에서 원하는 프로그램을 볼 수 있습니다. 유튜브나 넷플릭스가 대표적인 OTT 서비스입니다.

자란다 문해력

122~123쪽

1

소유에서 경험으로
1 사람들은 물건을 사지 않고 필요할 때 빌려 쓰는 방식으로 사용하게 되었다. 이를 **공유 경제**라고 한다.
2 과거에는 물건을 소유하며 사용했지만, 이제는 필요할 때마다 접속해서 사용한다.
3 빠르게 변화하는 시대에, 접속해서 사용하는 것이 경제적으로도 이익이고 편리하다.
4 접속의 시대가 오면서 소유보다는 경험이 더 가치 있다고 생각하는 사람들이 늘어나고 있다.

구독 경제
1 사용자가 일정한 금액을 내고 필요한 물건이나 서비스를 사용하는 경제 활동을 **구독 경제**라고 한다.
2 구독 경제는 매달 일정 금액을 내고 무제한 서비스를 이용하거나 대여하거나 배송을 받는 방식 등이 있다.
3 구독 경제는 물건을 이용할 때 큰돈이 들지 않는다.
4 구독 경제를 활용하면 최신의 제품과 서비스를 이용할 수 있다.
5 구독 경제는 기업과 고객을 지속적으로 연결시켜 준다.

2 (1) ○ (4) ○

3 **예시답안 1** 우리 집에서는 동영상을 시청하는 온라인 서비스, 그러니까 OTT 서비스를 여러 가지 이용하고 있다. 넷플릭스, 디즈니플러스 같은 앱에 접속하면 스마트폰이나 노트북으로 편하게 보고 싶은 방송을 내가 원하는 때에 볼 수 있다. 예전에는 거실에 가족이 모여서 텔레비전 리모컨을 서로 차지하려고 그랬다던데, 그럴 필요가 없어서 좋다.

예시답안 2 우리 집에는 일주일에 한 번씩 반찬 배달이 오는데 이것이 구독 경제라는 것을 처음 알았다. 엄마 말씀으로는 직접 식재료를 구입해서, 손질하고, 요리하는 시간을 절약할 수 있어서 편리하고, 음식 쓰레기도 거의 나오지 않아서 일석이조라고 하셨다. 사실 맛도 있기 때문에 반찬 구독이 무척 만족스럽다.

채점 Tip

1) 구독 경제의 의미를 알고, 구독 경제에 속하는 상품이나 서비스의 다양한 모습을 파악해야 합니다.
2) 왜 구독 경제가 새로운 추세가 되었는지 생각해 보는 것도 좋습니다.
3) 자신이 직접 경험한 일을 적거나, 경험한 바가 없다면 친구들 이야기나 인터넷에서 본 것을 떠올려 써 보세요.

4 (1) ㉣ (2) ㉡ (3) ㉢ (4) ㉠

5 (1) 경험 (2) 구독 (3) 경제 (4) 접속

6 소유

왜 유전자는 이기적일까?

생각글 1 이기적인 행동

124~125쪽

성공한 유전자에는 비정한 이기주의라는 성질이 내포되어 있습니다. 여러 동물 개체의 이기적인 행동 몇 가지를 살펴보면, 검은머리갈매기는 이웃의 새끼를 몰래 삼켜 버리고, 암사마귀는 수컷을 잡아먹습니다. 또 황제펭귄은 바다표범에게 잡아먹히지 않으려고 다른 펭귄을 떠밀어 버리기도 합니다.

---

1 ④   **2** ①   **3** ㉠   **4** (6)

---

1 이 글은 유전자의 이기성에 대해서 검은머리갈매기, 사마귀, 황제펭귄 등 여러 동물들의 사례를 들어 설명하였습니다.

2 암사마귀가 기회가 되면 수컷을 잡아먹는다고 하였습니다.

오답풀이
② 사마귀는 육식성 곤충으로 움직이는 것은 무엇이든 공격한다고 하였습니다.
③ 검은머리갈매기는 이웃한 둥지의 어린 새끼를 삼켜 버리기도 한다고 설명하였습니다.
④ 성공한 유전자에 대해 우리가 기대할 수 있는 성질 중 가장 중요한 것은 '비정한 이기주의'라는 내용이 1문단에 나옵니다.
⑤ 황제펭귄은 바다표범에게 희생되지 않기 위해 무리 중 하나를 밀어 버리기도 한다고 마지막 문단에서 설명하였습니다.

3 이 글에서는 성공한 유전자가 가지는 무자비한 성질, 즉 이기적인 유전자에 대해 설명합니다. 그런데 ㉠의 검은머리갈매기가 커다란 군락을 지어 둥지를 짓는 것은 서로를 위험으로부터 보호하거나 번식을 원활하게 하려는 동물의 기본적인 습성에 해당합니다.

4 리처드 도킨스의 『이기적 유전자』에서 말하는 이기성은 동물이 자신의 종족을 지키기 위해 하는 본능적인 행동으로, (6)의 모든 동물이 자기만 살아남기 위해 동족에게 해를 끼친다는 것과는 거리가 있습니다.

생각글 2 이타적인 행동

126~127쪽

동물의 이타적인 행동으로는 일벌이 꿀을 지키기 위해 침을 쏘는 행동이 있습니다. 또 작은 새가 경계음을 내는 것, 어미가 새끼를 지키기 위해 알을 품고, 먹이를 주며, 포식자로부터 보호하는 것도 마찬가지입니다. 얼핏 보면 상반되어 보이는 개체의 이기주의와 이타주의 둘 다 유전자를 남기기 위한 행동입니다.

---

1 (2) ○ (3) ○   **2** ②   **3** ⑤   **4** 예나

---

1 어미 새가 포식자로부터 새끼를 지키기 위해서 주의를 자신에게 돌리는 '주의 전환 과시 행동'을 한다고 하였습니다. 또 일벌은 침을 쏘면 내장이 침과 함께 빠져 생명을 잃을 수 있다고 하였습니다.

오답풀이
(1) 작은 새가 매와 같은 포식자가 나타났을 때 경계음을 냅니다.
(4) 동물이 일반적으로 종의 영속에 유리한 방향으로 행동한다고 결론짓는 것은 잘못이라고 마지막 문단에서 말하고 있습니다.

2 이 글에 나타난 동물의 이타적인 행동으로는 침을 쏘아 먹이 저장고를 지켜 내고 죽는 일벌, 포식자로부터 자신의 종족을 지키기 위해 하는 새들의 여러 가지 유인 행동 등이 있습니다. 하지만 새끼 새를 잡아먹기 위해 둥지를 습격하는 여우는 동물의 단순한 포식 행동에 해당합니다.

3 글쓴이가 이 책을 쓴 목적은 마지막 문단에 나와 있습니다. 즉 유전자의 이기성이라는 기본 법칙으로 개체의 이기주의와 이타주의 모두를 설명하려고 하는 것입니다.

4 **보기**의 내용은 동물의 이타적인 행동이 개체에게는 손해일지라도 유전자, 즉 그 동물의 종 전체에는 이익이 된다는 것입니다. 이와 같은 관점에서 이해한 사람은 일벌이 침을 쏘는 희생적인 행동은 벌 전체로 보면 이익이라고 말한 예나입니다.

자란다 문해력

128~129쪽

1

| 성공한 | 유 | 전 | 자 | 는 이기적이다. |

이기적인 행동의 예		이타적인 행동의 예	
검은머리 갈매기	이웃 둥지를 습격하여 어린 새끼를 삼켜 버린다.	일벌	먹이 저장고를 지키기 위해 **침** 을 쏘고 죽는다.
암사마귀	암컷은 짝짓기를 할 때 기회가 되면 수컷을 잡아먹는다.	↔ 작은 새	포식자가 나타나면 무리에게 알리기 위해 독특한 경계음을 낸다.
황제펭귄	바다표범이 있는지 없는지 확인하기 위해 무리 중 하나를 떠밀어 버리려고까지 한다.	어미 새	알을 품고, 새끼에게 먹이를 주며, 목숨을 걸고 포식자로부터 새끼를 지킨다.

> 유전자의 **이 기 성** 이라는 기본 법칙으로 개체의 이기주의와 이타주의 모두를 설명할 수 있다. 하지만 동물이 일반적으로 종의 영속에 유리한 방향으로 행동한다고 결론짓는 것은 잘못이다.

2 (1) 이타적 (2) 이기적

3 (예시답안) 유전자의 이기성은 동물들의 행동을 들여다보면 잘 드러난다. 사람은 자신의 감정을 숨기고 사회화된 행동을 하지만, 동물은 정말 본능에 충실하게 행동하기 때문이다. 동물들은 유전자 자체를 유지하려는 목적 때문에 원래 이기적이라고 하였다. 동물의 이기적 행동 역시 살아남아 유전자를 보존하기 위한 것이고, 이타적 행동 또한 자기 유전자를 지키기 위한 본능인 것이다. 먹고 먹히는 세계에서 생존을 위해 이기적일 수밖에 없는 동물의 행동을 더 잘 이해할 수 있게 되었다.

(채점 Tip)
1) 동물의 이기적인 행동과 이타적인 행동 모두 유전자가 살아남기 위한 전략이라는 것을 이해해 봅시다.
2) 개체가 자신을 위해 하는 행동이 우연히 종에게 이득이 되는 것이며, 결국 유전자는 자신의 이기적 목표를 달성하려고 합니다.

4 (1) ㉢ (2) ㉠ (3) ㉡ (4) ㉣

5 (1) 이기적 (2) 생존 (3) 절제 (4) 영속

6 이타적
'이타적'이라는 말은 '자기의 이익보다는 다른 이의 이익을 더 꾀하는 것.'을 의미합니다. 따라서 무리 전체를 위해 자신을 희생하는 것과 관련이 있습니다.

생각글 1 마키아벨리의 『군주론』

130~131쪽

정치 지도자가 갖춰야 할 덕목은 도덕성, 겸손, 정직 등 여러 가지가 있지만, 마키아벨리의 『군주론』은 이와는 반대에 있는 냉정함, 용기, 폭력, 기만 등도 필요하다고 주장하여 논란을 일으켰습니다. 그는 인간은 이기적인 존재이며, 이해관계와 힘의 논리에 좌우된다고 보았습니다. 군주는 강한 용기와 대범함, 운명의 힘, 모두를 가져야 한다고 주장하였습니다.

내용요약 군주론

1 ③　**2** ④　**3** ④　**4** ②

1 이 글에 의하면 『군주론』이 주로 담고 있는 내용은 정치 지도자인 군주가 가져야 할 여러 가지 자질입니다.

2 마키아벨리가 바라본 인간의 특징은 주로 2문단에 나옵니다. 두려워하는 상대보다는 의리와 정으로 연결된 상대를 쉽게 배반한다고 하였습니다.

(오답풀이)
① 인간이 이타심보다는 이기심을 가진 존재라고 하였습니다.
② 인간은 외부의 압력과 자극에 쉽게 반응한다고 하였습니다.
③ 인간은 자신보다 강한 힘에 쉽게 좌우된다고 하였습니다.
⑤ 이해관계에 따라 자신의 결정을 쉽게 바꾼다고 하였습니다.

3 '손바닥 뒤집다'라는 표현은 '태도를 갑자기 바꾸기를 아주 쉽게 하다.'라는 뜻의 관용어입니다. 따라서 '신중하게'가 아니라 '아주 쉽게'로 바꿀 수 있습니다.

4 '비르투'는 군주의 용기와 대범함을 보여 주는 근원적 힘이며 노력으로 기를 수 있는 개인의 능력입니다. '포르투나'는 운명의 힘이지만 평소에 끊임없이 노력하는 준비된 자에게 찾아오는 행운이어서 예측하기 어렵습니다.

작품읽기

책 소개

| 군주론 글 마키아벨리 |

마키아벨리는 군주가 권력을 얻고 유지하려면 때로는 권모술수를 써야 하며, 사악한 행위도 서슴지 말아야 한다고 주장합니다. 즉 수단과 방법을 가리지 말고 권력을 유지해야 한다고 말한 것입니다. 이런 생각은 종교와 윤리를 중시하던 유럽 사회에 큰 충격을 주었습니다. 하지만 또 한편으로는 개인의 역량을 강화해 운명을 극복하라고 말하였습니다. 분위기나 환경에 굴복하지 말고 스스로의 길을 개척해 나가라는 조언이 담겨 있습니다.

2 착한 대통령에게 건네는 조언

132~133쪽

『군주론』은 지도자가 갖추어야 할 여러 덕목을 알려 줍니다. 이 책은 리더십의 고전이지만, 현대의 우리 삶에 그대로 적용하는 것은 무리입니다. 하지만 현대의 우리가 세상을 살아가면서 필요한 지혜도 담겨 있는데, 자신의 역량을 키우면서 포기하지 말고 끊임없이 도전하라는 내용입니다.

내용요약 본성

1 ②, ⑤   **2** (1), (3)   **3** 민수   **4** (1) ○

1 이 글이 『군주론』을 소개하는 관점은 현대의 우리의 삶에 적용할 수 있는 부분은 받아들여야 하지만 맹목적으로 따를 필요는 없다고 하였습니다.

오답풀이
① 3문단에서 그 내용을 현대의 우리 삶에 그대로 적용하는 것은 무리가 있다고 하였습니다.
③ 현대에도 지도자와 일반인인 우리가 각각 받아들일 부분이 있다고 설명하고 있습니다.
④ 4문단에서 현대를 살아가는 우리가 나아가야 할 방향을 제시한 부분도 있다고 하였습니다.

2 『군주론』을 삶에 적용하는 태도로 알맞은 것은 실패를 두려워하지 않고 도전하는 태도, 기회가 올 것에 대비해 끊임없이 노력하는 태도라고 마지막 문단에서 설명하고 있습니다.

3 『군주론』은 사회의 지도자들을 위해 쓰여진 책이지만, 일반인들에게도 지혜를 줄 수 있는 부분이 있다고 하였으므로 민수의 말은 알맞지 않습니다. 인간 본성에 대한 냉정한 시각을 담고 있으며 학교생활에도 적용할 수 있을 것입니다.

4 이 글에서 마키아벨리는 『군주론』을 통해 실패하더라도 운이 따라주지 않았던 것일 뿐이니, 좌절하지 말고 계속 노력하면 언젠가는 운명이 자기 편이 되어 성공할 수 있다는 위로를 전한다고 하였습니다. 그러므로 줄넘기를 포기하려는 친구에게 (1)과 같이 격려하는 말을 해 줄 것입니다.

1

마키아벨리의 『군주론』
군주가 가져야 할 자질과 **덕 목** 을 담은 정치 철학서이다.

리더가 가져야 할 두 가지 힘
• 군주가 **용 기** 와 대범함을 보여 주는 근원적 힘.(비르투) • 모든 조건이 갖추어졌을 때 따라오는 운명의 힘. 행운.(포르투나) → 운명의 힘에 굴복해 체념하거나 포기하면 안 되고, 끊임없이 노력하는 자가 행운을 얻을 수 있다.

리더가 갖추어야 할 세 가지 역량
• 이기적인 인간 본성을 이해하고 그것을 이용하는 방법을 찾을 것 • 조용히 역량을 발휘하는 것보다는 빠르고 적극적인 태도를 가지고 행동할 것 • 자신의 권위를 유지하며 견제와 대립을 통해 권력을 확장해 나갈 것

2 도현
마키아벨리가 살던 시대는 이탈리아가 여러 나라로 나뉘어져 혼란하던 때였습니다. 그는 강력한 군주가 나타나 이탈리아를 통일하기를 바라는 마음으로 『군주론』을 집필하였습니다.

3 **예시답안1** 지도자에게 있어 가장 중요한 두 가지 목표는 부강한 나라를 만드는 것이고, 국민의 안정적인 삶을 보장하는 것이라고 생각한다. 마키아벨리의 『군주론』에 나오는 대로 따라 하면 부강한 나라를 만들 수 있을 것 같다. 냉정하고 빠르게 권력을 확보하고 다른 나라들과 경쟁에서 이길 것 같다. 하지만 국민의 삶이 어떤지 보살피고 안정적으로 살게 만들려면, 따뜻한 마음과 덕도 갖추는 것이 필요할 것이다.
예시답안2 삼국지에는 관우, 장비, 유비 등 여러 인물이 나오며 각각 가진 자질과 추구하는 가치가 달라서 재미있다. 너무 강한 힘과 폭력성을 가지고 통치하는 것은 국민들을 힘들게 하거나 자기에게 맞서는 세력을 핍박하므로 유비처럼 어느 정도 덕을 갖춘 지도자가 좋을 것 같다.

채점 Tip
1) 지도자가 가져야 할 자질과 덕목에는 여러 가지가 있으므로, 자유롭게 선택하여 이야기해 보세요.
2) 마키아벨리의 입장에 반드시 찬성할 필요는 없습니다.
3) 자신이 읽거나 본 다른 책이나 매체의 예를 들어도 좋습니다.

4 (1) ㉡ (2) ㉣ (3) ㉠ (4) ㉢

5 이해관계

6 부강

달곰한 문해력 초등독해

학년별 시리즈 안내

추천 학년	단계	생각주제 영역
초 1~2학년	1단계	생활, 언어, 사회, 역사, 과학, 예술, 매체
	2단계	
초 3~4학년	3단계 Ⓐ	인문, 사회, 역사, 경제, 과학, 환경, 예술, 미디어
	3단계 Ⓑ	
	4단계 Ⓐ	
	4단계 Ⓑ	
초 5~6학년	5단계 Ⓐ	인문, 사회, 역사, 경제, 과학, 예술, 고전, IT
	5단계 Ⓑ	
	6단계 Ⓐ	
	6단계 Ⓑ